DAVID PETIT-QUÉNIVET

d'après

JULES VERNE

L'Oncle Robinson

© 2024 David PETIT-QUÉNIVET

Édition : BoD - Books on Demand GmbH, In de Tarpen 42,
22848 Norderstedt (Allemagne)
Impression : Libri Plureos GmbH, Friedensallee 273, 22763
Hamburg (Allemagne)

Illustrations : David PETIT-QUÉNIVET
Couverture : Composition adaptée par David PETIT-QUÉNIVET de l'affiche publicitaire HETZEL pour les Étrennes de 1889

ISBN : 978-2-3225-5868-1
Dépôt légal : Octobre 2024

DAVID PETIT-QUÉNIVET

d'après

JULES VERNE

L'Oncle Robinson

DEUXIÈME PARTIE

LES COLONS

L'ONCLE ROBINSON – Par Jules VERNE

Nous sommes heureux de pouvoir annoncer à nos abonnés qu'en outre de la *Découverte de la terre, histoire des grands voyages et des grands voyageurs*, M. Verne nous préparait une surprise.

Sous le titre, *L'Oncle Robinson*, l'auteur des *Enfants du capitaine Grant* nous remettra en temps utile, pour succéder à *Vingt mille lieues sous les mers*, une œuvre destinée à faire pendant aux *Enfants du capitaine Grant*. Il n'y a pas de donnée épuisée pour un écrivain véritablement original. Le talent, aidé du progrès naturel des choses, peut renouveler les sujets en apparence les plus rebattus. Il est évident qu'un Robinson moderne, au courant des progrès de la science, résoudrait les problèmes de la vie solitaire d'une tout autre façon que le *Robinson Crusoé*, type de tous ceux qui l'ont suivi.

Nous n'en voulons pas dire plus long sur le livre de M. Verne. Nos lecteurs comprendront à demi-mot ce que cet esprit inventif a pu trouver et créer de nouveautés de tout genre en un pareil sujet.

Magasin d'éducation et de récréation, Tome XIII, 1870 – 1871, 1ᵉʳ semestre, 1ᵉʳ volume, page 31.

AVIS – Très-prochainement : La Roche-aux-Mouettes, par M. Jules Sandeau, membre de l'Académie française, – et successivement : L'Oncle Robinson, de Jules Verne (en trois parties). – Le Chemin glissant, de P.-J. Stahl. – Les Métamorphoses de Pierre le Cruel, etc.

Magasin d'éducation et de récréation, Tome XIII, 1870 – 1871, 1ᵉʳ semestre, 1ᵉʳ volume, page 199.

Ouvrier courageux, dans la meilleure veine,
puise l'inspiration. Que ton espoir placé,
dans ton intention, sans être menacé,
te conduise au loin, par l'âme sereine

En ce digne labeur se tenait quelque peine,
entrave aux élans, arrêtant ton tracé.
Las ! Outrage du temps ; souvenir effacé.
Du périple trahi ; consternation pleine.

Plus d'un siècle oublieux devait se déployer !
Les naufragés pleuraient, de revoir leur foyer,
de recevoir un secours, d'être extirpés des limbes.

Il convient pour trouver, cette ultime relâche
de laisser officier, sans que tu te regimbes,
un obscur singulier, reprenant l'ample tâche.

À Gesnes, le 23 Août 2024.

MMXXIV

DAVID PETIT-QUÉNIVET

d'après

JULES VERNE

L'ONCLE ROBINSON

II
LES COLONS

73 illustrations, 6 vignettes et 3 cartes
Transcription du manuscrit corrigé et complété

– 2024 –

DEUXIÈME PARTIE

LES COLONS

CHAPITRE I

À propos du grain de plomb – Premières investigations
Préparatifs et départ pour une mission de reconnaissance
Exploration de la partie orientale de l'île
Présence d'une activité humaine – Un navire au mouillage

La question de la présence de ce grain de plomb revêtait une gravité absolue. L'ingénieur et Flip demeuraient interdits et n'avaient nul besoin de parler pour se comprendre.

« Gardons, pour ce soir, l'affaire secrète, chuchota Clifton. Nous en reparlerons demain afin de convenir de la manière de nous conduire face à cette découverte.
— Bien dit, monsieur ! répondit le marin. Je vous souhaite une bonne nuit. »

Toute la colonie alla se coucher de plaisante humeur, dans l'ignorance de la découverte de Flip, qui, du reste, fit, de bonne grâce, les frais de quelques nouvelles plaisanteries. Si la nuit se passa sans encombre, Harry Clifton et l'Oncle en furent réduits à imaginer, chacun à sa façon, seuls, de quelle manière le grain de plomb avait pu se retrouver dans la chair du levraut capturé par Marc.

Il n'est pas possible de décrire combien cette nuit fut longue avant que le jour ne se fît. Enfin, il arriva. Le déjeuner fut dévoré par tous et maître Jup reçut sa ration quotidienne de coco fermenté en plus de quelques fruits et biscuits.

Harry Clifton prit la parole :

« Ce matin, Marc et Robert iront relever les pièges dans la garenne. Le temps est beau ; il serait dommage de ne pas maintenir notre garde-manger à un niveau convenable.
— Oui, père ! répondirent à l'unisson les deux frères, trop impatients qu'ils étaient de pouvoir quitter la grotte, certes très-confortable, mais quelque peu exiguë pour des jeunes gens de leur âge.
— Flip et moi irons, autour du lac, relever les dégâts causés par la dernière inondation due aux récentes pluies, continua l'ingénieur. »

Distribuant un regard bienveillant, Mr. Clifton ajouta :

« Après le repas, nous entamerons une promenade sur la grève. Ce temps rasséréné nous sera profitable à tous. »

Jack et Belle étaient enchantés ; leur mère bien davantage. Chacun s'occupa, alors, à ses occupations définies. Lorsque l'ingénieur et le marin se sentirent à leur aise pour parler, ils purent, enfin, livrer, l'un à l'autre, le résultat de leur réflexion propre.

« Monsieur, ce grain de plomb me cause beaucoup d'inquiétude ! avoua Flip.

— À moi aussi, répliqua Clifton. J'ai imaginé, tout au long de la nuit, tant de suppositions le concernant, notamment qu'il eût pu être tiré par des individus dont on ne sait s'ils sont amicaux ou hostiles. De plus, la découverte du coq Bantam ne me rassure nullement.

— Il est vrai que l'on peut craindre qu'une compagnie humaine sur l'île ne soit pas nécessairement de bon augure.

— Si l'on écarte l'hypothèse d'un groupe établi de longue date sur la côte est de l'île, inexplorée, il ne reste que celle d'un naufrage ou bien celle d'un navire ayant relâché durant la période de tempêtes que nous avons connue dernièrement, dit l'ingénieur, dont le visage fermé renseignait sur les craintes qui le tourmentaient.

— Si un navire est au mouillage sur l'île, ce peut être là notre salut, s'emporta l'Oncle.

— Ou notre malheur ! Nous devons annoncer à toute la famille l'existence du grain de plomb ! réagit Harry Clifton. Si ce grain provient d'un fusil mal intentionné, je redoute le pire.

— Vous avez raison, monsieur, la prudence est de rigueur, répliqua le marin. »

La discussion fut encore animée entre les deux hommes. Il convenait d'annoncer la nouvelle sans affoler la colonie. Le parti fut pris de n'en exclure aucun membre, car les agissements de ceux qui auraient eu connaissance des faits auraient, immanquablement, alerté ceux qui en seraient maintenus dans l'ignorance. En effet, Jack et Belle, malgré leur jeune âge, avaient développé, chaque jour, un esprit des plus perspicaces, les rendant plus prompts à remplir tant de tâches si complexes et inhabituelles. D'ailleurs, les quatre enfants faisaient autant la fierté de leurs parents que de leur oncle d'adoption.

La berge du lac était devenue un marécage résolument gorgé d'eau. L'ingénieur proposa à Flip de réaliser, à une période propice, des travaux pour assainir ces terres et réduire, autant que possible, les risques d'inondation de leur foyer : Élise-House. Les deux amis tentaient, de concert, de résoudre les difficultés qui s'opposaient à leur projet. Ainsi fait, l'heure du repas s'avançait et les deux hommes se dirigèrent vers la grotte. Au moment où ils y parvinrent, Marc et Robert, chargés de trois lapins de garenne pris au collet, s'approchèrent.

« Regardez, père et oncle, nos belles prises ! triomphèrent les deux frères.

— Entrons donc, nous mettre au chaud. Nous les préparerons plus tard, répondit le père, félicitant les deux chasseurs. »

Le repas accommodé par Mrs. Clifton, Belle et Jack, fut mangé avec délectation. La gaieté de chacun rassurait Mr. Clifton qui se leva, rejoint par le marin ayant compris que c'était là le moment choisi par l'ingénieur pour révéler à sa famille les résolutions arrêtées le matin même.

« Ce n'est pas un caillou qui a cassé la dent de l'oncle Flip, mais un grain de plomb, annonça l'ingénieur la voix emplie d'émotion.

— Cela veut dire qu'un homme a tiré le levraut et se trouve sur l'île ! s'exclama Marc.

— Des marins ! reprit Robert. Nous sommes sauvés !

— Est-il possible ? murmura Mrs. Clifton pâlissant.

— Doucement ! dit l'ingénieur, soyons prudents. Si nous pouvions déduire la présence d'humains sur l'île, il y a quelques semaines, nous ignorons s'il s'agissait d'un atterrissage volontaire ou d'un naufrage.

— Quant à connaître le nombre et la nationalité de ces hommes, nul ne pourait le deviner, ajouta l'Oncle Robinson. Sont-ce des Européens ou bien des naturels, hostiles, ou amis à notre race ?

— Demeurent-ils encore sur l'île ou sont-ils déjà partis depuis la fin de la tempête ? lança Robert, subitement inquiet et pleinement conscient de la gravité de la situation.

— Nous ne pouvons rester plus longtemps dans l'incertitude ! s'émut le père. Il est nécessaire d'organiser une expédition de reconnaissance. »

L'annonce ainsi faite provoqua dans la colonie les effets que l'on peut imaginer. Nul ne se sentait en sécurité. Il aurait été vain de cacher plus longtemps l'incident du grain de plomb et lorsque Harry Clifton apprit à sa femme et ses enfants, comment la découverte du coq Bantam trahissait, déjà, la visite d'hommes sur l'île, il ne reçut aucun grief de sa prévenance. Tous prirent conscience de la précarité de leur établissement sur Flip-Island. L'épisode du *Vankouver* n'était encore que trop présent à leur esprit.

La promenade, le long de la grève, permit à chacun de reprendre ses sens. Ce n'était pas qu'une flânerie. Le sujet de discussion était unanimement partagé. Il fut convenu que la vigilance la plus extrême serait de rigueur le temps que la question de la présence humaine sur l'île fût résolue. Pour l'heure, dès le lendemain, Flip, et Marc qui s'était emparé du levraut, iraient tous deux inspecter les environs. Durant ce temps, Robert et son père s'assureraient que rien n'aurait à manquer dans les réserves déjà bien pourvues.

Mrs. Clifton ne fut pas seulement affectée aux questions d'intendance, elle aussi, plus que jamais, avait sa part dans la vie de la colonie. Elle était de ces femmes discrètes, possédant la force propre à accomplir les tâches les plus considérables sans en rechercher quelconque honneur. Son mari savait pouvoir compter sur ses précieuses qualités et lui en rendait grâce en toute occasion.

Les préparatifs de l'expédition furent promptement menés. Ainsi, au matin du 31 décembre, Marc et Flip, convenablement équipés, quittèrent Élise-House. Le ciel présentait un aspect menaçant.

« Ne prenez pas de risques superflus, recommanda l'ingénieur aux deux excursionnistes que l'on eût pu, sans peine, désigner comme éclaireurs.

— Ne craignez rien, père ! répondit Marc. Nous serons sur nos gardes. Avec l'Oncle je suis rassuré !

— Nous observerons les alentours et reviendrons avant la nuit, ajouta le marin. Il se pourrait que le temps tournât au grain, de plus, les journées sont bien courtes en cette période de l'année. »

L'Oncle Robinson et Marc quittèrent Harry Clifton qui avait fort à faire, aidé de Robert, pour consolider les abords de la grotte. Mrs. Clifton n'était pas en reste, assistée de Belle, Jack et Jup, pour organiser le petit domaine.

Rapidement, Flip perdit de vue la grotte et, d'une marche rapide, se dirigea vers le lieu de la capture. Marc se souvenait parfaitement de l'endroit où il avait capturé le levraut. C'était au-delà de la garenne, dans la bande de lande au sud de l'île, un peu en lisière de la forêt des Érables qui s'étoffait vers l'est. Il y avait bien une lieue à parcourir avant d'atteindre ce point. Cette forêt orientale n'avait pas encore été explorée à ce jour. Elle suivait toutes les variations du relief qui devenait nettement montueux à mesure que le regard se portait vers l'orient. Certes, la lande s'étendait d'ouest en est, mais il n'avait jamais été nécessaire de s'éloigner à plus d'une lieue d'Élise-House pour relever les pièges.

Les deux chasseurs avaient attendu que le soleil fût suffisamment haut de manière à bénéficier d'une bonne luminosité du ciel et d'un radoucissement de l'atmosphère. Ils eurent le bonheur de constater que des collets avaient rempli leur office ; ils ne rentreraient pas *bredouilles*. Néanmoins, ils n'atteignirent leur but qu'à la mi-journée. Le temps se montrait de moins en moins clément. Un grain s'annonçait. Marc s'en était quelque peu inquiété et Flip partageait également ce sentiment.

Arrivés sur place, ils explorèrent les environs en obliquant vers le nord-est, restant sur la lande et suivant la lisière de la forêt. Après quelques milles, Marc interpella l'Oncle.

« Je ne vois pas de trace de passage d'homme. »

Cependant, les nuages s'amoncelant, il devenait mal-aisé de distinguer le moindre indice.

« En effet, monsieur Marc, répondit le marin, et ce ne sont pas les caprices du temps qui nous aideront à mieux y voir.
— Poussons encore un peu les recherches et rentrons afin de ne pas être surpris, ajouta Marc. »

Cependant la pluie ne tarda pas à tomber et au vent déjà soutenu, succédèrent de monstrueuses rafales. Chercher un abri eût été vain et n'aurait occasionné qu'un retard préjudiciable au retour à Élise-House. Ce fut dans des conditions effroyables que Flip et Marc revinrent, presque à la nuit tombée, à la grotte. Encore furent-ils guidés par des torches allumées au pied de la falaise que Robert et son père désespéraient de maintenir embrasées. Transis et aussi mouillés qu'ils pouvaient l'être, ils furent accueillis le plus joyeusement du monde.

« Nous étions tous terriblement soucieux de votre sort ! cria Mr. Clifton, alors que des éclairs déchiraient la nuit dans un vacarme étourdissant. »

La petite famille était dans le tourment le plus profond de savoir deux des leurs aux prises avec les éléments déchaînés.

« Nous sommes allés aussi loin que possible mais n'avons trouvé aucun signe de passage, dit Marc.
— Le mauvais temps nous a joué un vilain tour à sa façon, rajouta Flip. Il nous faudra tenter à nouveau une excursion.
— Pour l'instant, vous êtes enfin de retour et vous nous raconterez votre exploration pendant le repas, interrompit Élisa Clifton. »

À l'entrée des explorateurs, des hurrahs fusèrent. Les enfants se pressaient tant autour de leur frère que de l'Oncle. Fido et maître Jup n'étaient pas en reste.

Ainsi se déroula la dernière journée de l'année 1861.

Les deux jours suivants furent employés à établir une véritable expédition vers le nord-est, partie de l'île la plus propice à assurer la dissimulation d'une activité humaine du fait de l'existence d'une épaisse forêt tout aussi propre à héberger de nombreux gibiers que de grands prédateurs comme en attestaient les traces retrouvées au sud du lac Ontario. Mrs. Clifton tut ses réticences à son époux, balançant entre l'espoir d'un secours et la crainte d'un danger.

Il fut convenu que l'ingénieur et le marin partiraient accompagnés de Robert qui serait un messager précieux, le cas échéant. Quant à Marc, il resterait auprès de sa mère, de son frère Jack et de sa sœur Belle. Mrs. Clifton assurerait naturellement le rôle de chef de famille. Le jeune Marc perçut, alors, la confiance que ses parents lui témoignaient en lui demandant de rester sur place.

« Il n'est pas de place privilégiée, ni de rôle subalterne, lui dit son père. Chacun, à sa façon, contribue à l'œuvre collective qui a besoin de tous pour aboutir. »

Sans jalousie ni envie entre eux, les enfants comprirent que leur propre tâche revêtait une réelle importance et s'emploieraient à s'en montrer dignes.

« Nous serons de retour dans trois jours, déclara l'ingénieur voyant son épouse pâlir. »

Si Belle se pressait contre sa mère, c'était à côté de Marc que se tenait Jack, dont la main empoignait celle de son frère. Fido fut, à plusieurs reprises, renvoyé par Mr. Clifton.

Bientôt, la troupe disparut dans les brumes matinales installées le long des rives du lac. Parvenu au sud de l'étendue d'eau, le groupe rejoignit la lande pour, enfin, s'enfoncer dans la forêt de l'est. Les premiers milles furent aisément franchis, mais la faible clarté du jour rendait la progression plus difficile à mesure de l'avancée. Çà et là, le travail de bûcheron des ouragans des dernières semaines se manifestait dans toute son ampleur. À midi, le chemin parcouru semblait insignifiant et pourtant le sol se montrait déjà montueux.

L'ingénieur put remarquer que les roches plutoniques affleuraient abondamment et que la végétation se faisait bien plus clairsemée. C'était sur une ancienne coulée de lave que le groupe prit un court repas. Il ne fut pas question d'allumer un feu, même si Harry Clifton avait emporté l'amadou nécessaire.

« Parfois la compagnie des hommes peut être plus à craindre qu'à désirer, dit-il à Robert. »

Devant eux, se dessinait une sorte de vallée boisée mais de nombreux obstacles empêchaient d'avoir une vue suffisamment dégagée. Ce fut ainsi qu'ils pénétrèrent dans ce nouveau domaine de Flip-Island que l'ascension du Clifton-Mount, le 31 mai dernier, n'avait pas permis d'observer. Rapidement, la densité des arbres augmenta. Ils n'avaient pas enlevé deux milles que Robert montra à son père des branches cassées, ou rompues, ou comme incisées. Manifestement, une activité humaine avait eu lieu en un temps proche.

« Restons sur nos gardes, déclara l'Oncle. Faisons le moins de bruit possible. »

Prudemment, le groupe continua vers le nord-est. Les signes d'activité se rencontraient de plus en plus fréquemment, à mesure que la déclivité du sol s'amenuisait. Il ne s'agissait plus seulement de branches incisées ou cassées qui étaient observées, mais de troncs fraîchement coupés. À un moment, la troupe eut le choix de s'engager dans la vallée ou de poursuivre l'exploration le long de la falaise. Il sembla à l'ingénieur que de rester sur les hauteurs serait le plus prudent.

Au loin, remontant vers le nord, se découpait une forme de promontoire. Alors qu'ils avaient encore franchi un mille, l'horizon s'ouvrit à eux et une crique leur apparut. Elle était enclavée entre une falaise haute de deux cents pieds, au sud et une muraille basaltique, au nord. La crique avait une forme semi-circulaire et une plage s'étirait en son fond. Dans ce port naturel, parfaitement protégé, se trouvait un navire au mouillage. Il possédait deux mâts munis chacun de hune. Le marin le reconnut pour être un brick. La nuit venant, Flip et Harry Clifton résolurent de trouver un abri et d'attendre le matin pour constater s'il s'agissait d'un bâtiment suspect ou non.

Le marin le reconnut pour être un brick.

CHAPITRE II

Depuis le poste d'observation – Première nuit
Flip part en éclaireur – Retour de Flip
Capturés – Le *Swift*

Dans la pénombre, nos trois explorateurs eurent toutes les peines du monde à trouver un gîte suffisant pour la nuit qui s'annonçait glaciale. Ce n'étaient que dépressions remplies d'eau, du moins trop humides, ou excavations soumises aux embruns. En somme, nulle position convenable. Néanmoins, Robert remarqua un éboulis propre à offrir une protection sommaire.

« Père, oncle, regardez à droite, peut-être une grotte !

— Je vois, Robert, cela ressemble plus à une *cheminée*, répondit son père.

— Cet étroit passage entre les parois fera un refuge contre le vent, mais moins contre la pluie, confirma Flip. »

Et chacun de s'engager, presque à l'aveugle, dans cet asile de fortune. Le sol étant couvert de débris végétaux assez grossiers, mais secs, l'humidité excessive n'aurait pas à faire souffrir les trois hommes. Le frugal repas pris sans un mot, chacun imagina ce que pouvait faire un tel navire dans ce mouillage.

Flip rompit ce silence :

« Je ne sais que penser de la présence de ce brick !

— Avez-vous quelques raisons d'être inquiet ? demanda l'ingénieur.

— De tels navires sont utilisés, le plus souvent, pour le cabotage ou le convoyage, expliqua le marin. Que fait-il dans ces parages éloignés de toutes terres ?

— Il aura essuyé une tempête ! avança Robert.

— C'est que les qualités nautiques, notamment de vitesse et de manœuvrabilité, les font préférer par les négriers, précisa Flip.

— La traite négrière a été ardemment combattue et interdite par les grandes nations, répliqua Clifton. Les États américains ont œuvré activement contre cet infâme commerce.

— Hélas, ce commerce perdure encore ! grogna le marin. Même si de nombreux bâtiments négriers sont arraisonnés par la marine des grandes puissances.

— Sont-ce des pirates ? balbutia Robert, dont le souvenir des évènements s'étant produits sur le *Vankouver* lui avait ravivé tant de douleurs.

— Ce type de navire conviendrait bien à un équipage mal intentionné et ce port naturel leur apparaîtrait idéal. »

Ce sont sur ces derniers mots que le petit groupe tenta de trouver un sommeil réparateur. La première nuitée depuis leur départ devait être calme. Robert s'endormit le premier, – apanage de la jeunesse. En l'absence de feu pouvant dévoiler l'existence de naufragés sur l'île, Flip et Harry Clifton, encadrant Robert, se tinrent mutuellement chaud. Inutile de dire que cette longue nuit d'hiver fut interminable. Les premières lueurs du jour se montrèrent finalement et un maigre déjeuner, composé de galettes de sagou et de viande froide, accompagnées d'eau, fut enlevé.

« Je vais prudemment me rapprocher du navire et observer l'activité qu'il peut y avoir, proposa le marin.
— Nous explorerons les alentours en attendant votre retour, répondit l'ingénieur.
— Et peut-être trouver à améliorer notre gîte, ajouta Robert, désireux de se rendre utile. »

Le marin partit aussi peu armé qu'il pouvait l'être. Harry Clifton n'avait pas souhaité priver sa famille du couteau, ni de la hache qui étaient les biens les plus précieux que ces robinsons possédaient. Les trois hommes n'avaient chacun, pour toute défense, qu'un court pieu de bois durci ainsi qu'un épieu, plus long. De la même façon, Robert avait tenu à emporter son arc et un carquois bien rempli. Flip quitta ses compagnons sans arme afin de ne pas être encombré durant sa marche. Il s'était donné deux heures avant de revenir.

Durant ce temps, le père avait trouvé un arbuste chargé de quelques baies dont le gel avait réduit l'astringence. Dans la cheminée, Robert enleva des branchages et les éléments les plus grossiers afin de rendre la couche plus souple dans l'éventualité où ils auraient à passer une seconde nuit sur place. Néanmoins, il prit toutes les précautions pour ne laisser aucune trace trahir leur passage.

Le ciel clément permit, également, de distinguer la disposition des lieux. Effectivement, du haut de la proéminence, il était possible d'observer la muraille basaltique qui lui faisait face. L'ingénieur jugeait qu'elle devait être haute de trois cents pieds, s'abaissant progressivement pour mourir dans la mer, sur une lieue de long, en une multitude d'écueils dont les têtes noires sortaient à peine des flots. Une partie de la crique apparaissait dans sa façade septentrionale, l'autre étant cachée par le relief de la falaise d'où s'effectuait l'observation. Le fond de la rade recelait une plage et il semblait bien qu'une sorte d'embouchure signait l'existence d'un cours d'eau à l'extrémité nord de la langue de sable. La falaise fermait, au sud, cette crique, dessinant une forme de croc menaçant de quelque animal fantastique. Vraiment, ce port possédait toutes les qualités requises pour abriter plusieurs navires.

Il advint à l'esprit de l'ingénieur que le coq Bantam ne pouvait devoir sa présence sur l'île que par un précédent atterrissage, peut-être, de ce même navire. L'île servait-elle de point d'hivernage également ? Réellement, tant de conjectures s'offraient à Harry Clifton qu'il s'en troubla lui-même.

« Qu'y a-t-il, père ? s'inquiéta Robert.
— Peu de choses, mon fils, répondit-il. Je me tourmente pour Flip. Il devrait déjà être de retour. »

Ces mots à peine prononcés, le digne marin rejoignait le groupe. L'expression de son visage manifestait un profond désarroi.

« Je ne reviens pas avec de bonnes nouvelles, mes amis, lâcha Flip.
— Sont-ce des pirates ? demanda Robert, pâlissant.
— Exactement, répondit le marin.

— Mes alarmes étaient donc fondées ! enchérit l'ingénieur.

— Les pirates vous ont-ils repérés, mon oncle ? questionna Robert percevant la gravité extrême de la situation.

— Non, j'étais trop loin pour être aperçu, rassura Flip. »

L'Oncle Robinson fit, par le menu, le résumé de son exploration.

Après son départ, il avait descendu la falaise et était parvenu à une succession d'éboulis qui, s'ils avaient gêné sa progression, lui avaient permis d'avancer à couvert. Rapidement, il trouva un poste d'observation propre à bien voir sans être vu. Il n'y avait eu, pour l'heure, aucune animation sur le pont. La brume se dissipa doucement. Seule la pomme des mâts sortait des volutes de vapeur. Enfin, le brick se montra tout entier, présentant sa proue à la plage et sa hanche de bâbord directement visible de la position occupée par Flip. Une étoffe pendait à sa corne, mais l'absence de vent ne permettait pas de renseigner la nationalité de ce navire long de soixante à soixante-dix pieds et jaugeant ses deux cents cinquante tonneaux. Il s'agissait d'un brick à coque doublée de cuivre, mal entretenu et presque vieillissant. Une certaine activité se déroulait sur le pont lorsqu'un canot se dirigea vers la plage en direction de divers aménagements légers, constitués, pour la plupart, de toile de voile solidement attachées à de forts arbres. Quel ouvrage se déroulait-il sous ces abris ? Flip n'aurait pu le dire, mais il était évident qu'il ne s'agissait pas d'installations pérennes. Une brise un peu plus forte glaça le sang du marin, non par la basse température de l'air, mais du fait que la légère étamine fixée à la corne se souleva et intruisit l'observateur, par sa couleur noire, que des pirates s'étaient installés sur l'île, peut-être en hivernage.

Le marin en avait vu assez pour rentrer. Il quitta son poste d'observation, prenant toutes précautions pour ne pas être repéré. Revenir au campement ne fut l'affaire que de quelques instants. Il n'avait pu apprécier le nombre des convicts dont pouvait se composer l'équipage. Hélas, combien pussent-ils être, un affrontement ne pouvait s'achever favorablement pour les membres de la colonie. La plus grande détresse s'empara du groupe.

« Il est inutile de rester ici, déclara Clifton. Nous en savons bien assez pour comprendre que nous ne sommes pas de taille à nous défendre et que notre salut ne viendra pas de cet abominable équipage.

— Faut-il partir sur-le-champ, oncle ? s'enquit Robert.

— Je ne saurais le dire, répondit le marin. Il y avait sept hommes dans le canot. Peut-être sont-ils dans les bois.

— Il ne serait pas seulement fâcheux de les rencontrer, reprit le père.

— Pour autant, il nous faut retourner à Élise-House, dit Robert.

— Et dans les plus brefs délais, confirma Flip. »

Une détonation interrompit cet échange. Les coups de feu semblaient être assez éloignés, mais les échos ne permettaient pas de définir à quelle distance ils avaient été réellement tirés. L'Oncle et l'ingénieur intimèrent à Robert l'ordre de se cacher au fond de la cheminée.

« N'en sors sous aucun prétexte ! lui cria son père. »

Les deux amis s'employèrent à ramasser des branchages afin de dissimuler, autant que possible, cette entrée par trop visible et de se cacher également. Ils n'avaient pas fait quelques pas que des cris retentirent ; ils avaient donc été découverts.

« Robert est en sécurité, bien caché, entraînons les pirates vers l'intérieur de la forêt ! proposa Harry Clifton à Flip. »

Et les deux hommes d'entamer une course destinée à permettre à Robert d'échapper aux poursuivants afin d'alerter le reste de la famille.

Clifton chuta le premier, maintenu au sol par deux gaillards venant à sa rencontre. En un instant, il fut solidement attaché. Alors que l'Oncle se démenait contre deux autres marins, les quatre convicts réunis eurent tôt fait de réserver le même sort au pauvre Flip.

« Regardez-moi ces beaux diables que voilà ! lança l'un des matelots. Ramenons-les au navire ! Nous verrons ce qu'en dira le Capitaine. »

Ces mots furent prononcés dans un anglais approximatif qui trahissait qu'il ne s'agissait pas de la langue maternelle des interlocuteurs. Flip lança des protestations, mais un coup de crosse dans les côtes lui commanda de se taire. L'ingénieur ne répondit pas aux questions des matelots et réclama de s'entretenir avec le capitaine, feignant d'ignorer à quels tristes individus il avait affaire. L'Oncle Robinson comprit la manœuvre et suivit l'exemple d'Harry Clifton.

Quelle affligeante procession que ces deux captifs menés par quatre matelots à l'aspect débraillé. Descendre la hauteur de la falaise en direction de la crique fut périlleux pour les deux naufragés entravés qu'ils étaient par des liens les étouffant presque. Les convicts furent rejoints par trois de leurs comparses. Peu après, le groupe atteignit la grève. La silhouette du brick dominait la rade.

Diverses activités se déroulaient sur la plage. Flip reconnut deux peaux d'ours qui achevaient d'être préparées. Un peu plus loin, des troncs abattus et équarris seraient, sous peu, employés à la réparation de quelque avarie. Le navire jaugeait assurément ses deux cents cinquante tonneaux. Cependant, comme l'avait reconnu l'Oncle, il semblait arriver en fin de carrière. Les deux captifs furent installés dans le canot sans plus de procès.

« Je pense à Robert et à ma famille, chuchota l'ingénieur à Flip, faisons croire nous sommes les deux seuls naufragés du *Vankouver* ayant subi une mutinerie.

— Oui monsieur, simplifions le mensonge pour se contredire le moins possible, répondit rapidement Flip. »

Peu d'informations avaient transpiré des propos des matelots. Les captifs n'avaient rien pu déceler du nombre et de la nature de l'équipage. De leur origine, rien n'avait filtré. Depuis combien de temps le navire avait-il atterri sur l'île ? La question restait sans réponse. Seul le nom du brick leur était connu : le *Swift*. Mais ce nom ne les renseignait guère. Ils en sauraient bientôt plus, car quatre des marins les conduisaient en canot vers le bateau.

De la chaloupe, l'ingénieur et l'Oncle purent observer comment cette crique protégeait admirablement tout voilier qui eût pu s'y trouver. Le vent s'y faisait faiblement ressentir, les vagues du large y perdaient toute leur force. Quant à la muraille basaltique, plus la langue de lave avançait vers l'est, plus elle perdait de sa hauteur pour disparaître en mer. La falaise constituant la partie au sud fermait proprement la rade. À la base de la dent, une multitude de rocs rendaient, néanmoins, toute navigation périlleuse et servait de repaire à la faune marine. L'embouchure du ruisseau, à la base de la muraille de lave, à l'extrémité nord de la grève de sable, assurait un approvisionnement en eau douce. Une forêt de feuillus, dégarnis à cette époque de l'année, croissait dans la vallée couronnée par l'imposant pic vêtu de neige.

Le canot parvint par le flanc bâbord du navire. Les deux prisonniers eurent leurs liens défaits afin qu'ils pussent monter par l'échelle hors le bord. Les membres ankylosés, Harry Clifton manqua bien de glisser à plusieurs reprises, et ne se maintint qu'en se retenant fermement aux tire-veilles. Ce simple cordage fixé le long de l'échelle de coupée le tira bien d'embarras. Sur le pont, à leur arrivée, ils furent reçus par la clameur d'une douzaine de matelots et eurent leurs bras de nouveau attachés. Du haut de la dunette, deux hommes se tenaient droits, attendant que l'on fît monter les deux individus venant de poser les pieds sur le brick. Pendant que les marins moquaient l'accoutrement des naufragés, ils furent conduits auprès des deux officiers.

« Bienvenus sur mon navire ! déclara d'un ton péremptoire l'un des deux hommes. Qui êtes-vous ? »

L'individu qui semblait se présenter comme le capitaine, devait être âgé d'une cinquantaine d'années, démontrait une solide constitution et s'exprimait dans un anglais impeccable dont l'accent dénotait, néanmoins, soit qu'il fût d'une origine populaire, soit qu'à fréquenter des compagnies corrompues, il en eût pris les vices et les habitudes. Européen, il l'était assurément et la couleur brune de sa peau tannée montrait qu'il était de ces aventuriers qui ont passé la plus grande partie de leur vie sous de basses latitudes. Son regard, perçant et vif, suggérant qu'il n'était pas homme à supporter d'être contrarié, glaçait les prisonniers, et tout aussi probablement l'équipage faisant montre d'une crainte réelle lorsqu'il évoquait sa personne par sa fonction de capitaine.

Son acolyte, vraisemblablement Européen lui aussi, sensiblement du même âge, n'avait prononcé aucune parole. Cependant, ses regards croisés avec le capitaine résumaient à eux seuls, toutes les connivences que pouvaient partager les deux hommes.

Harry Clifton présenta son ami, Jean-Pierre Fanthome et lui-même, expliquant sa mission d'ingénieur sur les bouches de l'Amour. Il revenait de Chine pour rejoindre sa famille à Boston en empruntant un navire : le *Vankouver* qui fit naufrage ne laissant que deux survivants, il y avait de cela, maintenant, neuf mois. Bien sûr, l'ingénieur n'avait guère plus confiance dans les deux hommes en face de lui que dans ceux, derrière lui, constituant l'équipage. Son discours trahissait qu'il cherchait à gagner du temps, voire à tromper l'adversaire. Flip entrait dans le jeu et s'enhardissait à fournir des détails rendant plus crédible une histoire qui était au trois quarts vraie. Le récit achevé, sans le moindre état d'âme, le capitaine, qui ne s'était pas même présenté, fit envoyer les deux malheureux dans la soute à voiles.

L'équipage, en un instant, comme un seul homme, emmena les captifs qui furent enfermés après qu'on les eut libérés de leurs liens.

« Nous voici réduits à l'impuissance, dit Clifton. Qu'adviendra-t-il de nous ?

— Vous avez sauvé votre famille, monsieur ! C'est déjà beaucoup, répliqua le marin.

— Grâce à votre aide, mon digne ami, répondit simplement l'ingénieur. »

Les deux amis restèrent pensifs et silencieux.

Les deux malheureux dans la soute à voiles.

CHAPITRE III

Le capitaine Bob Hervay – Les convicts de Port Arthur
Les terres de Van Diemen et la Nouvelle-Hollande

La situation dans laquelle se trouvaient et l'ingénieur et le marin serait bien mal-aisée à dépeindre. Ils étaient à la merci de pirates autrement plus organisés que les Kanaques qui s'étaient mutinés sur le *Vankouver*. Si c'était une chose que d'être enfermé dans la cabine d'un trois-mâts, cela en était une autre que d'être séquestré dans une soute à voiles, à fond de cale, sous le gaillard d'avant. Les infortunés pouvaient, d'ailleurs, entendre assez distinctement les éclats de voix des matelots qui s'y trouvaient en ce moment.

Considérant le bruit environnant, il était facile d'imaginer que le repas était servi. Flip et Harry Clifton, cherchaient à distinguer, de ce tumulte, des bribes de phrases intelligibles ; mais n'y parvinrent qu'à peine. Aucune information utile ne leur était parvenue. L'attention soutenue, le désespoir aidant, les privations diverses, eurent raison de la vigilance des deux hommes qui finirent par tomber dans un sommeil dont ils ne purent estimer la durée. Le chaos avait cessé dans le gaillard d'avant lorsque Flip sortit d'une demi-torpeur.

« Monsieur, réveillez-vous, je crois que l'on vient, dit-il à voix basse. »

En effet, un bruit de pas se faisait plus distinct. Plusieurs hommes s'approchaient et s'arrêtèrent derrière la porte.

« Messieurs, nous allons entrer ! Nous sommes armés ! dit l'un d'entre eux. Ne faites rien que vous ne regretteriez, ajouta-t-il dans un anglais distingué. Ouvrez la porte ! commanda-t-il encore. »

La porte s'ouvrit et la lumière de plusieurs lanternes aveugla momentanément les prisonniers.

« Messieurs, voici de l'eau et des biscuits. »

C'était un jeune homme d'une vingtaine d'années, peut-être vingt-cinq, qui parlait. L'intonation de sa voix ne présentait aucune animosité. Il semblait détenir une autorité relative auprès des matelots même si, à plusieurs reprises, il avait eu à la défendre devant les captifs.

« À qui avons-nous l'honneur de nous adresser ? demanda Clifton. »

Le jeune homme ne répondit pas. Il les dévisagea attentivement. Ses compagnons souriaient narquoisement.

« Nous avons rencontré le capitaine et, je suppose, son second, tenta de nouveau l'ingénieur. Les rencontrerons-nous bientôt ?
— Le Capitaine ! … dit l'interlocuteur, laissant flotter la fin de sa phrase. Je ne saurais vous répondre. »

Il semblait à Harry Clifton comme à Flip, lui rendant ses regards, que de leur interlocuteur émanait une façon de bienveillance mesurée. Elle contrastait violemment avec les manières rustres des membres de l'équipage occupés à fouiller la soute, probablement à la recherche d'un quelconque objet pouvant servir d'arme aux prisonniers ou à permettre une évasion bien hypothétique. Comment faire sauter la barre qui fermait, de l'extérieur, la porte de cette soute ? La visite s'acheva prestement et l'obscurité reprit ses droits dans le réduit.

« Ce jeune homme me laisse une curieuse impression, dit Flip.
— À moi également, répondit Clifton. Il y avait, dans sa présentation, une humanité que je saurais affirmer absolument.
— Je le crois aussi, confirma le marin. Mais pour l'heure, mangeons ! »

Tandis que les captifs reprenaient des forces, à l'étage supérieur, dans le gaillard d'avant, une certaine animation se faisait entendre au travers du plancher. Il s'agissait d'une conversation entre plusieurs matelots. Cette fois-ci, une partie des paroles était suffisamment intelligible. Il était donc possible de saisir un sens à la discussion. Ce fut ainsi que les deux malheureux purent apprendre que l'équipage du *Swift*, composé, pour le moins, d'une bonne vingtaine d'hommes, de plusieurs nationalités, était commandé par le capitaine Bob Hervay. Le navire avait accosté depuis quelques semaines et attendait la fin de la mauvaise saison pour quitter les lieux en ayant soin de réparer les avaries qui ne manquaient pas sur ce bateau fatigué. Il fut aussi question de la présence des deux naufragés sans que le sort qui aurait pu leur être réservé fût évoqué. Ceci pouvait être jugé de bon augure. Néanmoins, le nom de Port Arthur fut, à de multiples reprises, prononcé. Il s'avérait qu'une partie de cet équipage provenait de ce lieu si particulier de l'est de la Tasmanie.

Or, qu'est donc Port Arthur ? Cet établissement, situé sur les anciennes terres de Van Diemen, outre qu'il s'agit d'une petite ville dont le port, bien aménagé, offre toute sécurité aux navires, s'y trouve, également, une colonie pénitentiaire jugée la plus sûre, mais aussi la plus terrible de l'Empire britannique. Certes, les convicts parvenus à l'expiration de leur peine peuvent tout aussi bien rester dans la colonie que repartir vers l'Europe. Cependant, il en est qui sont vite rejetés sur la route du crime prenant le risque d'une nouvelle déportation dans des conditions plus rudes encore, si ce n'est même de finir au gibet. Ce bagne avait accueilli, par ailleurs, les derniers résidents de celui de Norfolk, abandonné depuis 1854, consécutivement à la décision d'abolir la transportation des condamnés par le gouvernement anglais.

« Les terres nouvelles de l'Australie ne manquent pas de ports accueillant les aventuriers de tous bords, grommela Flip. La plupart sont d'honnêtes gens, mais les bouges à matelots attirent trop aisément toute la lie du monde. Là, s'y racolent de véritables compagnies de brigands. Voici donc où ont été recrutés ces mauvais gabiers et ces tristes sires !

— Ce continent est encore jeune de sa découverte et de son exploration, reprit l'ingénieur. Songez, mon ami, que le tracé du littoral n'a été presque entièrement exploré qu'il y a moins d'un siècle.

D'abord connu sous le nom de Grande Jave, puis de Nouvelle-Hollande, cette contrée a été l'objet de bien des fantasmes, appelant nombre de chevaliers d'industrie.

— Il m'a été donné de faire escale à Melbourne, puis à Sydney et enfin à Brisbane. Les uns et les autres de ces ports hébergent une certaine population bien peu recommandable fournissant son lot de hors-la-loi.

— La première tentative de colonisation a eu lieu sur les rivages de la Botany Bay dans ce Port Jackson qui est, depuis, devenu la ville de Sydney que vous avez connue. Ce n'était pas une émigration volontaire qui devait peupler ces contrées désertes. Port Jackson n'était autre qu'une colonie pénitentiaire comme l'est encore Port Arthur. Bien heureusement, ces colonies ne devaient pas rester à ce point. Le gouvernement britannique a eu la sagesse de libérer cette nouvelle Angleterre du régime de pénitencier, si draconien et si délétère, à la bonne marche du progrès. Les richesses naturelles de ce pays ont grandement favorisé l'arrivée d'émigrants libres désireux de fonder des institutions autonomes et de garantir l'indépendance de leur nation.

— Vous avez raison, monsieur Clifton. J'y ai été témoin que de nombreux anciens criminels, considérés avec bienveillance, disciplinés à un labeur leur assurant l'équité la plus impartiale, ont été conduits à s'amender sincèrement. Je les ai vus pères les plus scrupuleux sur l'éducation de leurs enfants. À bien des égards, leur famille est-elle exemplaire. Et ces enfants-là n'emprunteront certes pas la première voie suivie par leur géniteur. Hélas, parmi ces convicts, certains comparses, impénitents gredins, ne voulurent guère châtier leurs inclinations vicieuses ; ils ont troqué leurs habits de forçats contre ceux de bandits. Leur était-il si difficile de se fondre dans la masse d'une communauté prolétaire mais libre ?

— Il faut croire que chaque liberté a son prix que d'aucuns souhaitent payer à leur convenance ! s'exclama Harry Clifton. Cependant, je doute que nos ravisseurs soient de ces hommes entrés en rébellion contre une politique par trop répressive comme les colons considèrent les *bushrangers*. Ces pirates-là préfèrent une vie de rapine n'ayant comme seule loi que celle de leur groupe dans l'assouvissement de leur jouissance immédiate et égoïste. Sont-ils seulement capables de renier leurs criminels penchants et de cesser leurs actes meurtriers ? Voici des questions par trop sévères, aux explications trop exigeantes, auxquelles je ne trouve pas le courage de vouloir répondre ! Le pourrais-je cependant ? »

Les deux hommes avaient à tromper les affres de l'attente dans ce lieu exigu et absolument obscur. Du fond de la cale, parvenaient des bruits furtifs et discrets. D'une manière assurée, il ne pouvait s'agir que du déplacement de rats curieux qui se montraient, pour l'heure, des plus craintifs. Les captifs continuèrent d'échanger sur leurs connaissances respectives de la Nouvelle-Hollande.

Abordée dès le XVIe siècle par des navigateurs portugais, ces rivages de Java la Grande devaient être reconnus en 1606 par Fernand de Quiros et Luis Vaez de Torrès comme la *Terra Australia*. Ce furent les marins hollandais qui la dénommèrent ensuite Nouvelle-Hollande et James Cook, en 1770, en hissant le pavillon anglais garda ce nom pour cette nouvelle colonie. Ce ne fut qu'au début du XIXe siècle, en 1824, que cette partie du globe fut, désormais, appelée officiellement Australie.

De la première colonie de Botany Bay, fondée en 1788, ce fut à partir d'établissements pénitentiaires comme celui de Moreton Bay, créé en 1825 sur la côte est, ou de celui au Victoria, Port Philipp, au sud-est, colonisé en 1835 par les Tasmaniens ou encore celui, plus récent, de la Swan-River, édifié en 1851 en Australie de l'Ouest que ces terres furent réellement investies par les Européens cependant que l'Australie du Sud fut occupée par des émigrants anglais dès 1836, encouragés par l'intégration du continent australien au sein de l'Empire britannique en 1829.

Depuis 1850, la population émigrée a crû considérablement. De cette expansion, la découverte de gisements aurifères au Victoria y avait largement contribué. Déjà, les installations de Port Philipp avaient constitué la base de la ville de Melbourne qui devint un centre de première importance tant au sein de la grande île de l'Australie que du vaste Empire britannique. De plus, le chemin de fer rayonnant depuis Melbourne devait, de même, transporter la prospérité dans tout le Victoria ainsi qu'un certain progrès social basé sur les principes chartistes chers à Robert Owen et à Feargus O'Connor. La baisse de la production d'or n'eut pas raison de ces bonnes volontés. Plutôt, les prospecteurs essaimèrent dans tout le territoire, entraînant avec eux, certes un lot incontestable de désolations, mais aussi une certaine recherche de modernité. C'est autour de ces populations nomades que les *bushrangers*, attirés par une vie plus facile que celle de fermier ou de mineur, tentèrent de trouver rapidement l'aisance devant les extraire de leur condition de hors-la-loi. À part quelques favorisés par le sort, le gros de la troupe continue à vivre de crime. Grâce à la colonisation croissante, l'amélioration des moyens de transport ou la progression du télégraphe, – précieux alliés pour le travail de la police –, chaque jour passant, la *Terra Australia* est assurée de se transformer en un pays civilisé à l'égal de l'Europe ou de l'Amérique.

« Les gouvernements du Victoria et de la Nouvelle Galle du Sud se sont associés avec ceux des vastes territoires de l'Australie du Sud, de l'Australie du Nord et de l'Australie de l'Ouest pour réaliser un prodigieux chemin de fer, reprit l'ingénieur. Nul doute que dans une poignée d'années, les locomotives ralieront les principales villes portuaires d'Adélaïde, de Perth, mais également de colonies ne demandant qu'à prospérer avec l'arrivée d'émigrants. En effet, au nord, les côtes les plus proches des îles de la Sonde ou de la Nouvelle

Guinée, baignées par les eaux de la mer de Timor ou de la mer d'Arafura, fermée à l'est par le détroit de Torrès, présentent de nombreux ports naturels. Et sans doute, également, le golfe de Van Diemen est-il particulièrement favorisé par la présence des grandes îles de Melville et de Bathurst brisant la fureur des lames en provenance de l'Asie.

Plus que nulle part ailleurs, il y a, dans ce jeune pays, de l'ouvrage pour des générations d'ingénieurs et d'artisans industrieux, reconnut Harry Clifton. Le chantier du chemin de fer est l'objet de nombreuses discussions. Des compagnies se sont portées sur les rangs en proposant le système américain de réalisation du *railway* en échange de cession de terres. Sagement, ce peuple australien, nouveau venu, presque sans histoire, refuse ce marchandage craignant que cette opération ne serve à enrichir lesdites compagnies.

— Pour sûr, connaissant ces particuliers comme je les ai approchés, dussent-ils payer de leur vie leur détermination, ils ne céderont pas à ces intrigues, répondit Flip. Ils ont un caractère encore plus trempé que l'acier.

— Dès lors que l'opération sera effectuée directement par les gouvernements indépendants de chaque colonie, les lignes s'ouvriront sans retard et traverseront montagnes et déserts. De ces flots de population, les colonies de l'Australie sauront les conduire dans une idée certaine de la démocratie qui déjà, née dans les pays britanniques, là, y semble plus libre qu'ailleurs et s'apprête à accomplir de grandes choses.

Vous verrez, mon cher Flip, que la traversée de ce continent ne sera plus regardée comme une entreprise insensée. Apprenez que quelques mois avant que ma famille et moi-même n'embarquions sur le *Vankouver*, Mac Douall Stuart est parvenu au centre géométrique de l'Australie. Par un caprice de la nature, s'y dresse un mont remarquable qui est désormais désigné comme le mont Stuart ainsi qu'un monolithe de grès maintenant connu sous le nom de pilier de Chamber. Et c'est parce que les naturels ont vu dans l'exploration de leurs sites sacrés une profanation insupportable qu'ils forcèrent l'aventurier écossais à rebrousser chemin. Aujourd'hui, qui peut dire combien il reste de contrées inexplorées dans la vaste Australasie ?

— Pensez-vous, monsieur Clifton ! Vous parlez là de l'Australie, de la Nouvelle-Zélande, de la terre de Van Diemen et des îles adjacentes réunies. N'y a-t-il pas la place pour quelques peuples pacifiques ou quelques robinsons volontaires qui désireraient vivre à l'écart du monde ?

— Pour l'instant, certainement, mais imaginez bien, mon bon ami, que nul recoin de notre globe ne restera inexploré, puis occupé et enfin mis en valeur.

— Ce que vous dites est juste mais voilà qui est regrettable. À ce propos, d'ailleurs, j'ai vu dans le port d'Auckland des missionnaires offrant une éducation sommaire à des enfants dont les parents s'étaient détournés de leurs traditions pour s'abîmer dans la consommation de tabac et d'alcool quand ils ne souffraient pas de maladies jusqu'alors inconnues de leur peuple.

— Voici bien le drame de la rencontre entre les colons et les autochtones, déplora l'ingénieur. Leur vie pèse bien peu devant l'appétit féroce de notre industrie. Leur salut est assurément de rejoindre notre civilisation même si je déplore que nous ne puissions leur accorder leur juste place qu'ils ne méritent pas moins que quiconque. De nombreuses mesures ont pourtant été prises en leur faveur ; elles apparaissent bien inconsistantes !

— Je vous rejoins entièrement ! Par exemple, lors de ma courte escale à Sydney, il m'a été permis de rencontrer un missionnaire évangéliste qui m'affirmait que les aborigènes sont de moins en moins nombreux, décimés par les maux apportés par les colons, mais également par une réduction drastique des naissances. Plus, ceux qui persévéraient à conserver leurs coutumes ne savaient que faire de la maisonnette, ni du jardin qui leur avaient été offerts par les autorités. Bons cavaliers, ils ne rendaient pourtant que de piètres services dans la police. Les habits leur semblaient incongrus et ne se mettaient en peine que pour assouvir leurs besoins les plus essentiels. En somme, disait-il encore, dans quelques années les seuls Anglo-Saxons seront devenus maîtres de ce pays qu'ils auront conquis, colonisé et civilisé selon leurs mœurs, usages et habitudes, appuyés sur les institutions anglaises pourtant modifiées au contact des émigrants des autres nations caractérisant une composition particulière de la nouvelle population australienne. »

Le brick était parcouru de grincements lancinants, interrompus d'éclats de voix s'éteignant subitement, laissant, alors, place à un court silence sitôt couvert par une sorte de murmure des charpentes chantant au rythme de la houle. Les deux amis se firent violence pour ne pas céder au sommeil. L'ingénieur reprit, de fait, ses explications, unique moyen de rester éveillé.

« La nature géologique exceptionnelle de ce nouveau continent appellera, pour de nombreuses années, des armées de colons. La grande richesse en métaux de l'Australasie pourrait s'expliquer par le fait qu'elle semble bien être une terre tout-à-fait archaïque. Peut-être la plus ancienne que l'on connaisse à ce jour.

— Une île plus ancienne que les autres continents ? Quelle curieuse idée !

— Ce n'est tant cela ! Mais, voyez-vous, si les côtes de l'Europe semblent s'apparier dans celles de l'Amérique du Nord et si les rivages de l'Afrique dans ceux de l'Amérique du Sud, ce n'est pas le cas de l'Asie qui est géologiquement isolée de ces deux groupes. Quant à l'Australie, c'est un trait d'îles qui la rattacherait au couple continental septentrional. De plus, il est constant que les terrains les plus récents font quelque peu défaut à ce pays.

— Je n'avais jamais pensé que cet arc de terres, péninsule de Malacca, îles de la Sonde, Bornéo et Nouvelle Guinée eût été un pont écroulé, commenta Flip. Je n'y voyais qu'une limite entre la mer des Indes et le Grand Océan.

— Vous voyez le monde en marin, tandis que je le vois en géographe ! Mais, oh combien les mers sont-elles plus vastes que les terres ! Parmi les bataillons d'aventuriers qui accosteront sur les rivages du plus petit continent du globe, pensez qu'il s'y trouvera des contingents de canailles tout prêts à profiter de la multitude d'îles constellant plus particulièrement l'océan Pacifique. »

Une insidieuse lassitude s'empara des deux amis réduits à l'impuissance. Les deux hommes étaient tout disposés à se sacrifier pour permettre aux quatre enfants et à leur mère de survivre. Cependant, en guise de survie, si la séparation, voire la disparition des deux captifs ne faisait presque plus aucun doute, qu'adviendrait-il donc de ces cinq hères définitivement abandonnés sur les côtes d'une contrée résolument isolée du reste du monde ?

Il n'y avait pas, à cette heure, de solution envisageable pour infléchir le cours du destin. Aucune expectative ne soutiendrait l'interminable attente !

À qui avons-nous l'honneur de nous adresser ?

CHAPITRE IV

Nouvel interrogatoire – Robert capturé
Une situation désespérée – Une étrange proposition
Deuxième nuit

L'Oncle Robinson et Harry Clifton ne laissaient pas d'être inquiets lorsqu'un certain tumulte se fit entendre sur le pont. Les cris succédaient aux invectives, puis un calme de courte durée s'imposa. Depuis le réduit où ils étaient enfermés, il n'était pas possible de comprendre ce qui pouvait donner lieu à une telle agitation. À plusieurs reprises, la confusion semblait reprendre avec une ardeur alarmante. Au terme de ce qui pouvait paraître une éternité, la situation devait trouver sa résolution. La cale se mit à résonner du bruit d'une multitude de pas et de voix mélangés. On venait…

De nouveau, le temps suspendit son cours. Pour sûr, les pirates avaient dû statuer sur le sort des deux amis. Les deux prisonniers se blottirent instinctivement vers le fond de la soute, l'un contre l'autre. La porte s'ouvrit, libérant de plusieurs fanaux un flot de lumière qui les aveugla temporairement. Flip et Clifton ne retrouvèrent le sens de la vue que progressivement. Du sein de l'assemblée, une informe silhouette se détacha un peu plus nettement. Ni l'Oncle, ni encore l'ingénieur ne se méprirent sur l'identité de l'adolescent qui se tenait devant eux.

« Robert ! s'écria Harry Clifton. »

Le jeune homme se précipita vers son père. Il ne paraissait pas avoir subi de mauvais traitements.

« Vous n'avez pas tout dit, mon cher monsieur ! déclara ironiquement le capitaine, déclenchant rires et sourires sarcastiques dans son équipage. Combien êtes-vous ?

Ce fut l'ingénieur Clifton qui parvint à trouver, le premier, la force de surmonter la puissante émotion qui l'étreignait. Rassemblant tout son courage, il déclara d'une voix à peine audible et hésitante :

« Nous sommes sept, ma femme, mes quatre enfants, mon ami Flip et moi-même, répondit-il sans se faire prier. »

Était-il possible d'infléchir une requête de cet homme ? Un silence effrayant fut la réponse qu'offrit le capitaine à ses interlocuteurs tandis que de son regard semblaient danser des éclats mortifères. Un rictus déforma son visage.

La situation devenait par trop insoutenable et le brave oncle ne put s'empêcher de lancer :

« Le reste de l'histoire est juste, ajouta Flip. Nous avons travesti la vérité pour protéger les membres de la famille. »

L'ingénieur en profita pour reconstituer cette maîtrise des épreuves qui le caractérisait si précisément.

« Nous laisserez-vous partir ? reprit l'ingénieur. Nous n'avons aucune arme et ne pouvons vous causer de tort. »

De la troupe des marins, seuls de faibles murmures s'effusaient. À cette supplique la figure du chef des pirates s'égaya véritablement. C'est d'une voix presque chantante qu'il devait répondre à son otage apeuré.

« Peut-être ou peut-être pas ! lança le capitaine enjoué. »

Il était le seul à parler et il était évident que nul n'osait s'aventurer à l'interrompre. Même le second le considérait avec déférence. Le capitaine lui dit quelques mots à voix basse et déclara :

« Nous verrons cela ! »

De brefs et nombreux rires résonnèrent comme autant de trompettes. Le capitaine retrouva subitement un visage fermé et durci. Il pivota et s'engagea dans la foule de ses compagnons qui s'étaient employés à lui laisser un large passage. Il en bouscula néanmoins certains qui ne répondirent pas, puis disparut, accompagné de son second ; la trouée se referma prestement. Les pirates s'autorisèrent, alors, à commenter, entre eux, les quelques mots de leur chef. Tous partirent enfin, mais avant que la porte ne se refermât, le jeune homme qui était déjà venu apporter vivres et eau se retourna et envoya un furtif regard aux trois naufragés.

Robert s'effondra en larmes. Ni son père ni l'Oncle ne trouvèrent à le consoler. De nouveau, l'obscurité la plus totale recouvrit de son voile pudique leur désespoir. C'est avec ses seules mains que Flip put repérer de quoi constituer un matelas informe d'un pan de toile. Le cadet Clifton s'y installa à contre-cœur, abattu par la honte.

« Nous aurions dû tenter une sortie ! grogna le marin.
— Qui aurait été vouée à l'échec ! répliqua Harry Clifton. Nous n'étions pas de taille à nous révolter. »

L'Oncle savait tout-à-fait juste la remarque de l'ingénieur, mais à court de conversation, il en était réduit à penser haut ce que la raison commandait de taire. Une désespérance absolue avait muselé le courage du digne marin dans un accablement propre à celui qui se trouve aux prises aux dernières extrémités. Il tenta de se ressaisir :

« Mais nous voici trois prisonniers au lieu de deux. »

Ce dernier argument n'avait guère plus de valeur !

« C'est de ma faute, dit alors Robert. »

Cela en était trop, Harry Clifton prit le parti d'interrompre cette rhétorique non seulement stérile mais, pis encore, délétère pour le moral de chacun.

« Ces brigands t'ont-ils violenté ? demanda le père.
— Non ! … parvint à répondre Robert entre deux sanglots. »

Robert avait été le témoin impuissant de la capture de son père et de Flip. Bien dissimulé dans l'anfractuosité de la falaise, il n'avait pas été découvert et resta un long moment dans sa cache. Toujours un bruit suspect, une inquiétude subite l'avait retenu de partir et lorsqu'il s'y était résolu, il s'était écoulé plusieurs heures. Le jour s'apprêtait à décliner avant peu. Robert se dirigea sur le chemin du retour, mais des coups de feu retentirent tout proches de lui. Il décida de se diriger dans la direction opposée, au risque de se perdre dans l'épaisse forêt déjà assombrie, ce qui ne manqua pas. Ce fut ainsi que, repéré, il fut rattrapé sans peine. Les pirates le transportèrent, lui aussi, sur le navire où l'avaient précédé son père et l'Oncle. Conduit au-devant du capitaine Hervay, comme il l'avait entendu appeler, il ne fut qu'à peine interrogé et emmené dans la soute à voiles où il savait être les deux membres de sa famille.

Maintenu garrotté sur la grève, Robert avait tenté de distinguer, autant qu'il lui était possible, les installations que les pirates avaient montées sur la plage, à la lisière de la forêt. Malgré tous les efforts qu'il avait pu déployer, la pénombre ne lui avait pas permis de relever le moindre détail d'importance qui eût pu aider et son père et son oncle. Il s'en désolait, mais Flip eut la bonté de lui apprendre ce que lui-même et l'ingénieur avaient pu distinguer. Quant aux pirates, certes semblaient-ils une trentaine sans, cependant excéder quatre douzaines. Robert fut marqué par leurs manières rustres et leur langage grossier à l'accent particulièrement déformé dénotant, non seulement un manque total de finesse, mais une absence notable de la moindre éducation. À bien des égards, ces êtres brutaux à la mine patibulaire se rendaient encore plus effrayants que leurs armes. Il y avait fort à craindre que, ni magnanimité ou mansuétude, ni générosité ou indulgence ne figurassent dans le lexique de leur jargon aléatoirement international à défaut d'être, un tant soit peu, polyglotte.

Le récit achevé, les trois captifs entreprirent de trouver une solution pour s'échapper. Cependant, le lieu restait solidement clos. La situation était désespérée. Les craintes les plus vives allaient vers les résidents d'Élise-House qui n'avaient guère plus de moyen de défense.

Voici donc que des heures durant, non seulement, toutes les pensées des captifs se tournaient invariablement vers les quatre membres de la famille Clifton encore libres, mais encore, c'était avec la plus absolue terreur que ne pouvait s'envisager le péril dans lequel venaient de s'engager les naufragés involontaires à peine dégagés des contingences d'une vie quasiment sauvage. Si les affres d'une séparation semblaient peut-être s'éloigner, ce n'était pourtant pas à l'avantage des insulaires ; la situation ne paraissait pas dénuée de très-nombreux dangers. Mais, le destin devait trancher la question ! Nonobstant, il ne pouvait être certain que les pirates ne s'encombrassent pas d'une famille entière sur leur navire. À bien y songer, celle-ci ne pouvait qu'être cause de tracas qu'un capitaine tel que celui du *Swift* ne saurait s'imposer. Cet homme n'aurait, d'ailleurs, guère eu à s'embarrasser de scrupules ou d'états d'âme.

« Nous voilà tombés de Charybde en Scylla ! tempêta l'ingénieur. Je ne peux me résoudre à abandonner mon épouse et mes enfants, mais si les pirates ne consentent pas à nous laisser sur l'île, comment les convaincre de nous laisser la vie sauve, ne serait-ce sur leur bateau ? »

— Nous ne pouvons pas attendre de nous faire tuer comme des rats ! grommela le marin dans un accès de rage. »

L'ingénieur partageait l'avis de son ami, mais la raison commandait d'agir prudemment.

« Je vais proposer mes services, dit sombrement Harry Clifton. Un navire vieillissant et un équipage comme celui-ci aurait fort à perdre de refuser l'expérience d'un ingénieur.

— Père ! lança Robert.

— Je ne vois que cette solution, répondit Mr. Clifton. Elle nous fera gagner du temps et, peut-être même, quitter l'île, ajouta-t-il pour convaincre et son fils et son ami et sans doute lui-même. »

Harry Clifton entreprit donc d'éclairer son fils et l'Oncle Robinson sur un plan qui pouvait leur permettre de rester en famille et peut-être bien de s'échapper de l'emprise des pirates. Il se présentait, néanmoins, un très-grand danger que l'ingénieur souhaitait ardemment éviter de faire courir à ses proches. En effet, s'il lui était possible de marchander la vie sauve de chacun d'entre eux, ce serait un combat quotidien qu'il conviendrait de mener pour survivre au sein d'un équipage de criminels immanquablement chassé sur toutes les mers du globe. Combien de semaines, de mois, peut-être d'années, ces hommes pensaient-ils pouvoir naviguer dans de telles conditions ? Au surplus, à la moindre attaque, l'ingénieur redoutait, à raison, que la sécurité des siens fût compromise.

« Cette proposition n'est qu'une manœuvre dilatoire, confirma Clifton. Voyez-vous Flip et Robert, avec une certaine audace, je pense qu'il est possible de recouvrer notre liberté. Si le capitaine accepte ma requête, je lui imposerai de nous laisser partir, tous trois, accompagnés du nombre de ses acolytes qu'il souhaitera, afin de ramener, Belle, Jack, Marc et leur mère sur son navire.

— *Mistress* Clifton n'y consentira pas, contredit Flip.

— Pour peu que nous n'ayons déjà faussé compagnie à nos gardiens sur un moment d'inattention de leur part, nous nous retournerons contre eux.

— L'on pourra compter sur moi ! s'exclama Robert, je les combattrais avec l'énergie du dernier espoir s'il le faut !

— Et si votre plan échoue ? questionna le marin feignant l'ingénu.

— Alors nous ferons partie de cet équipage de forbans ! »

Ces mots résonnèrent, cruels, cinglants, douloureux, dans la soute à voiles. Cependant, dans l'obscurité absolue du local, une lueur d'espoir parvenait à illuminer le cœur des trois captifs. Il ne restait, à l'ingénieur, que le soin de trouver un argument capable de convaincre le capitaine Hervay d'accepter cette offre presque incongrue.

Soudain, tous les sens se mirent en alerte.

« J'entends du bruit ! dit Flip. On gratte à la porte ! »

En effet, un faible grattement se faisait entendre. Silencieusement, les trois hommes se rapprochèrent du pan de bois.

« Messieurs, chuchota la voix. Je suis venu tantôt vous apporter des vivres.

— Êtes-vous le jeune homme ? demanda Flip.

— Exactement, répondit-il. J'ai peu de temps. Écoutez-moi attentivement. Vous êtes en grand péril, mais je vais vous aider. Cette nuit, je reviendrai. Vous me suivrez. Un canot vous attendra à bâbord. Vous le prendrez et fuirez. En échange, je vous demande de ne pas oublier mon geste.

— Pourquoi vous ferions-nous confiance ? questionna Flip.

— Je ne puis répondre à cela, lança le jeune homme. Je vous quitte. Soyez prêts.

— Attendez, monsieur, reprit l'ingénieur. Pourquoi prenez-vous tant de risques pour nous ? »

La question resta sans réponse. Il n'y avait plus personne derrière la porte. Subrepticement, le jeune inconnu était venu, furtivement, il était reparti, laissant les trois captifs dans la plus grande perplexité.

« Que ferons-nous, père, oncle ? demanda, inquiet, Robert.

— Si cet homme prend des risques incommensurables, c'est que la raison en est impérieuse, déclara Harry Clifton. »

Quel était donc ce commandement qui conduisait ce jeune homme tout-à-fait inconnu à s'engager dans une action d'une bravoure inouïe, dans un geste de folie pure ? Il y avait fort à parier qu'en fait de pirate, il n'en avait guère l'âme, ni même la conduite. D'ailleurs, de tout l'équipage, il s'en trouvait le plus remarquable par son maintien et sa contenance. Or, voici qu'il venait proposer son aide d'une manière providentielle. Certainement ne pouvait-il s'agir d'un piège de sa part ; aucun enjeu n'eût pu expliquer l'élaboration d'un quelconque traquenard. Bien évidemment, le plan, aussi audacieux qu'incertain, échafaudé par l'ingénieur était-il largement remis en cause ; il souffrait de trop de faiblesses pour ne pas être rejeté. Si l'inconnu s'était mis en tête d'organiser une évasion, c'est que, dans la place, son projet pouvait se tenter même si les dangers n'en étaient point exempts. Était-il possible de sortir furtivement de la cale, de parcourir discrètement une courte distance pour enjamber le bastingage et s'engouffrer dans un canot ? Le pari valait d'être tenu !

« Au besoin, repérés, nous nous précipiterons dans la mer et rejoindrons le rivage, envisagea l'Oncle d'un ton rassurant. »

Sur ces mots le parti fut pris ; les trois captifs accorderaient leur confiance et remettraient leur vie entre les mains de l'inconnu dont les mystérieuses motivations lui appartiendraient pleinement.

« Pour l'heure, il nous importe avant toute chose de nous échapper de cet endroit et cet énigmatique particulier nous offre une occasion qu'il convient de saisir, reprit Harry Clifton.
— Tout juste ! cependant s'échapper ne signifie pas se débarrasser des pirates, ajouta Flip.
— Il s'agit de notre ultime chance de rester libres, répondit l'ingénieur.
— Nous pourrons toujours nous cacher dans l'île, dit Robert. Les pirates n'y resteront vraisemblablement pas.
— Exactement, compléta Flip. J'ai pu observer les prémices d'un départ prochain.
— Ces pirates auront des affaires autrement plus importantes que de donner la chasse à des naufragés, s'écria Robert qui imaginait déjà sa famille hors de danger.
— Je n'en doute pas, murmura son père d'un ton dubitatif. »

Les naufragés discutèrent encore longtemps de la proposition du jeune homme. Tantôt, ils redoutaient de l'accepter, tantôt, ils désiraient ardemment y répondre favorablement. Cependant, ce subit espoir plongeait les prisonniers dans d'indescriptibles tourments de l'esprit. L'échec de l'évasion leur serait indubitablement fatal.

À l'étage, les sons traversant le plancher indiquaient que l'équipage prenait son repas du soir. Les discussions semblaient animées, mais il eût été vain de chercher à comprendre ce qui pouvait se dire entre les éclats de voix ou de rires ou parfois de chants.

Les mots du jeune anonyme résonnaient encore aux trois prisonniers.

« Pensez-vous, père, que le péril dont nous a parlé l'homme, tout à l'heure, puisse être notre exécution ? s'alarma, soudain, Robert.
— Je ne saurais te répondre, répondit le père qui avait déjà acquis la conviction que cette éventualité fût très-vraisemblable.
— Nous ne nous laisserons pas faire, ajouta Flip.
— Inutile, oncle, de vouloir me rassurer vainement. Je suis en âge d'agir et d'entendre comme un homme, lança affectueusement Robert.
— Excusez-moi, monsieur Robert, dit l'Oncle. Je ne voulais pas vous vexer.
— Ce n'est pas le cas. Merci pour votre bonté, oncle ! »

Robert, dans l'obscurité profonde, prit la main du marin, lui signifiant sa suprême reconnaissance. Nul ne vit les larmes couler des trois paires d'yeux. Chacun avait à cœur de rester maître de ses émotions dans la crainte de trahir un désarroi si légitime.

Peu à peu, dans le gaillard d'avant, le bruit diminua d'intensité. Quelle heure pouvait-il être ? Nul n'en avait idée. Le jeune homme viendrait-il au rendez-vous ? La réponse viendrait en son temps.

Quelle ne fut pas la crainte que le moindre assoupissement ne s'emparât de l'un d'eux ou de tous. Chacun se dirigea au plus près de la porte, aux aguets du plus fugace son. Flip avait le sommeil léger, cependant il accusait quelques fatigues. Harry Clifton s'en était rendu compte, mais n'osait l'offenser en lui en faisant la remarque. Pourtant, un ami sincère ne se doit-il pas de pouvoir s'ouvrir avec franchise sur les sujets les plus graves ?

« Mon digne ami, dit l'ingénieur, je souhaiterais que vous vous reposiez le premier, vous serez plus alerte lorsque viendra notre visite. »

Flip s'engagea à se défendre mais Robert sut le convaincre tout aussi bien que son père.

« Nous aurons trop besoin de vos connaissances le moment venu. De votre vivacité, oncle, dépend la réussite de notre évasion.
— Très-bien ! si le père et le fils sont aussi bons plaideurs, je m'incline ! répondit-il. »

Malgré sa ferme intention de rester éveillé, il ne tarda pas à sommeiller. Il fut, en ce sens, d'ailleurs, rejoint par l'ingénieur.

Un faible grattement se faisait entendre.

CHAPITRE V

L'évasion – Le naufrage – Retour à terre
L'épave – Un messager pour Élise-House
Un coup de feu

Robert distingua, malgré le bruit du vent, que l'on descendait vers la soute à voiles. Il réveilla doucement et son père et son oncle. À plusieurs reprises, il avait entendu des pas sur le pont. Il s'agissait plutôt de sons produits par le craquement de planches que de celui de chaussures entrant en contact avec le plancher mais, son oreille attentive, lui avait fait reconnaître, finalement, qu'ils étaient la conséquence de la déformation des lames de bois sous l'effet du poids d'un seul homme se déplaçant. Cet homme marchait de façon à ne pas être entendu. Mais, cette fois-ci, il n'y avait plus de doute possible ; on venait.

L'attente parut une éternité. Les sons se faisaient plus distincts. Puis, ce furent des grattements sur la porte.

« Ne faites aucun bruit ! dit le jeune homme. Je suis seul. »

La porte s'ouvrit. Une faible lueur, issue d'une lanterne couverte d'un linge, éclairait les quatre hommes. Le jeune inconnu leur tendit des pièces de grossière étoffe.

« Entourez vos chaussures de ceci, murmura-t-il. »

Les prisonniers s'exécutèrent. Du fond de la cale, l'on pouvait entendre le vent souffler au-dehors. Déjà, le roulis du navire faisait sentir qu'un grain passait sur l'île.

« Nous monterons sur le pont et, à bâbord, par l'échelle hors-le-bord que vous avez gravie à votre arrivée, vous trouverez le canot qui vous attend. Je vous accompagne, ajouta-t-il. »

Avec d'infinies précautions, les quatre hommes montèrent sur le pont et se dirigèrent à l'endroit désigné. Aucune lumière, aucun bruit ne trahissait une quelconque présence humaine. L'instant semblait irréel. Le vent avait résolument forci. Il venait de l'orient. Ceci expliquait pour quelle raison le navire se montrait plus exposé.

Flip descendit le premier, suivi de Robert. Sur le point de rejoindre ses compagnons, l'ingénieur saisit le bras du jeune homme.

« Dites-nous comment nous pouvons vous appeler, demanda-t-il. »

Le jeune inconnu voulut se dégager de l'étreinte mais n'y parvint pas. Les regards se rencontrèrent à la faveur de la faible lueur de la lanterne.

« Je me prénomme Thomas. Cela suffira bien assez, se résigna-t-il à murmurer. J'ai encore à faire, s'il vous plaît ! »

Harry Clifton lâcha le bras de cet homme mystérieux.

« Au revoir, je l'espère, répondit l'ingénieur enjambant le bastingage. »

Le temps dégradé rendait délicate la manœuvre pour rejoindre la côte, mais cela n'était pas pour faire peur à un marin expérimenté comme l'Oncle Robinson. Cependant, à l'aide des avirons, cela exigeait davantage d'attention. Il y avait un peu plus d'une encablure, peut-être deux tout au plus, à parcourir. Le ciel chargé de nuages ne laissait que très-rarement filtrer quelques épars rayons de l'astre lunaire qui n'en était, d'ailleurs, qu'à son premier croissant. Flip se guidait à l'aide de son sens de l'orientation ainsi que par le bruit du ressac. La tâche promettait d'être ardue.

« Allez, messieurs, courage, le plus dur est fait, lança-t-il. Je tiens la barre et garde le cap. Plein ouest et vent arrière !
— L'on vous fait confiance, oncle, rassura Robert, s'employant à manœuvrer sa rame avec le même rythme que son père.
— Oui, l'Oncle, ajouta l'ingénieur, nous nous en remettons à votre expérience. »

Pour autant, Flip avait à maugréer.

« Comment se fait-il que ce maudit canot n'avance pas malgré nos efforts ? grommela-t-il. Pire, voici que j'ai l'impression que nous revenons vers le brick. »

Par quelque influence du vent, l'équipage de la chaloupe semblait avoir perdu le cap et, pourtant, l'instinct du marin contredisait cette impression. En effet, le ressac se faisait toujours entendre par bâbord et un vent arrière poussait la chaloupe. Ainsi, la falaise en forme de dent était à gauche du groupe. Cependant, il advint que le navire se présentât visiblement par sa poupe. Le marin fut atterré.

« C'est à ne plus rien y comprendre, dit-il avec une inquiétude tangible. Je ne sais plus où aller !
— Gardez votre cap, mon ami, répondit Harry Clifton. Évitons les écueils.
— Vous avez raison, monsieur. Je vais me ressaisir ! »

Cela faisait un peu plus d'un quart d'heure que les trois hommes luttaient contre les éléments furieux quand une formidable explosion les surprit. Elle ne pouvait provenir que du navire mais celui-ci devait se trouver incroyablement proche. De sinistres craquements de bois indiquaient que la mâture avait dû être endommagée.

Ce ne fut qu'au prix de peines indescriptibles que le canot s'échoua sur la grève. Mis hors d'atteinte des vagues, un repos relatif fut apprécié. Il s'agissait d'attendre le lever du jour qui ne viendrait pas avant quelques heures. Pénétrer dans l'épaisse forêt, en pleine nuit, eût été trop hasardeux. Les tours de garde furent distribués afin de s'assurer que les pirates ne vinssent compromettre la réussite de l'évasion. Le fort vent froid rendait pénible cette mission. Par chance, il ne pleuvait pas. Le marin tergiversait à l'idée de quitter, sans délai, la plage, tandis que l'ingénieur désirait connaître la cause et les effets de l'explosion qui avait eu lieu sur le brick. À la faible lumière lunaire, la silhouette du navire montrait qu'un désastre avait eu lieu. Au surplus, les compagnons n'étaient plus sans défense. Le trio avait trouvé, au moment de l'embarquement, dans la chaloupe, que des pistolets ainsi qu'une boîte de munitions avaient été mis à leur disposition sur le banc de nage.

Les premières lueurs du jour éclairèrent l'étendue du naufrage. Le brick n'apparaissait que par sa dunette dirigée vers la plage. La proue, orientée cette fois-ci vers l'est, plongeait dans l'eau jusqu'à la lisse. Le navire s'était rapproché vers le fond de la crique au point de n'être plus qu'à une centaine de brasses. Les amarres ne le retenant plus, il avait dérivé et l'explosion entendue avait mis fin à sa course qui, sans cet évènement, se serait achevée bien plus près de la grève. Le mât de misaine était couché et le gaillard d'avant, par l'orientation du brick, était immergé. Le navire gîtait sur son bâbord. Encore dressé, le grand-mât accentuait l'inclinaison du bâtiment. Le bateau ne tarderait pas à se coucher sur son flanc. Pour l'heure, la coque semblait solidement fixée au fond. Nulle activité humaine ne se distinguait sur le pont. Robert voulut s'approcher prudemment du canot.

« Père, oncle, venez voir ! cria-t-il tout excité de ce qu'il venait de découvrir. »

Les deux amis accoururent et constatèrent que le canot n'était pas vide. Durant leur évasion, et en l'absence de lumière, ils ne s'étaient pas aperçus que dans le fond de l'embarcation, s'alignaient, bien rangés de nombreux objets. Ils y trouvèrent, quatre fusils de chasse, une demi-douzaine de revolvers et deux canardières, un nombre important de cartouches pour les fusils se chargeant par la culasse et un tonneau de poudre. Des balles, de la grenaille et du plomb achevaient ce catalogue d'arsenal qui fut apprécié à sa juste valeur. S'y trouvait également une certaine quantité de biscuit et un baril de bœuf salé. À cet inventaire, il conviendrait d'ajouter de nombreux outils de diverses natures, mais la situation ne se prêtait guère à l'approfondissement de cet examen.

Les trois naufragés prirent leur poste au niveau du canot qui devint fortin et tour de vigie.

« Le jusant s'amorce ! remarqua Flip, le vent s'apaise et le soleil se lève.

— La situation s'améliore pour nous ! triompha Robert.

— Je ne vois âme qui vive sur le navire, dit Harry Clifton.

— Les seuls survivants ne pourraient se trouver qu'au niveau de la dunette, déclara Flip, ils eussent été noyés autrement.

— Peut-être ont-ils regagné la terre ? rétorqua l'ingénieur.

— J'en doute pourtant, répondit le marin. En pleine nuit, dans une mer glacée et déchaînée, les chances d'en réchapper sont infimes.

— Le choc semble avoir été considérable, constata Clifton. C'est là, l'œuvre de notre ami Thomas à n'en pas douter.

— Thomas ! s'étonnèrent à l'unisson Robert et Flip.

— C'est ainsi qu'il s'est nommé lorsque je lui ai demandé à qui nous devions notre salut, expliqua Harry Clifton. »

Les trois hommes se résolurent à mettre la chaloupe à la mer et à effectuer, à bonne distance, le tour de l'épave. Son état était sans équivoque ; une partie de la proue dépassait à peine des flots, le gaillard d'avant totalement submergé, mais la dunette se trouvait hors de l'eau. Il fut alors évident qu'il n'y avait plus un être vivant à bord. Quelques épaves, flottant çà et là, furent amarrées à l'embarcation. Le pont du brick menaçait de se briser comme l'était son mât de misaine déjà arraché. Sitôt de retour à terre, ce fut une course pour récupérer ce que la mer ne tarderait pas à reprendre. Il s'agissait de quelques tonneaux, des pièces de bois ou des cordages, mais nulle trace d'être humain, vivant ou mort.

« Ce bateau sera bientôt englouti sous l'action de la marée qui emportera tous les trésors qu'il recèle, dit l'Oncle Robinson.

— Vous avez raison, mon ami, répondit Harry Clifton. Avez-vous une proposition à nous faire ?

— Nous aurons besoin d'aide, dit Flip. J'ai la certitude que tout l'équipage a péri, restons tous deux ici et demandons à Robert de quérir l'aide de Marc et peut-être également celui de Jup.

— Je ne sais que penser de cela, reprit l'ingénieur.

— Je n'aurai pas peur, déclara fièrement Robert. Je suis d'accord !

— Nous sommes partis le 3 janvier et nous voici le 5, expliqua Flip. Madame Clifton nous attend pour ce soir. Si nous voulons reprendre les épaves, deux paires de bras supplémentaires ne seront pas de trop. Dans cinq jours, je ne donnerai pas cher de ce qui restera.

— Ceci n'est que trop juste, l'Oncle, je serai prudent et rapide, avança Robert. Je n'ai que trop tardé pour arriver ce soir à Élise-House. »

L'ingénieur se rallia à la raison de la situation. Robert fut, alors, convenablement équipé de deux pistolets et de quelques munitions. Surtout, il emportait avec lui les consignes de son père qui souhaitait rassurer la famille sur les conditions actuelles des naufragés. Pendant l'absence de ses deux grands fils, il recommanda que les résidents d'Élise-House restassent en sécurité en attendant le retour du groupe. Il ambitionnait de récolter autant d'épaves que possible. L'ingénieur et le marin estimèrent qu'une semaine leur serait suffisante pour revenir à la grotte. Ainsi, si le 6 au soir, Marc, Robert et Jup étaient revenus leur prêter main forte, au plus tard, le 12 janvier, la famille serait de nouveau réunie.

Ce fut sous les embrassades de son père et de son oncle d'adoption que Robert partit accomplir sa mission, assurant de sa plus grande prudence tout en faisant diligence. Il ne doutait pas qu'il rejoindrait, sa mère, ses deux frères et sa sœur bien avant la fin du jour.

« Il est le digne fils de son père, dit simplement Flip. N'ayez crainte, monsieur.

— Je m'étonne simplement que l'on n'ait retrouvé nulle trace des matelots, constata l'ingénieur.

— La violence du naufrage a surpris les marins dans leur sommeil. Le gaillard d'avant aura été leur tombeau, rassura l'Oncle. Ne perdons pas de temps, la mer calme rend le navire abordable. Nous verrons par nous-mêmes ce qu'il en est. »

Préparer à nouveau le canot fut l'affaire de peu de temps. Tous les cordages furent mis à contribution dans le dessein de pouvoir ramener sur la grève autant d'objets que possible.

Soudain, ce fut un moment d'effroi pour les deux amis. Depuis les éboulis de la falaise, leur parvint un son sur lequel ils ne pouvaient se méprendre. C'était un coup de feu. Une frêle embarcation, sorte de yole peu adaptée à affronter la mer, apparaissait. Un homme seul s'y trouvait et la dirigeait vers eux. Si aucun des trois hommes ne pouvait clairement se distinguer, il n'en restait pas moins que chacun se voyait.

« Courons au canot ! cria Harry Clifton. »

Les fusils furent armés et les deux naufragés se tinrent en position. Durant l'avancée de cette barcasse, toutes les pensées allèrent à Robert qui venait de partir depuis une demi-heure.

À une distance respectable, l'homme cessa de ramer et cria :

« Messieurs, je ne vous veux aucun mal ! C'est moi qui vous ai libérés ! »

Flip jugea la situation favorablement :

« Monsieur Clifton, restez en poste et couvrez-moi ! Je vais au-devant de cet homme. »

Ce faisant, le marin indiqua à l'inconnu d'avancer. Rapidement parvenu sur la grève, celui-ci sauta à terre et se présenta.

« Thomas Walsh, officier à bord de la *Maria-Stella*, baleinier ayant été capturé par les pirates du *Swift* et prisonnier de leur capitaine depuis près d'une demi-année. »

Les présentations qui suivirent furent les plus cordiales du monde. L'ancien officier, étonné de ne pas voir Robert s'en inquiéta, mais fut aussitôt informé de la mission qui lui avait été confiée.

« N'ayez crainte, affirma Thomas Walsh. Il n'y a aucun survivant au naufrage. Je vous raconterai par le détail ce qu'il s'est passé cette nuit et la raison du sabordage dont je suis l'auteur. Mais le temps nous presse de collecter ce qui nous sera utile. »

Harry Clifton et Flip en convinrent et, trop heureux de pouvoir compter sur un nouvel ami ainsi que sur sa barque, ils se mirent en besogne. La mer, désormais calme, laissait à découvert le navire. L'ingénieur, tout comme l'Oncle, savait et avait bien constaté que les marées, en cette contrée, étaient d'un faible marnage dont l'importance est plus grande à proximité des côtes. La dunette et le carré des officiers étant les parties les plus accessibles, Flip s'apprêtait à y entrer.

« Messieurs, je vous demande de me laisser la charge d'extraire les corps du capitaine et de son second, dit sombrement le jeune homme. »

Flip et Harry Clifton respectèrent cette requête. Ils ne questionnèrent pas leur nouvel ami sur les raisons l'ayant amené à commettre un acte dont la nature n'était que trop évidente. Bientôt, les deux embarcations furent chargées d'une multitude d'objets n'ayant pas souffert de leur séjour dans l'eau, quand ils n'étaient pas hors de portée des flots. Du capitaine et de son second, Thomas Walsh rapporta leurs vêtements et leurs effets personnels soigneusement empaquetés. Les instruments de navigation et les cartes figuraient au butin. Les caisses s'amoncelant, un premier convoi fut déchargé sur la grève.

Le temps d'un frugal repas, la faible marée découvrit un peu plus le brick dont la poupe se relevait franchement. Il devint possible de pénétrer dans la soute à munition ainsi que dans la réserve pour peu que l'on pût emprunter l'écoutille de la cale et que l'on acceptât d'entrer dans l'eau glacée jusqu'à la poitrine. Le mât de misaine, arraché par l'explosion avait, dans sa chute, éventré une partie du gaillard d'avant. Cependant, l'ingénieur et l'Oncle Robinson remarquèrent que la porte en avait été solidement barrée. Ils comprirent tous deux de quelle façon avaient péri les matelots.

« Je ne sais que penser de notre nouveau compagnon d'infortune, dit Flip à l'ingénieur.

— Mon digne ami, faisons-lui confiance, répondit-il. Sans doute nous expliquera-t-il ses raisons !

— Ne le croyez-vous pas dangereux ?

— Dans ce cas, il n'aurait pas agi avec nous comme il l'a fait, conclut Harry Clifton. »

Pendant que certaines caisses étaient encore extraites de la soute, Thomas Walsh s'affairait à l'avant de l'épave. Tout ce qui pouvait flotter sans dommage fut amarré d'une manière ou d'une autre. Ceci constitua un radeau bien étrange ; des barriques étaient fixées à toutes sortes de pièces de bois.

Bientôt, il ne fut plus possible de retourner dans la cale, la marée montait de nouveau. Il était temps de quitter le brick, non sans s'être assuré que la mer n'eût emporté de trop précieuses épaves. La voile de misaine, le petit hunier et le petit perroquet furent encore détachés de leur mât, couché dans l'eau, au prix d'infinis efforts, car la houle gênait grandement la manœuvre. Pour autant, le ciel se montrait clément, il n'y avait pas à craindre de nouvelle tempête, ni de coup de vent.

« Quel curieux spectacle que voilà, dit l'Oncle arrivé à terre. Observer un navire sabordé ne peut laisser quiconque insensible, encore moins un marin !

— Que dire s'il s'agit de naufragés qui en sont les observateurs ? railla l'ingénieur. Vous avez raison, mon digne ami. Et ces débris amoncelés sur la grève en renforcent l'impression dramatique.

— La nuit s'annonce déjà ! remarqua le jeune officier. Préparons le campement et mettons à l'abri nos trésors. »

La préparation d'un campement sommaire fut entreprise et, à la fin du jour, autour d'un feu bien réconfortant, chacun prit le temps d'un repos et d'une réflexion.

« Je pense que Robert doit être arrivé à Élise-House, dit Harry Clifton à Flip.

— C'est ainsi que vous avez nommé votre foyer ! remarqua Thomas Walsh.

— En l'honneur de son épouse, se permit l'Oncle.

— Qui doit être une femme aux nombreuses qualités, osa le jeune homme.

— Je le pense, en effet, avoua Harry Clifton.

— Maintenant que nous sommes restaurés et reposés, je crois qu'il est de mon devoir de vous raconter un certain nombre de faits importants, comme je m'y étais engagé, déclara le jeune homme.

— Nous ne voulons vous y contraindre, interrompit l'ingénieur.

— Je ne veux pas manquer à mes obligations, insista le jeune officier. Il est de votre droit de savoir. »

Le brick n'apparaissait que par sa dunette.

CHAPITRE VI

Thomas Walsh – La *Maria-Stella* – Enrôlé
Un repaire de pirates – Le sabordage du *Swift*

Thomas Walsh était originaire de Boston, à l'instar de la famille Clifton. Son père, médecin, y avait fondé une famille et eut de nombreux enfants, mais celui-ci fut emporté par une mauvaise fièvre. Thomas prit, alors, le parti d'aider, à sa façon, sa mère qui avait encore à élever deux jeunes filles et un fils, tous trois plus jeunes que lui-même et dont lui, le frère, de deux ans l'aîné tentait, tant bien que mal, de suppléer à la disparition du chef de famille.

Ce fut ainsi que Thomas Walsh envisagea qu'une carrière de marin pouvait lui permettre, non seulement, de se suffire à lui-même, mais aussi de soulager la jeune veuve. Il s'engagea alors comme novice, à seize ans, sur un navire marchand. L'excellente éducation du jeune homme fut remarquée et l'adolescent fut tout-à-fait estimé du capitaine qui s'employa à parfaire son instruction. Participant à plusieurs campagnes, il revint de nombreuses fois à Boston, couvrant son frère et ses sœurs de cadeaux et faisant la fierté de sa mère. Sans surprise, ce fut en tant qu'officier qu'il s'embarqua, cette fois-ci, à l'âge de vingt-deux ans, sur le baleinier *Maria-Stella* du Vineyard.

Ce bâtiment armait quatre pirogues dont l'une était dirigée par son capitaine ; William Docker. Ainsi, l'équipage se composait, pour les officiers, de quatre chefs de pirogue et d'un chirurgien. À ceux-ci, s'ajoutaient, quatre harponneurs, un charpentier, deux tonneliers, deux cuisiniers dont un d'équipage, un mousse de chambre et un forgeron. Chaque pirogue embarquant quatre canotiers, l'équipage complet de la *Maria-Stella* comprenait, de fait, trente-deux hommes. Le baleinier appareilla le 15 juin de l'année dernière de son port d'attache.

« Je remarque un grand respect lorsque vous évoquez le capitaine Docker, dit Flip.

— Nous avions noué une profonde relation d'amitié comme il en est de rare, confirma le jeune homme.

— Vous semblez être fier de la *Maria-Stella*, ajouta Harry Clifton.

— Les baleiniers sont des navires de triste réputation pour la dureté de la vie à bord, répondit Thomas Walsh. Elle n'est pas usurpée et contribue à la terreur de bien des marins. »

Et le jeune homme d'entrer dans une description sans fard ni concession du navire et de son équipage. Certes, la *Maria-Stella* ne soutenait pas la comparaison avec les magnifiques *clippers* anglais aux lignes élancées, mais un baleinier n'est pas plus un *steamer* ; il était, reconnaissait l'officier, taillé à l'emporte-pièce et n'avait pas la vocation d'un coureur des mers. D'ailleurs, la présence d'un four au milieu du pont, ouvrage de brique de près de dix pieds sur douze, n'en allégeait pas la ligne. En réalité, ce bateau était presque d'un autre âge.

« Quant à l'équipage, malgré son faible effectif, ajouta Thomas Walsh, non content de trouver des hommes de six nations différentes, l'on y rencontrait parmi eux des terriens n'étant encore jamais montés sur un bateau.

— Un tel assemblage aussi hétéroclite de matelots ne doit pas être sans poser de problème ? questionna l'ingénieur, ayant en souvenir les évènements du *Vankouver*.

— Les qualités naturelles du capitaine Docker y remédiaient, rassura l'officier. Les difficultés provenaient plus de l'inexpérience des terriens s'étant, pour la plupart, arrachés à leur condition servile et que le contexte politique troublé des États-Unis avait décidés dans leur choix de s'embarquer ; il leur fallait assurer leur subsistance et ils subissaient la mer plus qu'ils ne l'avaient choisie. »

Il est vrai que depuis la fin de l'année 1860, l'élection du président Abraham Lincoln avait provoqué un processus de sécession menant à la création des États Confédérés d'Amérique, hostiles à l'abolition de l'esclavage. Si la famille Clifton en savait quelques éléments, Thomas Walsh confirma que cette sécession concerna la Caroline du Sud, suivie, en ce sens, par l'état du Mississippi, puis de la Floride, de l'Alabama, de la Louisiane, de la Géorgie et enfin du Texas. Ce qu'ignoraient surtout l'ingénieur et l'Oncle Robinson, c'était que le 12 avril 1861, la bataille de Fort Sumter déclencha la guerre entre les états de l'Union et les sept états confédérés. Ainsi, le 15 avril, l'état d'insurrection fut déclaré et l'appel à lever une armée de soixante-quinze mille volontaires pour combattre les états du Sud, décrété par le président Abraham Lincoln, provoqua la poursuite du processus de sécession qui concerna alors les états de l'Arkansas, de la Caroline du

Nord, de la Virginie et enfin du Tennessee. La conscription allait être décrétée.

« Il y a eu un affrontement majeur à Manassas durant le mois de juillet ayant causé la défaite des armées de l'Union, ajouta Thomas Walsh. Nous avons appris la nouvelle lors d'une escale. Malheureusement, je ne saurais vous en dire plus. »

La figure des trois hommes s'assombrit.

« Poursuivez votre récit, demanda Flip visiblement aussi troublé que ses deux compagnons.
— Nous étions déjà au mois d'août et allions commencer, pour de bon, la campagne de pêche dans les eaux septentrionales, continua l'officier. »

À la demande de ses nouveaux amis, le jeune homme poursuivit, par le détail, le début de la campagne et décrivit les difficultés à commander un équipage aussi hétérogène. Pour autant, les conditions étaient favorables et quelques prises importantes encouragèrent les marins de la *Maria-Stella*.

Le capitaine William Docker, déjà âgé de cinquante-cinq ans possédait les pleines qualités qu'exigeait sa fonction. Il eût pu se montrer inflexible s'il avait fallu l'être, mais sa bonté d'âme et son impartialité lui avaient permis de ne pas avoir eu besoin de recourir à des expédients que l'on pouvait deviner lui répugner d'employer. Sur cette campagne du moins, Thomas Walsh pouvait en attester, ce capitaine ne tolérait aucun abus de force de la part des officiers qu'il avait sous son commandement. Mieux, il parvenait à inspirer un tel respect à l'endroit de chacun, que ses conseils valaient leçon de vie.

En somme, si dur qu'eût été le labeur sur ce bateau, la tâche en devenait supportable.

« Ce que vous nous décrivez, mon ami, dit Flip, est bien rare dans la marine !
— J'en conviens, acquiesça le jeune homme. »

L'ingénieur plaça du bois dans le foyer. Humides, ces pièces de bois dégageaient une épaisse fumée, parfois incommodante, mais les faibles flammes réchauffaient les corps meurtris et séchaient les vêtements détrempés.

« Hélas, la matinée du 6 octobre fut funeste, reprit l'officier. C'était un dimanche. Après un court office célébré par le capitaine, nous vîmes une voile à l'horizon. »

Thomas Walsh reprit son récit que l'on devinait dramatique par l'attitude que prenait le narrateur.

« Rapidement, dit-il, un brick apparut. Par l'envoi de signaux, il demandait de l'aide. Comme il est de coutume, les chaloupes des deux navires se rencontrèrent à une respectable distance des bâtiments. Ces pirates devaient se déclarer. La manœuvre leur permit d'abattre notre second ainsi que trois matelots portés à leur rencontre. Instruits des intentions belliqueuses de l'équipage du brick, les hommes de la *Maria-Stella* se préparèrent à l'inéluctable assaut. »

Comment un équipage de pêcheurs pouvait faire face à des pirates aguerris au combat et déterminés à le mener à son terme ? Méthodiquement, l'officier relata les faits avec précision.

« Nous avions eu le temps de nous séparer en plusieurs groupes et j'accompagnais un harponneur, le forgeron, un matelot et le chirurgien de bord. Nous nous plaçâmes sur le pont, derrière les fourneaux, décrivit encore le jeune homme. Je donnais l'ordre au mousse de chambre, Peter Gatling, âgé de quinze ans, de se cacher durant le combat. »

Thomas Walsh fit une longue pause dans son discours. Le souvenir de cette tragique journée lui causait tant d'émotions que l'effroi se lisait encore dans ses yeux. Boire, lui permit de poursuivre.

« Le combat fut terrible ! Il y eut de nombreux blessés dans les deux camps, déclara-t-il. Mon ami le chirurgien reçut une balle dans le bras et pendant que je m'employais à arrêter l'hémorragie, mes autres compagnons furent attaqués. Je ne sais par quel coup du sort je ne fus pas tué mais, à l'issue de l'attaque, j'étais garrotté, alors que mes quatre compagnons gisaient dans leur sang.

— Vous avez échappé à une mort certaine, dit l'ingénieur en pressant le bras du jeune homme dont les larmes coulaient abondamment.

— Ces pirates ont des coutelas plus terrifiants que leurs balles, croyez-moi ! répondit l'officier. »

Le jeune homme devait continuer un récit plus insupportable encore. En effet, de l'équipage de la *Maria-Stella*, il ne restait en vie que deux officiers, dont lui-même, deux harponneurs, le charpentier, un tonnelier, les deux cuisiniers, le mousse et sept matelots.

« Les blessés avaient été aussitôt achevés sans autre forme de procès ! cria, révolté, le pauvre officier. »

Et le récit devint insoutenable.

« Alors le capitaine pirate, dévisageant chaque homme valide, se tourna vers son second et dit, iniquement : « Pendez les Nègres ! »

Thomas Walsh rapporta que les quatre matelots dont il s'agissait ne bénéficièrent d'aucune pitié et peu s'en fallut qu'ils n'eussent péri, comme certains de leurs aïeux, à la manière employée par les contrebandiers négriers en fuite ; simplement jetés, entravés de leurs fers, par-dessus bord.

« Leur pendaison provoqua le plus grand trouble parmi les douze rescapés du massacre ! »

Thomas Walsh était accablé.

« Je ne pourrais jamais expliquer ce que j'ai ressenti à cet instant ! parvint-il à prononcer entre deux sanglots irrépressibles et une rage incontrôlable. Nous ne dûmes notre salut qu'en acceptant de figurer au nombre de cet odieux équipage !
— Qui pourrait vous blâmer ? rassura Harry Clifton aussi interdit que l'Oncle Robinson.
— Quelle funeste journée ! hurla Thomas Walsh qui s'était levé de fureur. Hélas…
— Quoi donc ? questionna Flip. »

Le jeune homme s'assit de nouveau.

« Les malheurs viennent souvent en groupe, reprit-il. En quelques jours, le baleinier fut vidé de sa cargaison. Tout ce qui pouvait avoir quelque valeur fut emporté. Jusqu'aux effets personnels des marins morts dont les corps avaient été jetés à la mer après avoir été proprement délestés de ce qui aurait pu être utile. Seuls les vêtements trop lacérés de certains d'entre eux leur furent concédés comme linceul. Pour ma part, mes modestes connaissances en médecine furent employées pour soigner, tant bien que mal, les blessures de nos adversaires. Au cours du combat, certains convicts avaient péri ; en particulier, celui que j'avais à remplacer, présentement, dans ses fonctions. Leurs blessures restaient légères et je n'eus guère de peine à en hâter la guérison. Ce fut fort heureux pour moi, car l'on me promettait tant d'horreurs si j'échouais à cette mission que je me demande ce qu'il serait advenu de ma personne si l'un d'eux eût succombé.

— Vous fûtes bien courageux de pouvoir soigner ceux-là mêmes qui vous avaient causé tant de malheurs, enragea Flip.

— Je ne sais si j'y serais, moi-même, parvenu ? ajouta Harry Clifton. Il est vrai que, face à l'adversité, l'on se découvre souvent une pertinacité insoupçonnée. »

Thomas Walsh indiqua que l'équipage se composait alors pour moitié de pirates et pour l'autre moitié des nouvelles recrues. Le capitaine Bob Hervay et le second Damian Swanson, prisonniers échappés de Port Arthur avaient réussi l'exploit improbable de rallier Sydney, de constituer une bande de convicts pires que les pirates malais et de s'emparer d'un navire au port. Depuis deux ans, ils parcouraient le Pacifique et, de mauvaise fortune en destinée fatale, voici que ces pillards étaient parvenus dans le sillage de la *Maria-Stella*. Les marins du *Swift* souffrant de nombreuses privations, ce ravitaillement était providentiel. Qui plus est, en ce début de campagne de pêche, le baleinier venait, lors d'une escale à San Francisco, d'être convenablement avitaillé.

Durant quelque temps, le brick croisa encore dans les eaux septentrionales.

« Un jour de novembre, mes compagnons et moi-même fûmes informés que le *Swift* porterait ses voiles en direction d'un port de relâche dans lequel le capitaine Hervay avait déjà mouillé, poursuivit l'officier. Il s'agissait d'une île située entre les Sandwich et les Aléoutiennes. Cette île-ci !

— Connaissez-vous la position de notre île ? questionnèrent ensemble, le marin et l'ingénieur.

— Pas avec précision, mais les instruments de mesure du *Swift* nous renseigneront. »

En effet, lors de sa fuite du brick, le jeune officier n'avait pas omis d'emporter quelques objets divers qui ne devaient pas manquer de rendre de précieux services à la communauté de Flip-Island.

« C'est alors que je formai le plan d'une évasion, poursuivit Thomas Walsh. Je mettais Peter Gatling, le mousse, dans la confidence. »

Le jeune officier expliqua que durant le voyage de la *Maria-Stella*, il s'était attaché à cet adolescent qui promettait d'être un excellent marin, comme lui-même l'était lors de sa première traversée. Le capitaine Docker, lui aussi, n'était pas avare d'enseignements à l'attention du mousse qui, en somme, était assez bien accepté de l'équipage même s'il n'échappait pas à de nombreuses brimades. Le mousse étant le domestique de tous ; il avait à se soumettre à la rudesse des hommes et à la vie de bord. Ainsi en était-il de son initiation.

Cependant, depuis la capture, il s'était vu affecté au service du gaillard d'avant et, sans avoir à souffrir de mauvais traitements, les matelots dont ses anciens compagnons ne se privaient pas de le rallier ou de l'insulter, de lui mener une vie bien plus dure ; ce qu'il supportait sans rechigner.

« Hélas, un drame s'est produit, déclara Thomas dont le visage était mouillé de larmes. Peut-être n'eussé-je pas dû lui faire part de mon projet, mais ses souffrances qu'il me cachait lorsque je le questionnais m'étaient insupportables ; je voulais lui rendre espoir. »

Le silence était à son comble. La soirée étant bien avancée, la lueur du foyer se reflétait sous la voile servant de protection pour les nuits à venir et les ombres fantomatiques se dessinant sur la toile rendaient l'évocation des évènements encore plus dramatique.

« C'était au matin du 12 novembre. Peter n'était pas sur le pont comme à son habitude, toujours affecté à quelques corvées, inutiles le plus souvent, dit l'officier dont les poings se fermaient lorsqu'il parlait. Je descendais également sur le pont et demandais à l'un de mes compagnons où se trouvait le mousse, mais ils m'assurèrent ne pas l'avoir vu. »

L'émotion du jeune homme trahissait une rage extrême par la rapidité de son discours. Après de vaines recherches, l'officier avait dû se rendre à l'évidence d'une disparition certaine. Ses questions restaient sans réponse tant de la part des pirates que de ses compagnons. Il se rappela le souvenir d'avoir entendu des discussions qui pouvaient lui faire craindre quelque horreur concernant le triste sort de son ami. Le capitaine Hervay informé, celui-ci ne tint aucunement compte de cette absence ; Peter Gatling était donc une nouvelle victime des pirates ou peut-être même de ses propres compagnons.

Thomas Walsh cessa toute quête et rumina sa rage seul. Ses griefs se portaient bientôt plus sur le silence coupable de ses camarades que sur celui des pirates eux-mêmes. Néanmoins, malgré sa nouvelle fonction, la circonspection déjà effective à son encontre fut renforcée par l'équipage. Le capitaine Hervay et le second Swanson ne lui faisaient aucunement confiance. Pour le jeune officier, grande était la crainte que son projet d'évasion eût pu être découvert. Mais ce ne semblait pas être le cas. Thomas Walsh prit donc le parti de donner l'apparence de participer à la vie de piraterie. Ses compagnons, les uns après les autres, s'étaient laissés bercer d'illusions concernant des richesses futures alors que la seule assurance, en la matière, n'en était que le gibet. L'officier était horrifié de cette soif infâme de l'or propre à transformer un honnête marin en pirate.

« Nous avons accosté sur cette île le 12 décembre, continua le jeune homme. Le *Swift* avait fait relâche l'année précédente dans cette crique.

— Nous avons capturé un coq Bantam de Pékin dont la crête postiche nous avait renseignés d'une présence humaine sur l'île, moins de deux ans avant notre débarquement, rapporta l'ingénieur.

— Et le 29 décembre, un grain de plomb fiché dans la cuisse d'un levraut m'a coûté une dent, ajouta l'Oncle Robinson. »

Les trois hommes rirent de bon cœur.

« Lorsque vous fûtes capturés hier, j'ai compris que mon plan devait être modifié dans les plus brefs délais, dit Thomas Walsh. Le capitaine avait, après la capture de votre fils, résolu de vous exécuter ainsi que votre famille.

— Diantre ! s'écria Flip. »

L'ingénieur eut l'irrépressible besoin de se lever afin de faire quelques pas, bouleversé comme quiconque eût pu l'être après que de tels faits lui eussent été révélés.

L'officier, en quelques mots, expliqua comment, profitant du coup de vent, il avait imaginé, durant son quart de garde, de charger la chaloupe des objets trouvés par les trois fugitifs. Il en profita pour en préparer une autre, la yole, amarrée au bord opposé. Ceci fait, aidé par la tempête, il ferma solidement la porte du gaillard d'avant et organisa la fuite des prisonniers. Ensuite, retournant dans le carré des officiers, asséna un coup de poignard en pleine poitrine du second durant son sommeil. L'action avait eu lieu dans le silence le plus total. Ne restait que le plus difficile ; pour atteindre la couche du capitaine, il lui fallait traverser sa cabine. Le jeune homme était sur le point de réussir lorsque le chef des pirates, à demi-sommeillant, se réveilla. Thomas Walsh fondit sur lui mais ne lui entailla que légèrement le bras. La courte lutte se solda par la mort du capitaine. Quoique sans gravité, Thomas fut touché au bras gauche par sa propre arme lors de l'empoignade. Nonobstant, malgré les cris de la victime étouffés par le vent, il n'y eut aucune alerte. Prestement, l'officier descendit dans la cale et y plaça une bombe qu'il avait pu fabriquer à l'aide d'un tonneau de poudre pris dans la soute à munitions et la coinça contre les membrures, sous le gaillard d'avant. Il espérait que la brèche ferait couler le navire par sa proue, noyant l'équipage. Il lui restait vingt minutes pour quitter le brick. Il remonta, coupa l'amarre de l'ancre de poupe, puis se rendit à la proue pour sectionner l'autre amarre. Durant ce temps, le vent avait modifié l'orientation du bateau qui avançait vers la côte par sa poupe.

« Curieuse manœuvre ! s'écria Flip.

— Et risquée, compléta Harry Clifton.

— Je connaissais la forme particulière du fond de la crique, commenta Thomas, j'avais l'espoir de garder le navire accessible à notre visite après le naufrage. »

L'officier expliqua qu'il était, ensuite, remonté à sa cabine chercher deux sacs qu'il avait préparés et était descendu à la pirogue en ayant soin de charger deux pistolets. À peine avait-il parcouru quelques brasses que le bruit de l'explosion se fit entendre. Le brick prit l'eau par sa proue et le craquement du mât de misaine indiquait que la brèche était béante. Effectivement, le brick sombra par son avant, il avait même semblé à l'officier entendre les cris des marins surpris dans leur sommeil. Cela ne dura qu'un instant, tant la voie d'eau était importante. Lorsque l'engloutissement fut achevé, il ne restait plus que le pont et la dunette hors des flots, battus par les lames. La quille reposait sur le fond de telle sorte que seul le premier tiers du navire était entièrement submergé.

« Me voici meurtrier à mon tour, dit sombrement Thomas Walsh.

— Vous avez sauvé une famille ! s'écria Harry Clifton serrant l'officier dans ses bras.

— Vous avez tué des pirates de la pire espèce, rajouta l'Oncle. Vous êtes notre ami, Tom !

— Hurrah pour notre Ami Tom ! crièrent, fièrement, Harry Clifton et l'Oncle Robinson. »

La nuit se passa sans encombre et si froide fût-elle, la faible brise qui perdurait ne rendit pas insupportable leur installation sommaire.

Les faibles flammes réchauffaient les corps meurtris.

CHAPITRE VII

État de l'épave – Pillage du navire – Marc et Jup
Troisième nuit – Départ de Flip et Jup

Le lendemain matin, le 6 janvier, les trois hommes se réveillèrent un peu tardivement ; les fatigues de la veille avaient quelque peu épuisé les corps.

« La journée commencera par un déjeuner des plus sommaires, je le crains fort, déclara avec amusement l'Oncle Robinson.

— Nous nous rattraperons lorsque nous serons de retour à Élise-House, promit Harry Clifton.

— Partir en chasse risquerait de nous faire perdre un temps trop précieux, reconnut l'Ami Tom et je vois le grand-mât prendre une gîte inquiétante ! »

En effet, le fond sableux ne portait plus guère le navire qui menaçait de se retourner.

« Perdu pour perdu, il conviendrait peut-être de couper ce grand-mât, proposa Flip. Le sacrifice d'un baril de poudre pourrait nous faire gagner davantage.

— Vous avez raison l'Oncle, acquiesça l'ingénieur.

— Pour l'heure, équipons-nous convenablement et voyons s'il n'y a pas quelques matériels à terre qui pourraient nous aider.

— Nous pourrions dresser un premier inventaire de ce qui a déjà pu être sauvé, proposa l'ingénieur qui voyait s'amonceler, sous un abri de fortune, quantité d'objets. »

Outre les armes, munitions et poudre qu'avait placées dans le canot, l'officier Thomas Walsh, la colonie était riche, maintenant, d'un certain nombre d'outils provenant tant du chargement de la chaloupe que des ateliers temporaires, montés par les matelots du *Swift*, et protégés par de grandes bâches, à couvert des arbres formant la ceinture du littoral.

Il y avait, d'abord un atelier de tannerie.

« Voici deux peaux d'ours dont l'une devait vous revenir, déclara l'Oncle Robinson à l'ingénieur.

— Et pourquoi donc cela ? s'étonna Harry Clifton.

— C'est qu'avec monsieur Marc, qui partageait avec moi le secret de l'identité du premier habitant d'Élise-House, nous avions convenu de le chasser et de vous en offrir sa peau.

— Généreux Flip et brave Marc ! Nous dirons donc que les pirates vous auront facilité la tâche, répondit l'ingénieur en riant.

— Nous avons également quelques peaux de loutre mais surtout, voyez que tous les outils du tanneur sont présents, constata l'Ami Tom. »

Quelques chevalets étaient installés ; des peaux pendues à l'abri des bêtes attendaient d'être travaillées. Dans un coffre, des racloirs, des couteaux de diverses natures et de multiples formes, s'alignaient. Des soufflets utilisés pour décoller les peaux étaient posés le long de barriques pleines d'eau, ou vides.

Ce fut, ensuite, un autre atelier, de charpenterie, où planches débitées et poutres corroyées devaient rejoindre le brick.

« Ici des scies et là, un autre coffre rempli de ciseaux, gouges, bédanes, chanta presque Thomas qui semblait s'y entendre aussi bien que Flip en charpenterie de marine.

— Même les clous ne nous manqueront pas si la soute nous reste accessible, ajouta l'ingénieur se joignant à la gaieté générale. »

Plus loin encore, une marmite digne de ce nom trônait, retournée sur son trépied. Puis, c'était aussi des tonneaux proprement lavés, prévus pour contenir une eau renouvelée pour le prochain voyage du *Swift*.

« Bien évidemment, tout ce qui pouvait se faire à terre, sans encombrer inutilement le pont du navire, s'y trouve, commenta Thomas Walsh.

— Il s'y trouve même une petite forge, lança Harry Clifton, ravi.

— Nous voici riches de tout ce qui nous manquait, affirma Flip. »

Les instruments de navigation ainsi que les cartes de marine provenant de la cabine de feu le capitaine Bob Hervay avaient été épargnés des flots. De même, des armes à feu en nombre figuraient à cet inventaire. L'ingénieur espérait pouvoir rapidement sortir un tonneau d'huile de baleine de la cargaison du brick afin de protéger ce que l'eau de mer pouvait altérer, en enduisant chaque objet de ce corps gras.

« Il nous faudra retourner sur le bateau avant qu'il ne se disloque, s'inquiéta Flip.

— J'ai à vous montrer, avant de retourner à notre importante besogne, ce que j'ai apporté dans ma barque, répliqua le jeune homme. »

La curiosité des deux amis fut piquée au vif. Certes, de nombreux vêtements s'ajoutaient aux caisses de biscuits et de viande séchée, mais le jeune homme saisit deux coffres qu'il n'avait pas ouverts. Ni Harry Clifton ni l'Oncle Robinson ne s'étaient permis de lui demander ce qu'ils renfermaient. Pour autant, les deux hommes avaient remarqué que la serrure du placard de la cabine du capitaine avait été forcée.

« Voici la caisse de médicaments de la *Maria-Stella* et le coffre d'instruments de chirurgie, dit triomphalement l'Ami Tom. »

Le plus grand des coffres était rempli de bouteilles et de fioles bien emballées. L'on y trouvait des sels mercuriels, de plomb ou d'argent, des flacons de baume de copahu, de baume du Commandeur, du camphre mais aussi de la teinture de quinquina et même du sulfate de quinine. Les trois hommes ouvrirent alors l'autre caisse. Tout aussi bien emballés et dans des cases spécifiques à chacun, les instruments de chirurgie étaient remisés à côté de fils, rubans, linge à pansement et divers bandages simples ou doubles.

« Souhaitons ne jamais avoir à se servir de ces instruments, déclara l'ingénieur. Mais ils sont un précieux trésor.

— Tout autant que les médicaments de l'autre caisse, ajouta Tom.

— Vous y entendez-vous dans le traitement des maladies et des blessures ? demanda Flip à ses deux compagnons.

— Insuffisamment, reconnut Harry Clifton.

— Quelque peu, par le souvenir de ce que me disait feu mon père et de ce que j'ai appris auprès de mon ami le médecin de la *Maria-Stella*, répondit humblement l'officier. »

La matinée était entamée quand les deux embarcations atteignirent l'épave. Des vêtements de rechange, secs et chauds, avaient été embarqués car, pour se rendre dans la soute, il était nécessaire de rentrer dans l'eau inondant une partie de la cale.

« La coque souffre grandement, s'alarma Flip.

— Coupons, dès maintenant, le grand-mât, proposa Thomas Walsh. »

Attaqué à la hache, le mât s'abattit dans l'eau soulageant la coque dont l'inclinaison se rétablissait doucement ; les structures internes tiendraient bon pour un temps indéterminé.

« Hâtons-nous de nous rendre dans la cale et dans les soutes ! lança le jeune homme. »

Les trois hommes tergiversaient face à l'urgence de la situation.

« Soit ! vidons les soutes et entreposons le matériel dans le carré des officiers et dans la cabine du capitaine qui resteront hors d'eau, dit Harry Clifton. Nous ramènerons les caisses à terre plus tard. »

La proposition fut saluée. Flip et Tom descendirent alors dans la cale. Plusieurs lanternes furent allumées tandis que l'ingénieur se chargeait de mettre à l'abri la cargaison. C'était encore du linge pour la colonie, des chaussures et des bottes pour tous les pieds, des barils de poudre et encore des munitions, des caisses de viande séchée ou de biscuit que les deux marins remontaient. Deux tonnelets de farine furent transportés avec d'infinies précautions. Flip espérait fort que l'immersion n'en avait pas altéré le contenu.

« Belle sera comblée en mangeant du vrai pain, chanta-t-il.
— Nous serons tous comblés, reprit Harry Clifton. »

Et ce fut encore des sacs de riz et de café. Inopportunément, une caisse de thé fut éventrée lors du sabordage et plusieurs fûts d'eau-de-vie subirent également ce type d'avarie. Des conserves alimentaires furent plus heureusement préservées, mais il y eut quelques tonneaux qui contenaient plus que leur poids d'or. Au moment de retourner sur le pont, afin de reprendre des forces et de se réchauffer en changeant de vêtements, les amis revinrent avec pois, haricots et diverses céréales ainsi qu'avec une faible quantité de pommes de terre.

« Tout ceci pourra nous servir de semence, dit Flip. »

Des carottes aptes à être replantées avaient également été retrouvées. Cependant, si l'orge et l'avoine étaient bien présentes, le blé faisait défaut.

« Il doit s'en trouver dans la cambuse mais ce qui s'y trouve est perdu pour nous, regretta l'officier.

— Nous aurons peut-être notre propre récolte de blé, affirma fièrement l'ingénieur, expliquant à Thomas Walsh dubitatif, qu'un grain de blé avait été semé qui pourvoirait, plus tard, à nourrir la colonie.

— S'il reste encore des outils et du matériel dans les soutes, ce qui est périssable est maintenant en sécurité, dit Flip.

— Mangeons et nous retournerons dans la cale ensuite, proposa Harry Clifton. »

Le repas fut expédié. Les trois hommes chargèrent les deux chaloupes pour le retour. Les caisses trop volumineuses pour être transportées sur ce convoi furent sommairement placées dans le carré des officiers le temps de pouvoir les emmener à terre. L'inclinaison du pont rendait difficile la montée des objets vers la dunette et favorisait un peu trop les descentes menaçant de se transformer en glissades.

« Le navire prend de la gîte sur bâbord, s'inquiéta l'Ami Tom.

— Heureusement, le grand-mât est abattu, commenta Flip.

— Mais, si la coque se met à bouger de son ancrage, nous risquons de la voir se disloquer pour de bon. »

Ce furent Thomas Walsh et Harry Clifton qui descendirent dans la cale pour cette deuxième partie de journée. Déjà, quelques tonneaux s'étaient détachés au niveau du faux-pont.

« Il s'agit de l'huile volée sur la *Maria-Stella*, dit l'Ami Tom.

— Il nous faudra envisager un moyen pour remonter certaines barriques, déclara l'ingénieur. »

L'Oncle se proposa de réaliser une chèvre avec des pièces de bois qu'il avait repérées supportant un palan resté sur le pont. Le temps que l'ingénieur et l'officier s'occupaient de préparer les barriques les plus maniables, le marin réussit son appareillage et bientôt, une première cargaison d'huile de baleine fut arrachée des entrailles du navire, mais le jour déclinait déjà.

Soudain, Flip poussa de grands cris.

« Remontez vite ! Messieurs ! La relève est arrivée ! hurla-t-il. Monsieur Marc et maître Jup sont sur la plage ! »

L'Oncle Robinson cria au fils aîné de l'ingénieur que son père était dans la cale et qu'il retournerait à terre incessamment. De fait, l'ingénieur et l'officier remontèrent et, après avoir revêtu des habits secs, remiser les colis, amarrer les deux barriques d'huile, chacune à une chaloupe, les retrouvailles eurent lieu, aussi intenses qu'attendues.

« Comment se fait-il que Robert ne t'ait pas accompagné ? questionna le père. Mais, j'oublie de te présenter Thomas Walsh, ancien officier du baleinier *Maria-Stella*.

— Rassurez d'abord votre père, dit le jeune officier, saluant le fils de l'ingénieur, je vous conterai mon histoire en son temps. »

Marc Clifton n'avait pas parcouru près de sept lieues, escorté du seul maître Jup, en dépit des recommandations de son père sans impérieuse raison.

« Lorsque Robert, hier soir, est revenu à la grotte, il était inquiet d'avoir entendu un coup de feu au moment de son départ de la crique, rapporta Marc.

— C'est moi qui l'ai tiré pour me signaler à votre père et à votre oncle, répondit l'officier.

— Considérant le danger de la situation, Robert étant trop épuisé pour reprendre la route le lendemain, j'ai convaincu mère d'aller vous rejoindre, accompagné de Jup, qui pourra nous servir de messager, continua Marc. Ce matin, je suis donc parti à votre rencontre, armé d'un pistolet, laissant l'autre pour la défense de la famille.

— Voici le digne fils de son père, loua Flip.

— Dans ma besace, j'ai apporté quelque nourriture et trois lièvres que nous venions de prendre au collet à côté de la grotte.

— Voici le digne neveu de son oncle, railla alors l'ingénieur ; jamais embarrassé et toujours prévoyant ! »

Tous rirent aux éclats, rejoints par Jup gesticulant de tout son corps dans une sorte de danse.

Le repas fut préparé par Flip pendant que l'Ami Tom faisait sécher les vêtements et que le père racontait à son fils ce que Robert n'avait pu rapporter à la famille. Les discussions allaient bon train. Au moment de déguster le gibier apporté par Marc, l'officier sortit de sa besace un superbe couteau bien huilé, presque le même *bowie-knife* que l'Oncle avait cassé il y a quelques mois.

« Il y en aura pour tous, dit l'officier. Ce sont les matelots du *Swift* qui me les ont procurés, ajouta-t-il. »

En effet, Thomas Walsh était parvenu à entrer dans le gaillard d'avant et, des cadavres des matelots noyés, en avait retiré les effets personnels qui ne pouvaient manquer d'être utiles à la colonie.

« Voici, un cadeau qui saura être apprécié ! Merci beaucoup, monsieur Walsh, dit Marc en serrant la main de son nouvel ami. »

Offrant, à chacun un couteau, l'officier fut chaleureusement remercié y compris par l'orang, imitant les hommes dans leurs gestes mais restant attaché à Flip, la tête posée contre son maître enfin retrouvé.

L'histoire de Thomas Walsh fut relatée à Marc. La nuit était déjà bien avancée lorsque le temps d'un repos s'imposa. Les quarts de garde distribués, les colons passeraient leur troisième nuit hors du foyer. Le temps clair était toujours de la partie. La lune croissait un peu plus et éclairait faiblement l'épave se détachant nettement de la mer d'huile.

Le matin du 7 janvier, le réveil se fit gaiement, l'Oncle tout-à-fait ravi de son déjeuner.

« Il faut penser à envoyer maître Jup porter un message à Élise-House, dit Marc. Mère s'attend à le voir revenir demain ou après-demain, au plus tard.
— Je ne sais s'il s'agit de la meilleure solution ; en sera-t-il capable, seul ? répondit le père. Même s'il n'y a pas de danger lié à la présence de convicts sur l'île, je préférerais le garder près de moi, ici, car ses bras nous seront précieux.

— Je propose de contourner l'île en chaloupe avec Jup, dit Flip. Cela nous permettra de rapporter une partie de la cargaison à la grotte et de rassurer madame Clifton.

— Vous ! avec un singe ? s'interloqua l'Ami Tom.

— Naviguer seul autour de l'île présentera des risques. J'ai confiance en lui, c'est un brave gaillard ! Croyez-moi, lança le marin.

— Faisons confiance au jugement de l'Oncle, dit l'ingénieur. Combien de temps vous faudra-t-il pour rallier Élise-House ?

— Il y a une bonne cinquantaine de milles à parcourir, en sept ou huit heures, avec un bon vent, je peux m'y rendre, dit Flip. En partant dans une heure, il est encore possible d'y arriver avant la nuit. »

La chaloupe fut lestée des outils les plus divers auxquels furent adjointes quelques armes à feu, des munitions et une bonne part des vêtements. Le chargement fut enfin complété par une caisse de biscuits et une autre de viande séchée. Une barrique d'eau claire puisée à la rivière acheva l'avitaillement. Convenablement protégé par une bâche faite d'une des voiles du *Swift*, le frêle esquif pouvait appareiller.

« Le vent souffle du sud, remarqua Flip, et je crois bien que, passé le cap au nord, je pourrais profiter des courants pour me porter le long de la côte de l'île.

— Vous devriez bien filer vos cinq nœuds, ajouta l'officier.

— Mon ami Tom, dit Harry Clifton, combien nous faudra-t-il de jours pour vider la cargaison du brick ?

— Je pense qu'en cinq jours nous devrions y parvenir, répondit Thomas Walsh.

— Ce qui fait que nous resterions présents à la crique jusqu'au 11 janvier ! déclara l'ingénieur. Nous partirons donc le matin du 12.

— J'apporterai cette nouvelle à votre épouse, monsieur, dit le marin.

— En attendant, rassurez la famille et gardez-vous bien, répondit avec inquiétude Harry Clifton. »

L'ingénieur prit l'oncle dans ses bras, puis ce fut au tour de Marc dont les yeux étaient déjà humides. L'Ami Tom ne fut pas en reste. Imitant les hommes, Jup s'accrocha à Flip.

« Toi, tu m'accompagnes ! Viens donc à bord, dit le digne matelot au singe qui suivit son ami bipède sur l'embarcation. Regardez comme il a déjà le pied marin, enchérit Flip.

— Nul doute que l'équipage remplira sa mission, cria Marc depuis la grève. »

La misaine fut hissée et l'écoute bordée. Le vent provenait du sud-ouest, le canot prit alors l'allure de travers et sa vitesse fut déjà grande malgré une brise peu importante.

Le cap prolongeant la partie septentrionale de la crique se composait d'une épaisse couche de lave dont la hauteur diminuait progressivement pour disparaître, cinq milles plus loin, dans la mer. Il ne faisait pas de doute qu'il serait nécessaire de contourner largement ce promontoire, car la mer blanchissait encore près d'un mille plus loin, vers l'est. Malgré le faible tirant d'eau de la chaloupe, il convenait de ne prendre aucun risque et d'éviter de rencontrer un brisant.

La manœuvre fut admirablement menée et une heure plus tard, l'embarcation put prendre vent arrière en toute sécurité. À une telle distance de la plage, la voile se confondait dans les couleurs de l'horizon du fait de sa faible taille apparente.

« Nous voici partis pour une aventure mon cher Jup, dit Flip à son ami quadrumane. »

L'orang répondit par un grognement dont le marin ne put dire s'il était signe d'approbation ou de crainte ; le changement de cap ayant donné de la gîte à la barque.

La voile se confondait dans les couleurs de l'horizon.

CHAPITRE VIII

Le nord-ouest de l'île – Le Clifton-Mount
La côte du nord – Une halte imposée
Arrivée à Élise-House – La fièvre de Robert – Le départ de Flip

Le marin dirigea son embarcation, cap au nord-ouest, ce qui imposa de s'éloigner quelque peu de la côte.

« Voici une allure qui ne nous fera pas avancer rapidement, dit-il à Jup. Mais il nous faut en prendre notre parti. »

Il ne fallut pas moins d'une heure pour contourner le cap au nord-ouest de l'île. C'était que le parcours s'était allongé sur près de quatre à cinq milles. Il était plus que jamais indispensable de maintenir une distance raisonnable avec le trait de côte.

Ce paysage était particulièrement minéral. La coulée de lave se dessinait très-nettement. Les arbres qui avaient réussi à s'implanter, s'apparentaient plus à des arbustes dont les troncs tourmentés indiquaient à quel point le vent régnait en maître dans cette sorte de vallée à peine esquissée.

« Certes, il n'y a, ici, aucun point de relâche, constata le marin alors que maître Jup restait assis à l'avant du canot, dévisageant autant son ami qu'il scrutait le rivage. »

Déjà, l'orang avait déterminé à quel moment, sur un signe de Flip, il lui fallait aider à la manœuvre en se positionnant plutôt à bâbord ou à tribord. De même, il avait compris qu'il lui fallait baisser la tête lorsque la bôme passait d'un bord sur l'autre lors d'un empannage ou d'un virement de bord. Quelques vagues un peu plus fortes étant passées par-dessus le bastingage, le singe fut assigné à vider le canot. S'il n'y avait eu que peu d'eau, du moins, Flip savait-il pouvoir compter sur Jup pour écoper la barque s'il advenait qu'une lame plus grosse se fût engouffrée. Mais la mer était belle. À quelques encablures du littoral, l'eau bouillonnait parfois contre les écueils.

« Voici une côte bien déchiquetée ! Rien qui ne vaille de bon, se dit le marin. »

La brise se faisait un peu plus forte. En deux heures, c'était à peine s'il avait été parcouru trois lieues le long du rivage qui avait un peu perdu de sa nature plutonienne. La végétation restait très-rase ; aucune forêt ne pouvait s'établir dans cette vallée. En revanche, le Clifton-Mount se distinguait fort bien. Il révélait, de ce point de vue, la puissance des feux souterrains.

En juin de l'année précédente, l'expédition sur ce pic avait pu montrer aux naufragés une certaine configuration de l'île, mais cette partie ne s'était pas dévoilée aussi distinctement. En effet, vu de ce point, le mont, distant de six lieues, ouvrait largement sa gueule béante vers le nord-ouest. Une large déchirure avait, dans des temps déjà reculés, déversé des flots de lave qui, maintenant figés, constituaient cette portion de l'île. Ici, pas de grève ; seulement la roche s'arrêtant là où commençait la mer. Pas de falaise et nulle anse pour atterrir. Au surplus, des pièces de pelouse encadraient des têtes rocheuses quand ce n'était pas le contraire. Vraiment, le paysage était saisissant car, au loin, à une dizaine de milles, le relief se relevait, dans le prolongement au nord du Clifton-Mount, en une sorte de bulbe qui, du fait de sa hauteur, fermait ce vallon-là.

« Le vent ne nous aide pas beaucoup aujourd'hui ! grommela Flip. »

Avec une seule voile, la chaloupe n'était pas des plus maniables et le marin usait de toute sa science pour rester à une respectable distance de l'île. Mais ce qui l'inquiétait le plus était cette impossibilité d'accoster et la disposition des lieux ne lui laissait guère l'espoir de trouver le moindre havre. Il lui tardait d'atteindre ce qui semblait être la côte la plus septentrionale de l'île et, selon ses estimations, la frontière délimitant la partie orientale de la partie occidentale de Flip-Island. Il se mit à rire en songeant que l'île portait son propre nom.

« Cette charmante famille Clifton ! N'ai-je pas bien de la chance de l'avoir rencontrée ? »

L'orang imita son maître comme s'il avait compris ce qu'il venait de dire. Cela fut-il le cas ? Qui eût pu le dire ? Véritablement, ces deux êtres se comprenaient comme s'ils eussent été frères.

À mesure que l'embarcation s'approchait de ce nouveau promontoire, il devenait évident que Flip et Jup devraient continuer leur route. Pour autant, le jour commençait à décliner. Ceci était fâcheux. Non qu'il ne restât pas encore quelques heures de navigation, mais parce que le vent ayant tourné, ce n'était plus une allure de largue que Flip maintenait ; la brise venant du sud-ouest, le canot suivait alors une allure au près le faisant avancer péniblement.

Les deux matelots purent, à loisir, constater que la muraille de trois cents pieds finissait à pic dans la mer. Les roches noirâtres étaient aussi convulsionnées que celles qui enserraient la crique où étaient restés Mr. Clifton, son fils Marc et l'Ami Tom. Mais ici, la mer se brisait au pied d'une falaise s'enracinant dans le fond de l'océan. Les éléments régnaient en maîtres absolus et n'acceptaient, pour seule compagnie, que labbes et mouettes.

Le promontoire contourné, une échancrure s'amorçait. À trois lieues, Flip reconnut dans les terres basses comme l'horizon, l'extrémité du marais du Salut où il avait eu la chance de retrouver l'ingénieur encore en vie, surveillé par son chien Fido à peine mieux portant que son maître. C'était donc encore dix milles à parcourir pour atteindre cette partie de l'île et, arrivé à ce point, c'était encore une trentaine de milles à couvrir avant d'atteindre Élise-House. Par voie de mer, depuis la crique, il y avait près de soixante milles pour atteindre la grotte ce qui, à cinq nœuds, réclamait dix heures de navigation.

« Mon ami Jup, nous allons relâcher ce soir dans cette baie que nous voyons droit devant ! »

Jup grogna.

À mesure que l'embarcation s'avançait, la falaise s'abaissait, laissant apparaître la forêt ce qui occasionna, de la part du quadrumane, des réactions de soudain intérêt. Il n'avait pas échappé au marin que cette forêt se trouvait à moins d'une lieue. Nul doute que la proximité du lieu de naissance de l'orang l'affectait plus que de raison.

« Voici une plage propice à un atterrissage, dit Flip. »

Une rivière se jetait dans cette échancrure. Une plage de fins sédiments noirs en formait le fond. Le canot s'échoua calmement et une amarre fut fixée à l'un des rares troncs d'arbre déracinés, ancrés dans les sédiments de la baie. Le marin scrutait le cours d'eau qui semblait provenir de la forêt. À sa droite, le marais du Salut et à sa gauche la falaise constituaient les deux bords de la baie. Celle-ci, s'élevant à peine à cet endroit et atteignant progressivement trois cents pieds dans sa partie la plus haute, formait ce cap imposant que les deux navigateurs venaient de doubler à grand-peine.

Maître Jup, le premier à descendre à terre, montrait des signes de nervosité alors que tout semblait calme. Flip, ne sachant que penser de la situation se prit à redouter un drame. Peu s'en fallut qu'il ne regrettât d'avoir accosté et qu'il ne se ravisât de rester préférant rembarquer pour poursuivre la route. Cependant, la navigation de nuit, le long d'une côte inconnue, présentait des risques par trop importants.

« Allons chercher du bois ! Nous ferons du feu et un bon repas, dit-il à son ami qui gronda. »

Buissons secs et bois flottés furent rassemblés et lorsque Flip revint du canot avec de l'amadou, Jup n'était plus sur la grève. Une angoisse étreignit le marin qui appela et chercha l'orang en vain. La nuit tombant, toute recherche était vouée à l'échec. À l'évidence le singe avait repris sa liberté.

« C'est peut-être mieux ainsi ! dit Flip sans conviction. »

Il prit un repas sommaire et s'endormit au pied du brasier. Régulièrement, le marin tentait d'entendre s'il n'y avait pas quelques bruits lointains dans cette forêt qui restait trop silencieuse.

L'aube prit son temps à venir et la journée du 8 janvier commencerait bien tristement.

« Il ne me reste qu'une vingtaine de milles à franchir, se dit le marin. Avant de partir, je vais aller à la recherche de Jup. »

Aussitôt, Flip pénétra dans les terres. La végétation était encore éparse et guère haute. Comme il avait atterri sur la rive droite de la rivière, il remonta très-rapidement vers la falaise, au nord-ouest. Cette rivière devait faire trente pieds de large et, après un mille et demi, prenait la direction du nord-est. Les arbres, plus hauts, formaient une voûte. Cette rive devenait moins praticable.

Le marin appelait fréquemment l'orang par son nom mais seul l'écho étouffé lui répondait. Dans la forêt, au loin, les cris des quadrumanes se faisaient parfois entendre.

« Je vais devoir m'en retourner à la grotte sans maître Jup, murmura Flip. Comment vais-je annoncer son départ ? songea-t-il. »

De retour à la grève après deux heures de vaines recherches, l'espoir de retrouver le singe définitivement perdu, le marin prépara la chaloupe. Souvent tournait-il son regard vers l'imposante forêt enserrant le volcan. Le canot désamarré, Flip poussait l'embarcation quand un cri lui échappa.

« Te voilà, mon ami Jup ! Viens donc dans le bateau ! »

Le singe revenait sur la grève avec une démarche claudicante et se tenait le bras gauche dans la main droite.

« Tu es blessé ! constata le marin. »

Effectivement, si les jambes du simien ne laissaient pas apparaître de blessures, son avant-bras gauche présentait une mauvaise plaie, mais le sang séché dans les poils empêchait de relever l'importance de la lésion. À l'évidence, l'orang avait rejoint sa tribu et celle-ci avait combattu son ancien chef définitivement banni. Le marin prit du linge pour nettoyer, à la rivière, la blessure, une morsure qui ne manquerait de s'infecter sans soin minutieux. Un bandage posé, l'équipage reprit la route pour Élise-House.

Un vent frais, presque mordant, faisait proprement avancer la chaloupe. Le marais du Salut fut contourné sans difficulté et, après trois heures de navigation, le cap de l'Aîné était atteint. Le milieu de la journée à peine dépassé, Flip prépara des biscuits mais l'attitude de Jup avait changé.

« Je vois bien que ta blessure te fait souffrir, mais il faut manger pour garder ses forces, dit Flip. Dans un peu plus d'une heure nous serons rendus ! »

Le singe ne consentit pas à manger ; son état se dégradait. Les morsures sont des plaies particulièrement dangereuses et des soins plus efficaces devaient lui être prodigués. Le marin ne le savait que trop. Le canot n'avançait pas assez vite pour l'Oncle Robinson qui trouvait, alors, toute occasion pour maugréer. Pourtant, le vent était favorable. Pendant la traversée l'orang s'était endormi ; il semblait qu'il était fiévreux.

Après quelques heures de navigation, la chaloupe s'échoua enfin sur la grève.

« Nous voici arrivés ! Peux-tu marcher ? demanda le marin, joignant le geste à la parole. »

Maître Jup se releva avec peine mais il parvint à rester sur ses jambes. C'était heureux, car il pesait bien ses cent vingt livres. Robert et Flip n'auraient pas été trop de deux pour le porter en civière. Lorsque les deux navigateurs entrèrent dans la grotte, il était déjà trois heures du soir.

« Mon bon ami ! vous voici revenu ! Comme nous nous inquiétions tous depuis le retour de Robert, s'écria Mrs. Clifton. »

Belle et Jack s'élancèrent vers le marin, mais Jack, apercevant le bandage à l'avant-bras gauche de son ami, s'arrêta.

« Que s'est-il passé ? Pourquoi Jup est-il blessé ? demanda-t-il.

— Est-il arrivé un malheur ? Êtes-vous venu seul mon ami ? questionna la mère blême.

— Madame, ne vous alarmez pas ! Monsieur Clifton, monsieur Marc ainsi que monsieur Walsh, ancien officier de baleinier qui nous a rejoints, sont restés auprès de l'épave pour récupérer ce qui peut l'être, rassura le marin. Je les ai quittés en bonne santé et tout danger est écarté sur l'île. Ils comptent revenir dans quatre jours. Monsieur Clifton tenait à vous prévenir et plutôt que de désigner Jup pour messager, je me suis proposé de conduire un premier chargement par voie de mer.

— Pourquoi Jup est-il blessé ? demanda Belle.

— Hier soir, nous avons dû relâcher dans une baie située au nord de l'île, non loin de la forêt qui l'a vu naître. Il a décidé de partir retrouver les siens. Je l'ai cherché partout, en vain et, ce matin, il est reparu, sévèrement mordu par l'un des anciens membres de sa tribu. Il faut maintenant s'occuper de lui, car je le crois fiévreux.

— Mon pauvre Jup, on te soignera, dit Belle en se dirigeant vers le singe qui s'était allongé dans un coin de la grotte, Fido lui léchant le bandage.

— Oui ! on te soignera tout comme Robert, dit Jack.

— Comme Robert ?… reprit l'Oncle Robinson. »

Robert était alité. Mrs. Clifton expliqua au marin que le lendemain du retour de son second fils, celui-ci, après le départ de son frère Marc, fut pris de fièvre. Il toussait beaucoup et se sentait bien faible. La respiration lui était devenue plus difficile depuis la veille. L'Oncle s'approcha de Robert qui, bien que réveillé, se sentait trop affaibli pour se redresser de sa couche. Il avait tout entendu de la conversation.

« Rassurez-vous, monsieur Robert, dit le marin, nous trouverons les remèdes qui vous aideront à recouvrer la santé.

— J'ai confiance, Oncle Robinson ! dit-il. »

Une quinte de toux empêcha l'adolescent de continuer à parler. Flip revint vers le centre de la grotte et s'arrêta pour réfléchir.

« Pourquoi êtes-vous soucieux mon ami ? questionna Mrs. Clifton.

— C'est que je mets de l'ordre dans ma pauvre tête, répondit Flip. »

La situation des naufragés devenait des plus épineuses, mais un homme tel que Flip n'était pas de nature à céder face à l'adversité. Il trouva une solution qu'il présenta à la mère dissimulant courageusement son tourment.

« Voici ce que je propose, dit Flip. Il y a sur les berges du lac, des saules dont l'écorce fraîche saura apaiser les fièvres et de Robert et de Jup. Cette récolte complétera la réserve qui vous reste. Vous employez déjà des infusions de thym pour soigner la toux de Robert, elle sera tout autant utile pour nettoyer la plaie de Jup. Je vois également que vous avez préparé d'autres plantes aux propriétés thérapeutiques que monsieur Clifton et monsieur Marc ont récoltées cet été. Nos malades sont entre de bonnes mains.

— Vous êtes trop bon, mon ami, répondit pudiquement Élisa Clifton qui s'y entendait peu ou prou avec le traitement des affections communes.

— Nous déchargerons la chaloupe avec monsieur Jack, poursuivit le marin. Demain matin, je partirai quérir de l'aide à la crique. Je reviendrai après-demain, le 10 janvier. Ainsi, nous aurons gagné deux jours sur le retour de monsieur Clifton, de monsieur Marc et surtout de monsieur Walsh qui s'y entend avec la médecine. »

La courageuse mère écoutait avec attention ce que l'Oncle Robinson lui apprit lorsqu'il rapporta les évènements s'étant déroulés à la crique. En quelques mots, la famille fut informée des grandes lignes, car le jour s'abaissant, il convenait de récolter l'écorce de saule et de décharger le canot. Jack se montra des plus vaillants. Ainsi, avant la nuit, récolte et déchargement furent réalisés d'autant plus que Belle et sa mère prirent leur part de la tâche avec autant d'opiniâtreté.

Robert toussait encore beaucoup, quant à maître Jup, la plaie fut à nouveau nettoyée et le pus s'exprimant de cette dernière, épongé. De la cargaison, de fins ciseaux furent employés à couper les poils de l'avant-bras qui auraient compromis la cicatrisation de la morsure. Mais les fièvres des deux malades inquiétaient autant la mère que l'Oncle, car elles empêchaient les deux malheureux de se sustenter correctement et les affaiblissaient.

Autour du repas, chacun fit part de ce que l'autre ignorait. La mère se rallia à l'avis de Flip de partir dans les plus brefs délais ; dès l'aube du lendemain, afin que le marin n'eût pas à faire d'escale. Il décida de prendre par le sud. Selon lui, la voie devait être plus courte. Flip prépara des vivres pour trois à quatre jours avant d'aller reposer son corps meurtri des fatigues récurrentes.

Au jour du 9 janvier, le temps était vif et clair. Flip n'en doutait pas, le vent favorable lui permettrait de rallier la crique avant le soir :

« L'air froid n'est-il pas plus dense et n'assure-t-il pas une poussée plus efficace sur les voiles ? »

Il rassura Robert et Jup de la réussite de sa mission et s'engagea vers la grève.

« Soyez prudent, mon ami, dit Mrs. Clifton à Flip.
— Je serai de retour dans deux jours, madame, répondit-il. »

Le marin prit dans les bras les deux plus jeunes enfants ayant accompagné leur mère.

« Revenez vite, oncle ! déclara Jack.
— Oui ! revenez vite avec père et mon frère Marc, enchérit Belle encore dans les bras du marin. »

Le canot fut mis à la mer. La voile déployée, bientôt, il ne fut plus possible de distinguer Flip de la masse informe de la chaloupe disparaissant dans les brumes. Il était temps de rentrer à la grotte pour s'occuper des deux malades.

Voici une plage propice à un atterrissage.

CHAPITRE IX

Retour d'expédition – Retour de Flip
Robert et Jup guéris – Les convois

Le quotidien de la petite famille reprit son cours. Depuis six jours, ses membres étaient, pour diverses raisons, dispersés sur l'île. Chacun des deux groupes avait eu son lot de difficultés à surmonter. Cependant, pour ceux restés dans la grotte, à cette fièvre que Robert avait contractée, – probable refroidissement –, disait l'Oncle souhaitant rassurer la mère, s'ajoutait la mauvaise blessure de Jup, également fiévreux. Ni Jack ni Belle ne manquaient de se porter au chevet du frère ou du singe et Fido, à sa manière, contribuait de même. Mrs. Clifton usait de toute sa science et de sa détermination pour tenter de dénouer favorablement ce nouveau coup du sort.

Il s'agit, alors de trouver un dérivatif à l'épouvantable émoi. Belle, Jack et *mistress* Clifton s'employèrent, ainsi, à ranger la cargaison du canot. Robert, un peu plus alerte, participait aux réjouissances depuis sa couche. Rapidement, des outils de toutes natures s'alignèrent contre les parois du logis, bientôt exigu. Nombre d'entre eux leur étant inconnus, ils s'amusèrent à découvrir pour quel usage ils pouvaient être employés. Tant de vêtements remplirent d'aise la brave mère qui voyait disparaître ses craintes liées au renouvellement du linge. Quant aux armes, ainsi qu'à la poudre, elles furent remisées dans un coin de la grotte. Mrs. Clifton souhaitait qu'un lieu plus éloigné fût trouvé ultérieurement. Biscuits et viande séchée furent accueillis comme un présent des plus profitables.

La journée se passait joyeusement et le jour déclinant annonçait le prochain repas.

« Mère, dit Belle. Pensez-vous qu'Oncle Flip soit maintenant arrivé ?

— Je l'espère, répondit Élisa Clifton. Il faut lui faire confiance.

— Il a déjà parcouru la moitié du tour de l'île, ajouta Jack. Il ne sera pas embarrassé d'en couvrir l'autre moitié.

— Je suis confus qu'il soit reparti par ma faute, lança Robert. Je m'en voudrais qu'il lui arrivât malheur.

— Ne dis pas cela, mon enfant ! Ce n'est pas de ta faute. Résignons-nous au destin. »

La famille était réunie autour des couches presque accolées de Robert et de maître Jup lorsque le panneau de bois mal ajusté, faisant office de porte, tourna sur ses gonds grossiers. Saisis d'effroi par cette ouverture aussi subite qu'inattendue, chacun poussa un cri de stupéfaction. Cet ensemble confus de hurlements devaient être heureusement suivis d'une clameur joyeuse. Trois hommes se tenaient dans la pénombre, dans l'embrasement de l'entrée : Thomas Walsh, Marc et Harry Clifton.

Les retrouvailles furent associées à de nombreuses marques d'affection et le jeune officier n'en fut pas privé, mais Mr. Clifton s'interrompit soudain.

« Qu'arrive-t-il à Robert ? Je le vois alité ! dit-il. Et Jup porte un bandage au bras, ajouta-t-il en se retournant vers son épouse.
— Robert est fiévreux depuis son retour, il y a trois jours et maître Jup, blessé par ses congénères, nous a été amené par notre ami Flip.
— Où est-il donc ? Je ne le vois pas, questionna l'ingénieur.
— Il est parti chercher l'aide de monsieur Walsh, dit Élisa Clifton qui, s'adressant à l'officier, ajouta : « Flip nous a affirmé que vous pourriez nous apporter quelque secours pour nos malades. »
— Madame, je suis votre obligé, répondit simplement le jeune homme distingué. »

Robert, encore sous l'emprise de la fièvre, courageux, tint des propos rassurants mais l'orang semblait bien abattu.

Pendant que le groupe s'installa dans la grotte, le repas fut préparé. Il serait un moment opportun pour partager le récit des évènements récents. Thomas Walsh se joignit à Mr. et Mrs. Clifton qui, autour des plantes médicinales, jugeaient de l'efficacité des traitements employés. Le jeune homme confirma le parfait emploi des tisanes fébrifuges et pectorales. De même, il jugea très-appropriés les soins apportés à leur ami simien. En somme, si une partie de la caisse de médicaments du *Swift* possédait les remèdes idoines, il convenait de laisser au temps le soin d'achever la guérison des deux malades. En l'état, il ne semblait pas nécessaire d'user du quinquina pour traiter les fièvres, ni du baume du Commandeur pour aider à la cicatrisation. Néanmoins, si maître Jup n'avait pas recouvré l'appétit, Robert apprécia un bouillon.

La fin de la journée s'acheva autour de ce que chacun avait à vouloir faire connaître. Inutile de dire que Thomas Walsh impressionna tant son jeune auditoire que Mrs. Clifton quand il prit la parole. Il fut longuement loué pour sa bravoure et reconnu comme l'Ami Tom.

Une prière fut adressée pour l'Oncle Robinson qui était parti pensant trouver à la crique le groupe des trois hommes n'ayant prévu de quitter l'épave qu'au matin du 12. S'ils avaient anticipé le départ dès le 9 janvier, c'était que la quille, fragilisée par l'explosion de la bombe, s'était rompue, après l'appareillage de Flip, au cours de la journée du 7. La coque ouverte avait libéré la cargaison dont une partie fut entraînée à la mer.

La nuit étant bien avancée, les mèches des méchantes chandelles, fabriquées à partir de graisse animale, furent éteintes. Il serait urgent d'aller chercher celles qui étaient restées en réserve dans les entrepôts de fortune installés à la crique.

Au matin, Robert n'avait plus de fièvre et son compagnon d'infortune, s'il était épuisé, semblait se remettre doucement. Une bouillie bien garnie d'éclats de sucre d'érable eut raison de la gourmandise de l'orang.

« Je suis ravie de voir mes deux malades reprendre des forces, déclara, enjouée, Élisa Clifton.

— Encore quelques jours au chaud et nous pourrons les considérer tous deux guéris, rassura Thomas Walsh, serrant divers effets sur sa couche improvisée.

— Nous veillerons à vous confectionner un lit convenable, dit Harry Clifton, tout aussi réjoui que son épouse d'observer son fils plus alerte. »

Marc, Jack et Belle saluèrent leurs parents ainsi que l'Ami Tom puis réconfortèrent Robert et Jup.

« Je suis soucieux pour Flip, déclara Marc. Que doit-il penser de ne pas nous avoir trouvés à la crique ?

— C'est un marin expérimenté et un homme de ressource, fit remarquer l'officier. Il devinera que l'épave éventrée, nous sommes retournés à la grotte.

— Vous avez raison monsieur Walsh, répondit l'ingénieur. Je ne serais pas étonné de le voir de retour avant ce soir.

— Profitons de ce répit pour préparer l'organisation du transport de la cargaison du *Swift* à Élise-House, enchérit le jeune officier. »

La matinée fut employée à résoudre les innombrables difficultés inhérentes à une telle entreprise. Certes, le convoyage s'effectuerait par voie de mer, mais l'entreposage présentait quelques complications. La falaise, au sud, ne possédant pas d'autre cavité qui eût pu servir à cet usage, il fut résolu d'utiliser les voiles du brick afin de constituer un abri provisoire, mais la fixation à un ancrage suffisamment solide semblait irréalisable sans travaux d'envergure ; le moindre vent eût tôt fait d'emporter l'ouvrage. Un travail de charpenterie serait indispensable.

Après le repas du midi, Harry Clifton et Thomas Walsh se rendirent au pied de la falaise, à l'embouchure de la Serpentine-River pour préparer la chaloupe du *Vankouver*, en vue de l'opération de convoyage.

Durant ce temps, Marc s'en fut à la chasse. De la garenne, il dominait l'horizon du sud-est de l'île. Ainsi, fut-il le premier à apercevoir une voile sur la mer. Cette chaloupe ne pouvait être conduite que par l'Oncle. Pour courir à la grotte et prévenir sa mère, le fils aîné n'eut aucune peine à enlever les quelques milles qu'il avait à franchir.

Lorsque le marin accosta à la grève, ce n'était pas seulement Mrs. Clifton et ses enfants qui l'accueillirent, mais également l'ingénieur et l'officier qui manœuvraient l'autre chaloupe. Eux aussi avaient aperçu la voile à l'horizon.

« Eh bien ! me voici attendu, cria le marin.
— Nous nous inquiétions pour vous, déclara Élisa Clifton.
— Le canot est bien rempli, constata Marc.
— Comment vont Robert et Jup ? demanda Flip.
— Monsieur Walsh est confiant au sujet d'une prompte guérison, répondit la mère. Ils ont retrouvé l'appétit.
— Voici qui est très-bien ! dit l'Oncle rassuré. »

Le canot du *Vankouver* s'échoua et Mr. Clifton prit l'Oncle Robinson dans ses bras, lui témoignant sa gratitude pour l'attention que le marin accordait à sa famille. Malgré sa modestie, l'Oncle fut contraint d'accepter l'honneur qui lui était légitimement rendu.

Le soleil déclinait déjà bien vite malgré l'allongement de la durée du jour contre celle de la nuit. Remiser la nouvelle cargaison relevait de l'urgence, mais cette fois-ci, les bras gaillards ne manquaient pas.

À son retour à la grotte, Flip fut tout autant attendu. Son ami Jup se leva prestement pour se blottir dans les bras du marin. Si l'on ne pouvait affirmer que l'orang avait le teint pâle, assurément, ses yeux manquaient encore de la vivacité dont l'animal était coutumier. Quant à Robert, cette mauvaise fièvre n'était plus qu'un pénible souvenir.

« Avant quelques jours, ces deux convalescents pourront aller au-dehors, annonça l'Ami Tom.

— Je vous remercie de ce que vous avez fait ! dit Flip.

— Tout le mérite en revient à madame Clifton, répliqua le jeune homme. Elle a soigné ces malades de la meilleure façon qu'il se pouvait être. »

Les canots échoués, à l'abri du ressac, le chargement remisé, la nuit s'était installée. Ce fut à la lueur des chandelles du *Swift* que s'éclairèrent les naufragés, ou plutôt les colons, comme ces derniers se plaisaient à se désigner.

« Nous avons des lampes à huile que notre bon Flip nous a apportées mais l'huile de baleine viendra avant peu, dit l'ingénieur.

— Effectivement, j'ai vu que la cargaison du brick était en ordre sur la grève, bien à l'abri, reconnut le marin.

— Dans quel état se trouve la coque du brick ? demanda l'officier. Nous l'avons quittée brisée en deux, le gaillard d'avant ayant basculé sur bâbord.

— C'est après votre départ que la quille s'est rompue, ajouta Marc. La cale éventrée, les barriques se sont dispersées vers le large.

— Une partie en a été perdue mais l'essentiel a été préservé, compléta l'ingénieur. »

Flip fit une description si précise du bateau que même Belle, Jack et leur mère avaient l'impression de s'y être eux-mêmes rendus.

Ainsi, au soir du 10 janvier, sept jours s'étaient écoulés depuis le début de l'expédition. Les corps fourbus réclamaient un repos impérieux.

Les deux jours suivants furent consacrés à la préparation de l'opération de convoyage de la cargaison restée à la crique. Les canots étaient en état de prendre la mer, mais la place manquerait bientôt dans la grotte qui ne mesurait que trente pieds de long sur vingt de large. Des plans pour une remise et un appentis furent dressés en vue de couper et de préparer les arbres nécessaires à la charpente de ces ouvrages. Il fut décidé de créer une avancée de l'habitation par-devant la grotte proprement dite dont l'espace serait raisonnablement agrandi.

Robert et maître Jup furent déclarés guéris de leur fièvre ce qui les satisfaisait grandement ; ils ressentaient un irrépressible besoin de sortir. Bien sûr, la blessure du singe réclamait encore un long temps pour être entièrement résorbée. Robert fut autorisé à accompagner ses compagnons à la crique. C'était fort heureux d'ailleurs, car chaque paire de bras serait bientôt requise. Au regard de son jeune âge, Belle regrettait que son père ne voulût pas qu'elle fût de l'expédition.

« Dès que le temps sera plus clément, nous ferons un grand tour de l'île, dit le père dont le projet de circumnavigation n'était pas abandonné. »

La mère consola Belle en lui expliquant le rôle essentiel de maintenir la grotte en état de recevoir une colonie de huit hommes, un singe et un chien.

« Maintenir le feu allumé est une grande responsabilité ! déclara Élisa Clifton qui conta, à la jeune fille de huit ans, l'histoire des Vestales de Rome. »

Belle s'estima alors bien récompensée.

Le matin du 13 janvier, un lundi, Flip, Jack et Marc embarquèrent sur la chaloupe du *Swift* tandis que l'Ami Tom, Harry Clifton et Robert prirent position sur celle du *Vankouver*. Devant l'entêtement du chien, Mrs. Clifton avait préféré demander à son époux de l'emmener. Il n'y avait plus de danger sur Flip-Island et son *équipage de marins*, comme elle se plaisait à désigner tous les hommes de la colonie, serait de retour le lendemain soir.

Ce fut la chaloupe du *Swift* qui traça la route, celle du *Vankouver* suivant son sillage. Sur la grève. Mrs. Clifton, Belle et Jup, regardèrent s'éloigner les deux embarcations qui reviendraient chargées d'un trésor pour la petite colonie.

« Madame Clifton est une femme bien courageuse, déclara l'officier. Votre famille ferait la fierté de plus d'un homme.
— Je pense, en effet, que le destin m'a grandement avantagé, répondit humblement l'ingénieur. Mes enfants usent de nos enseignements à leur guise, mais je constate que leurs manières de faire, si différentes qu'elles puissent être entre chacun d'eux, conduisent à des résultats le plus souvent heureux.

— Merci, père ! lança Robert. Cependant vos conseils nous sont toujours utiles.

— C'est une grande sagesse que de savoir écouter et de vouloir apprendre de tout un chacun, répliqua le père. »

Le jeune officier regrettait de n'avoir pas déjà fondé de famille et il lui manquerait avant peu de pouvoir retrouver les siens à Boston. Il était inéluctable que la disparition de la *Maria-Stella* fût connue un jour. Le navire, abandonné à lui-même, plutôt que de sombrer, aurait-il été retrouvé par quelque bâtiment croisant dans les mêmes eaux découvrant, à cette occasion, les traces de l'attaque des pirates ? Alors, Thomas Walsh aurait été inscrit sur la longue liste des marins perdus en mer. Quelle peine pour sa famille !

La traversée fut l'occasion pour l'Ami Tom, Robert et son père de se livrer. Vraiment, la Providence avait placé le jeune homme sur le chemin de la colonie. Nul doute que cette même Providence n'aiderait ces braves gens à retrouver leurs semblables.

Le soir venu, les deux chaloupes parvinrent à la crique. L'épave disloquée demeurait toujours bien ancrée dans le fond sableux. Les premiers arrivés s'étaient employés à allumer un feu et s'il ne restait que quelque temps de jour, les bâches découvertes permirent de préparer les chargements.

« Demain matin, nous retournerons sur le brick afin de reprendre quelques éléments, proposa l'officier. Je pense que l'on pourra retirer une partie du doublage de cuivre de l'épave.

— Bien vu ! répondit Flip. Cela pourra servir à tant d'usages.

— Si demain une chaloupe pouvait être entièrement chargée, pourquoi un équipage réduit ne pourrait-il pas se rendre à Élise-House pendant que ceux restés sur place continueraient le travail ? demanda Marc.

— Je ne pense pas qu'il s'agisse de la meilleure solution, car, avec deux chaloupes, il sera plus aisé de convoyer un radeau de barriques, expliqua le père. »

Le lendemain, la première expédition revint bien chargée à Élise-House. Une seconde en partit le 16 janvier et en rentra le 19, bondée de caisses mais aussi de feuilles de cuivre. Puis ce fut encore un troisième convoi qui quitta son port d'attache le 22 pour n'en revenir que le 25. L'ultime acheminement ne s'opéra que le 31, car une tempête fit rage entre le 28 et le 30. Le 2 février, les deux chaloupes ne rapportèrent exclusivement que des pièces de charpente ne laissant sur place qu'une carcasse qui ne tarderait pas à disparaître.

Après ces trois semaines employées à sauver la cargaison du *Swift*, une période de repos s'imposait. Les forces de chacun réclamaient d'être reconstituées. Les jours suivants furent consacrés à des travaux moins exigeants, mais Élise-House regorgeait d'objets en tout genre s'entassant, çà et là, au point qu'il devint impossible de vivre plus longtemps dans cette sorte d'entrepôt mal rangé. Urgemment, un abri de fortune fut réalisé à l'aide de planches grossièrement assujetties en guise de bardage, ainsi que de cordages maintenant une voile pour toit. Des troncs, tout juste coupés et ébranchés, constituèrent les mâts de ce chapiteau étrange dont l'ancrage fut assuré par l'emploi de forts blocs de roche. Adossée à la falaise, le vent ne devait pas avoir de prise pour renverser cette structure.

La première expédition revint bien chargée.

CHAPITRE X

Les trésors du *Swift* – À propos de la situation des naufragés
La carte de Flip-Island – Des projets pour la colonie
La question d'un signal – La position de Flip-Island

Le temps était venu de réaliser un inventaire des nouvelles richesses à la disposition des naufragés.

Les tonneaux furent transportés sous la remise dont le sol avait été recouvert d'un caillebotis. Quant aux fûts d'huile de baleine, ils ne purent être déplacés qu'à grand-peine. Pourtant, Thomas Walsh rapporta que les pirates avaient transféré le contenu des plus grosses barriques qui pouvaient contenir jusqu'à trois cent cinquante gallons, dans des tonneaux plus petits. Cependant, même de poids réduit certains de ces tonneaux pesaient encore bien leurs huit cents livres pour les plus lourds. Lors du démembrement du brick, près d'une douzaine de ces barriques avaient pu être récupérées. Afin de ménager les forces, il fallut se résoudre à ne transporter, de la grève à la remise, qu'un seul fût par jour. Fort heureusement, la poudre put être transportée avec bien plus de facilité.

Élisa Clifton eut la charge de dresser l'inventaire dont la liste s'allongea. Outre les quatorze fûts d'huile de baleine, figuraient vingt-six tonneaux de poudre de vingt-cinq livres, du plomb, de la grenaille, des balles, des moules à balles, de nombreuses caisses de cartouches à douille ainsi que des fusées. Au rang des armes, l'on comptait une vingtaine de fusils de chasse, tout autant de canardières ainsi que trente et un revolvers. Une petite cavité dans la falaise assura l'entreposage, à l'écart de l'habitation, de ces matières dangereuses.

Les outils rejoignirent également la remise. On y trouvait harpons, lances, pelles, hachots, manches d'outil, ligne de pêche de même que des coffres garnis du nécessaire au travail de charpenterie, de menuiserie, de tonnellerie ou de tannerie. Décidément, rien ne manquerait à la colonie.

Thomas Walsh resta un moment pensif devant un harpon sur lequel était gravé, sur deux lignes :

Maria-Stella
Vineyard

Des cordages sans nombre et les voiles arrachées aux mâts réunies à celles qui étaient dans la soute à voiles, devenue accessible lors de la rupture de la quille du fait du basculement de l'avant du brick, occupèrent une place importante. Les coffres d'équipage ainsi que les solides vêtements de marin restèrent, eux, dans la grotte.

À la caisse de médicaments et au coffret d'instruments de chirurgie du *Swift*, – tous deux dérobés sur la *Maria-Stella* –, s'ajoutèrent divers livres, cartes et instruments de navigation. Le dernier espace disponible dans l'abri rupestre fut destiné aux caisses de biscuits et à celles de viande ou de poisson séché. Quelques tonnelets d'eau-de-vie auraient pu achever cet inventaire, mais il restait un trésor à serrer. Il s'agissait de deux barils de farine, de sacs de riz et de café, d'autres de sucre, de poivre en grain et de moutarde, mais surtout des pommes de terre pouvant être plantées tout autant que les pois, haricots, orge ou avoine. Les quantités n'étaient pas importantes, mais bien suffisantes pour ensemencer un champ. Hélas, le blé manquerait définitivement.

Une petite boîte contenant cinq montres et à peine plus d'une centaine de dollars en pièces de monnaie de divers pays attisèrent les curiosités.

« Ce n'est pas une fortune, déclara Harry Clifton. Mais que ferions-nous de monnaie sur notre île ?

— Vous avez bien raison, répondit Flip, une pomme de terre nous est bien plus précieuse.

— Nous avons ici de quoi envisager l'avenir sereinement, acquiesça Mrs. Clifton.

— De plus, les terres semblent fertiles sur cette partie de l'île, remarqua Thomas Walsh. »

Les discussions allaient bon train quand Marc désigna le sextant du *Swift*.

« Voudriez-vous m'apprendre à me servir de ce sextant ? demanda-t-il à l'Ami Tom qui avait l'habitude d'utiliser cet instrument.

— Bien sûr ! Avec un grand plaisir, répondit-il. Si je puis me permettre, ce ne sera pas seulement à vous seul que j'enseignerai la manière de relever une position, mais également à vos frères ainsi qu'à Belle, que l'officier voyait s'avancer vers lui sans oser demander ce que sa posture semblait dire à sa place.

— Vous nous avez déjà dit que vous pensiez que notre île se situait très au nord des îles Sandwich, dit Flip.

— Ni le capitaine Hervay ni le second Swanson n'étaient particulièrement bavards et je ne goûtais guère plus leur compagnie qu'ils ne recherchaient la mienne. Cependant, un officier de marine a toujours une idée de l'endroit où il se trouve, répondit Thomas Walsh. Demain, je vous propose de relever avec exactitude la position de Flip-Island. »

L'ingénieur connaissait la manière de relever la latitude d'un point, sans sextant ; cet appareil d'une grande précision mesurant une distance angulaire par réflexion.

Il lui aurait fallu, d'abord, établir l'orientation de l'île. Il s'agissait de connaître la durée exacte entre le lever et le coucher du soleil. À la moitié de cette durée, le soleil se trouverait précisément au méridien, et l'ombre portée d'une perche indiquerait la direction du nord. Deux repères alignés dans cette direction permettraient de relever la méridienne. C'est-à-dire, l'axe orienté du nord vers le sud.

Ensuite, il se serait agi de déterminer la hauteur de l'étoile polaire au moment où celle-ci croiserait l'axe de la méridienne. Il y avait deux façons de relever cet angle. La première façon nécessitait de bénéficier d'un horizon dégagé vers le nord et le marais du Salut répondait parfaitement à cette condition. Un simple compas suffisait : l'une de ses branches orientée parallèlement à l'horizon et l'autre pointant sur l'étoile polaire. La seconde façon s'affranchissait d'un horizon dégagé. La mesure s'effectuerait sur un demi-cercle gradué en cent quatre-vingts parties égales dont la partie rectiligne, correspondant à son diamètre, serait fixée sur une baguette servant à la visée. Au point d'axe du cercle, un fil à plomb y étant attaché permettrait d'obtenir la verticale du lieu. L'origine des graduations étant dirigée, via la baguette de visée, vers l'étoile polaire, le passage du fil devant l'une de ces graduations du cercle donnerait alors comme résultat la hauteur de l'étoile polaire, une fois retranchés les quatre-vingt-dix degrés correspondant au fait que le fil à plomb est à la perpendiculaire de la ligne horizontale, tangente à la surface du globe.

L'étoile polaire étant située à quatre-vingt-neuf degrés du pôle arctique, cette hauteur, mesurée précisément de la manière décrite, aurait donné la latitude du lieu.

Relever la longitude réclamait de connaître l'écart de temps entre le midi de l'île et le midi d'un lieu connu. Fabriquer un cadran solaire ne posait aucune difficulté à l'ingénieur. Déterminer le midi selon le temps solaire vrai, sans abaque, imposait de relever cette mesure au moment des quatre jours de l'année où le temps solaire moyen équivaut au temps solaire vrai. Il s'agissait du 16 avril, du 15 juin, du 2 septembre et du 26 décembre. Cependant, connaître le midi d'un lieu dont était connue sa longitude réclamait un chronomètre réglé constamment sur le temps en ce lieu servant d'étalon. Or la montre d'Harry Clifton n'avait pas été remontée durant les dix jours s'étant écoulés entre son évasion du *Vankouver* et sa découverte dans le marais par l'Oncle Robinson. Cette mesure de la longitude était donc impossible.

L'ingénieur n'avait que faire de relever la latitude d'un lieu si la longitude lui était inaccessible et, conséquemment, n'avait pas entrepris de déterminer le gisement de Flip-Island. Aujourd'hui, les documents et les instruments de navigation récupérés sur le brick permettaient de répondre à cette importante question.

Le lendemain, le mois de février arrivait à son sixième jour et le temps maussade rendait impossible le relèvement de la position géographique de l'île ; le rangement continuerait donc.

« Pourrions-nous dessiner une carte de notre île ? demanda, à son père, Robert bien déçu de devoir remettre à plus tard de faire le point.
— Nous devrons solliciter l'aide de l'Oncle et de Tom qui seront plus à même de réaliser cette carte qui me semble bien utile, en effet, répondit l'ingénieur. »

Sitôt la proposition présentée, l'arrière d'une vieille carte fut préparée. De larges planches installées sur des tréteaux constituèrent une grande table parfaite pour créer la carte. Le travail commença par le tracé d'un quadrillage dont chaque ligne régulièrement espacée représentait, à l'échelle, une distance d'un mille. La mémoire conjointe de l'ingénieur, de l'officier mais surtout du marin permirent de dresser la ligne de côte. Marc et Robert apportèrent, pour être des chasseurs assidus, de nombreuses informations sur la disposition de l'intérieur des terres.

La baie de Première Vue, constituant la côte occidentale de l'île, fut aisément dessinée entre le cap de l'Aîné au nord et le cap du Cadet au sud. La forme du lac Ontario se révéla plus ardue à placer. Puis, vint la côte méridionale presque tracée au tire-ligne et la côte septentrionale qui montrait une baie très-creuse bordée à l'est par un cap arrondi que Flip décrivit comme une falaise de la même nature que celle au pied de laquelle Élise-House se trouvait. Les limites des forêts, de la lande, des dunes et de la garenne furent à peine esquissées. De même, l'étendue du marais du Salut ne fut que sommairement soulignée. Il conviendrait d'affiner la carte au fur et à mesure des découvertes.

Vint le moment de nommer les nouveaux lieux. Le bois compris entre le pic et la côte orientale fut appelé Bois-Robert, la rivière se jetant au nord de la crique, Belle-River, la falaise fermant cette même crique, au sud, promontoire de la Dent, en référence à sa forme, quant au cap constitué d'une coulée de lave et constituant la bordure septentrionale de la crique, il fut nommé Cap-Jack tandis que la rade dans laquelle avait mouillé le *Swift* fut désignée comme la crique de l'Ami Tom. Le jeune officier, honoré, ne tarissait pas de remerciement. D'une manière similaire, au nord de l'île, la falaise arrondie fut désignée par l'Oncle Robinson comme la falaise aux Mouettes et la baie échancrée qui la poursuivait, limite du marais du Salut, serait désormais connue comme la baie de l'Espoir et Flip proposa sans difficulté le nom de Creek-Jup au ruisseau qui s'y jetait. Sans surprise, la forêt comprise entre le marais et le lac fut appelé le bois des Singes alors que le promontoire à l'extrémité du sud-est de l'île reçut le nom de cap aux Brisants. Enfin la vallée des Laves désigna cette zone rocheuse incluse entre la falaise aux Mouettes et le Cap-Jack correspondant au déversoir du Clifton-Mount.

Le reste de la journée fut employée à discuter des projets pour la vie de la colonie.

La grotte ne serait pas toujours l'habitation principale. L'ingénieur et Flip avaient le désir de construire une maison confortable. L'emplacement, bien protégé, du lieu actuel du foyer autorisait de se dispenser d'en changer prématurément. Le projet arrêté était de construire une maison de bois, solidement bâtie, devant la caverne devenant alors un cellier situé dans la continuité de la construction et assurant la pleine sécurité des biens remisés. De plus, une certaine déclivité des terrains permettrait d'amener l'eau directement à Élise-House. Certes, le projet initial d'établir la maison dans un bouquet de micocouliers avait été abandonné du fait que la colonie disposait, maintenant, d'outils plus propres à élever une charpente dans les règles de l'art. Une question d'importance avait été débattue quant à l'opportunité de laisser apparents des signes évidents d'une occupation de l'île ou plutôt de les dissimuler autant que possible. Il fut reconnu que placer la construction au pied de la falaise avait tant l'avantage de la protéger des vents violents que de la soustraire à la vue d'un navire croisant dans les parages.

Le projet d'un pont à bascule, jeté à l'endroit où la Serpentine-River sortait du lac, afin de bénéficier d'un accès rapide entre sa rive gauche et sa rive droite, fut plébiscité. De même, la dérivation des eaux du lac, favorisée par la pente du sol permettrait de ceinturer complètement cette portion de l'île comprise entre la rivière, au nord, la falaise, à l'ouest, le lac, à l'est et ce nouveau ru, au sud. Ce vaste parc serait idéal pour assurer la sécurité des animaux domestiques.

Un certain nombre de bâtiments à usage agricole devraient être bâtis sur ce domaine. De plus, il conviendrait de préparer des parcelles afin d'y recevoir pommes de terre, pois, haricots, maïs, orge, avoine et même quelques oignons.

« Nous voici fermiers, déclara fièrement Marc.

— Tout ceci appelle à d'importants travaux, dit l'Ami Tom. Il ne sera pas aisé de décider ce qui devra se faire en premier.

— Il est vrai que la tâche est d'envergure, mais nous définirons des équipes pour la réalisation de certaines d'entre elles, rassura l'ingénieur. »

Les débats allaient bon train et si, naturellement, les tâches les plus physiques échurent aux hommes, Élisa Clifton et ses deux plus jeunes enfants eurent leur part qu'ils n'auraient cédée à quiconque. À tous, il leur tardait d'entreprendre ces travaux ambitieux.

« Pensez-vous qu'il faille placer un signal sur l'île ? demanda Thomas Walsh.

— Les évènements derniers nous ont montré que la présence humaine n'est pas toujours désirable, rappela Harry Clifton.

— Mais tous les navires ne sont pas conduits par des pirates, répondit Flip.

— C'est bien vrai, concéda l'ingénieur. Mais comment connaître les intentions d'un équipage arrivant au voisinage de notre île ?

— Père, dit Robert, si nous fabriquions un signal qui ne serait visible que lorsque nous le déciderions ? Un mât et son drapeau facilement installé sur un cap.

— C'est une excellente idée, Robert, s'enthousiasmèrent l'Ami Tom et l'Oncle simultanément.

— Que vaudrait un signal qui ne serait vu que lorsque nous le voudrions et non en permanence ? remarqua l'ingénieur. Néanmoins, nous veillerons à en construire un au cap de l'Aîné et un autre au cap du Cadet en temps utile.

— Pour ma part, je concède bien volontiers que l'idée d'imaginer qu'un équipage mal intentionné puisse savoir l'île habitée ne me rassure nullement, déclara Élisa Clifton. Je suis très-réservée à ce sujet. »

Ce projet fut ajourné mais la journée se passa avec l'évocation d'autres propositions où chacun prenait sa part.

Le lendemain, le temps couvert ne permit pas plus de relever le gisement de l'île, mais le 8 février, tous les espoirs étaient permis. Afin de bénéficier d'une ligne d'horizon dégagée vers le sud, se rendre à la longue plage, à l'est du cap du Cadet, s'imposait et la famille en profita pour parcourir les quatre lieues séparant la grotte du lieu choisi pour réaliser la mesure. L'air était à peine frais et cette sortie ne pouvait être que profitable. Les besaces remplies, Belle, Jack et sa mère purent découvrir les nouvelles contrées qu'ils ne connaissaient que par ce que l'on leur avait rapporté. Les trois sextants avaient été emmenés ainsi que divers documents nécessaires au relèvement d'une position géographique. L'on imagine sans peine combien l'impatience s'emparait de chacun.

Parvenus à la plage au sud de l'île, libre du moindre obstacle sur pas moins de quatre lieues, le promontoire de l'extrémité méridionale se distinguait nettement. Les écueils sans nombre qui se perdaient en mer à son niveau n'étaient pas visibles. La côte monotone n'offrait aucun refuge.

« Monsieur Clifton, voici un sextant, dit l'Ami Tom. madame Clifton et Belle vous accompagneront pour les relevés. Vous monsieur Marc, rejoignez Flip. Quant à moi, je ferai les mesures avec messieurs Robert et Jack. »

Sans peine, l'officier avait convaincu la famille de s'initier au relèvement d'une position. Sous sa conduite, la leçon ne pouvait être que passionnante. Tout comme à l'ingénieur, il lui semblait que le partage du savoir ne devait rencontrer aucune entrave de quelque nature que ce fût. Les premières mesures devaient être prises avant midi afin de familiariser chacun avec cet instrument indispensable à la navigation. Bien réglés, les trois sextants fournirent des relevés tout-à-fait similaires.

À midi, l'officier, l'ingénieur et le marin prirent de nouveau leurs mesures, toutes concordaient. L'angle d'élévation maximal du soleil fut ainsi relevé et les tables de référence fournirent la latitude de Flip-Island. Pour l'obtention de la longitude, besoin était d'utiliser la montre de l'officier, toujours consciencieusement réglée sur le midi de San Francisco, depuis la dernière relâche de la *Maria-Stella*, en août de l'année précédente. Le capitaine Hervay, par une bonté d'âme inhabituelle, avait permis à Thomas Walsh de conserver cet objet. La facture n'était pas des plus remarquables et n'avait suscité aucun intérêt de la part du chef des convicts. Cependant, la montre du jeune homme avait tendance à retarder, il lui fallait en rendre synchrone sa marche sur celle du chronomètre de marine. Sur la *Maria-Stella*, celui-ci, d'une grande précision, était, naturellement, étalonné sur l'heure au méridien de Greenwich et l'officier s'employait à maintenir, constamment, une différence de huit heures, trente-deux minutes et quarante-huit secondes entre les deux instruments. En revanche, depuis la capture du baleinier, le jeune homme s'était aperçu que les pirates avaient réglé le chronomètre étalon de telle façon que la différence n'était plus que de huit heures, douze minutes et onze secondes. Ainsi donc, les mesures du capitaine Hervay étaient-elles entachées d'erreur. Ces vingt minutes et trente-sept secondes de retard sur l'heure au méridien de référence représentant un peu plus de vingt milles marins d'écart vers l'est. Thomas Walsh s'était gardé de partager cette constatation avec ses ravisseurs. La connaissance de cette inexactitude permit de relever correctement la longitude.

Ainsi, à cet instant précis, sur Flip-Island, au midi solaire, la montre de l'officier indiqua trois heures et vingt-cinq minutes.

« Le soleil parcourt quinze degrés par heure, et la longitude de San Francisco est d'un peu plus de cent vingt degrés de longitude ouest à partir du méridien de Greenwich, déclara l'officier. »

Les documents apportés indiquaient que la longitude de l'important port de la Californie était exactement de 122° 25' ouest. La différence relevée entre les deux heures équivalait à quarante-cinq degrés et vingt-cinq minutes qui devaient être ajoutés à la longitude de San Francisco puisque l'île se situait à l'ouest du lieu de référence. Ainsi, Flip-Island se trouvait-elle à 167° 50' de longitude ouest et à 32° 40' de latitude nord.

L'officier consulta la carte de marine ainsi que le planisphère. De fait, par 32° 40' de latitude nord et 167° 50' de longitude ouest se trouvait un îlot reconnu en 1801 par le capitaine Crespo, et que les anciennes cartes espagnoles nommaient Roca de la Plata, c'est-à-dire Roche d'Argent. Cette île portait le nom de son découvreur.

« L'île Crespo ! Voici le nom sous lequel cette île est connue des géographes, annonça l'officier.

— Sommes-nous obligés d'appeler notre île, l'île Crespo ? demanda Belle.

— Pourquoi cette question ? reprit le jeune homme.

— C'est que je préfère l'appeler Flip-Island, répondit la jeune enfant.

— Nous continuerons à l'appeler Flip-Island ! rassura la mère ce qui ravissait tout un chacun.

— Nous sommes dans la partie la plus déserte de l'océan Pacifique, constata Flip.

— À près de mille trois cents milles nautiques des principales îles de l'archipel des Sandwich qui sont les terres les plus proches de nous, précisa l'officier.

— J'ai une proposition à vous faire, dit Mrs. Clifton.

— Laquelle ? demanda Harry Clifton très-absorbé par la discussion.

— Déjeunons donc ! dit-elle. Vous réfléchirez mieux ainsi. »

Les rôtis froids accompagnés de galettes de sagou furent particulièrement appréciés. Le repas enlevé, venait le temps du retour à Élise-House.

Sur le chemin, il était encore question de la position de l'île et des projets d'amélioration à l'établissement de la colonie.

Pourrions-nous dessiner une carte de notre île ?

CHAPITRE XI

Les travaux de la ferme – Agrandissements d'Élise-House
Sur les bords de l'Amour – Le domaine

En ce début du mois de février, la grande préoccupation qui se présentait aux colons fut celle de l'organisation de leur domaine. La mauvaise saison n'étant pas encore achevée, il relevait de l'urgence de préparer, autant plusieurs parcelles à recevoir les semailles que d'envisager la construction d'une maison.

La grotte devenait par trop exiguë. Au surplus, les difficultés de renouvellement d'air dans cette habitation des plus sommaires faisait craindre à Mrs. Clifton que ses enfants ne contractassent quelque maladie commune à ces lieux malsains dont les marais sont grands pourvoyeurs. Cependant, en cette période de froids rigoureux, il y avait plus à souffrir de l'espace confiné de la caverne qui voyait ses parois se couvrir d'importantes condensations. La moindre quinte de toux inquiétait au plus haut point chacun des colons. À tous, il tardait qu'aux temps cléments, ils pussent assainir la sombre demeure à l'air chargé d'effluves de graisse de baleine brûlée, de fumée de bois, de cuisine en plus de celle des habitants.

« Rien n'est plus pénible que de maintenir cette tanière dans un état de propreté suffisamment digne, déplorait souvent Élisa Clifton. Je sais bien que chacun d'entre vous m'aide tant qu'il le peut, mais la mauvaise saison nous joue un bien vilain tour à perdurer ainsi. »

Tous les colons s'employaient de leur mieux à décharger Mrs. Clifton de cette lourde charge et maître Jup ne figurait pas parmi les derniers les moins opiniâtres. Sûrement, devait-il lui paraître étrange cette manie de s'évertuer à balayer le sol de la grotte et plus encore d'en frotter les parois de linges essorés. Le quadrumane participait avec un certain plaisir à ce travail collectif permettant de ne pas recourir aux bons soins du vent glacial pour assécher la roche au risque de refroidir durablement la caverne.

Cette situation ne pouvait durer. À de multiples reprises, de longues discussions ayant trait aux futurs projets d'aménagement rendaient à la mère et à ses enfants une vitalité nécessaire. Était donc venu le moment de mettre en application toutes ces bonnes paroles et ces belles idées.

« Nous allons devoir arranger notre domaine agricole, déclara Harry Clifton. Dans la partie comprise entre la falaise et le lac, il nous faut défricher l'emplacement de nos futurs champs.
— De même que les protéger, compléta l'Oncle.

— Très-juste, mon digne ami, répondit l'ingénieur. Rappelez-vous que nous avions prévu de dériver une partie des eaux du lac Ontario pour fermer l'accès du sud aux bêtes sauvages.

— Dériver les eaux du lac ? demanda l'officier étonné.

— Très-certainement, affirma Mr. Clifton. Je vais vous montrer cela. »

Toute la famille suivit l'ingénieur sur le lieu du projet. De fait, sur place, l'entreprise avait été immédiatement saisie. Une fois fermée, cette partie engloberait un marais d'une surface approximative d'un mille carré ainsi qu'une étendue identique constituée de terres arables. Le travail du sol, pour pénible qu'il pourrait être, au regard des faibles outils dont les robinsons disposaient, devait pouvoir être mené à bien. Il s'agissait, pour l'essentiel, de réserver une parcelle pour l'orge et une pour l'avoine. La culture du maïs, des pois, des haricots et des pommes de terre relevait d'une moindre urgence.

Indiscutablement, le programme était ambitieux. Devant l'ampleur d'une tâche résolument colossale il venait souvent à Harry Clifton quelques doutes qui le faisaient reculer devant cette nécessité d'associer ses enfants au projet. Pourtant, il se révélait de prime importance ; la survie de la colonie en dépendait absolument. L'Oncle Robinson se montrait toujours confiant dans l'avenir et n'était guère le dernier, gonflé d'entrain, à vouloir s'engager dans cette entreprise. Toujours, il trouvait quelques mots rassurant les moindres inquiétudes. Plus, dans un art consommé, il emportait l'adhésion de chacun et bientôt, son optimisme généralisé couvrait l'île de tous les perfectionnements de la vie moderne. L'ingénieur laissait faire et dire son ami quand bien même ce dernier faisait montre d'une exubérance plaisante. Nonobstant, de ses réflexions les plus sérieuses, il en découlait un bon sens réconfortant. Aujourd'hui, les colons travaillaient de concert et levaient les incommensurables difficultés qui se dressaient devant eux.

« Ne faudrait-il pas que nous séparions nos forces ? demanda Marc. Labourer les champs me semble aussi essentiel que de construire la maison de même que de protéger le domaine en créant un fossé.

— Vous avez raison, monsieur Marc, formons des équipes en fonction des qualités de chacun, répondit Flip. »

La proposition retenue, il fut décidé d'organiser des changements réguliers dans les équipes afin que les connaissances des uns se transmissent aux autres. L'Oncle Robinson fut affecté au chantier de la maison pour avoir travaillé durant six mois chez un charpentier de Buffalo et Marc en serait son apprenti. Harry Clifton travaillerait avec Robert au tracé de la dérivation du lac. L'Ami Tom s'associerait avec Jack pour retourner deux arpents de terre qui devaient recevoir les cultures d'orge et d'avoine. Quant à Mrs. Clifton et à sa fille Belle, la tenue du nouveau domaine ne devait manquer de leur donner beaucoup d'ouvrage. En effet, à la charge de la maison et de la basse-cour, s'ajouteraient celles de relever les pièges à la garenne ainsi que de réaliser quelques cueillettes. Vraiment, dans cette petite communauté, tous avaient leur rôle dont aucun n'était subalterne.

Pour dire vrai, la plus grande difficulté que rencontraient les naufragés fut de se consoler de devoir faire le choix de l'urgence, de différer certains travaux et, sans doute, de calmer les ardeurs des garçons véritablement emportés dans une frénésie de labeur.

« Labeur sans soin, labeur de rien ! répétait inlassablement leur mère. »

Mistress Clifton se trouvait, elle-même, particulièrement chagrine du dénuement de son petit monde.

« Voyez mon petit Jack ! Impénitent gourmand, disait-elle. Il rêve d'un beau verger qui lui éviterait de courir la campagne pour trouver de bons fruits. À juste raison, il me semblerait également que de les avoir à portée de main serait bien avantageux. »

L'ingénieur ne manqua d'être ravi de pouvoir satisfaire chaque membre de sa famille et de la colonie lorsqu'il se fut agi d'établir les fondements du futur logis. Lui-même ne se mit pas en marge de la liesse générale.

Les plans d'Élise-House dressés, les jalons plantés en terre renseignèrent sur les dispositions futures des pièces. De la proposition retenue, il en advint que le bâtiment se trouverait éloigné de la falaise mais resterait parallèle à celle-ci dans son grand axe, face à l'entrée de la grotte qui deviendrait un entrepôt de la première importance. Ce rectangle de soixante pieds de long sur quinze de large offrirait donc une surface un tiers plus grand que celle de la grotte ce qui garantissait de pouvoir aménager autant les espaces communs que les pièces à usage plus privé. La façade du nord de l'édifice serait prolongée jusqu'à la muraille par une sorte de galerie dont le simple toit, d'une longueur de soixante pieds permettrait de protéger le bois de chauffage dans des conditions idéales, car le bûcher actuel, réalisé par l'Oncle, contre l'escarpement, se trouvait moins bien placé ; il recevrait d'autres destinations.

À l'avant de cette galerie, orientée vers le sud, une cour carrée de soixante pieds de côté assurerait une circulation aisée entre le logis et les dépendances. À l'arrière de cette galerie, la nouvelle basse-cour garantirait, contre une attaque de fauves, la sécurité de ses occupants de même que la sérénité des colons. Sa surface serait considérablement augmentée au regard de l'accroissement de la population ailée.

Cet ensemble de bâtiments se prendrait des airs de maison romaine. En digne *domus*, s'il n'y avait pas de cour intérieure recevant les eaux de pluie, l'espace carré se trouverait bien clos par une ultime palissade qu'il était prévu de garnir de plantes grimpantes à l'exclusion d'une large ouverture assurant un passage aisé pour le matériel agricole. Dans une économie de moyens, l'Oncle Robinson proposa de ménager des gonds dans l'angle de la maison et de n'arrêter cette palissade qu'à une vingtaine de pieds de la construction. Il conviendrait, par la suite, peut-être, d'y placer les deux vantaux d'un portail si le besoin s'en faisait sentir.

Les colons ne s'engageraient certes pas dans les vastes travaux d'amélioration des bouches de l'Amour pour lesquels Harry Clifton y avait emmené sa famille en résidence durant plusieurs années. Ce fut là un voyage mémorable à plus d'un titre. Cette brave famille avait trouvé, dans les installations de l'établissement russe, un certain confort. En outre, des relations bienveillantes, et même pour certaines, amicales, purent se nouer auprès des contingents d'officiers de la marine impériale, de l'artillerie ou du génie, en provenance de la mer Noire et bien plus rarement auprès de certains de ces milliers de pionniers issus des confins européens. Quant aux exilés des provinces de la Sibérie, malgré leur nombre, ils se faisaient des plus discrets. Sans doute, si les conditions d'engagement de l'ingénieur ne lui avaient pas requis un retour prochain dans sa patrie, un établissement définitif de la famille Clifton aurait pu s'envisager. Tel ne fut pas le cas. Mais, en tout état de cause, les enfants Clifton avaient pu bénéficier d'une éducation de premier ordre auprès de précepteurs dont les bonnes familles d'Europe et d'Amérique n'auraient pas eu à récriminer.

Souvent, les colons de Flip-Island se remémoraient les souvenirs respectifs de leur vie passée. Il convient de le dire, l'Oncle Robinson, dans ses relations de voyage, tenait la primauté. Cependant, sur les bords de l'Amour, les Clifton purent démontrer que l'exotisme de cette région mal connue pouvait soutenir toute comparaison.

L'ingénieur se révélait intarissable sur le sujet :

« Si l'influence de l'empire de Russie, en Sibérie occidentale s'étend en direction du lac Aral, en Sibérie orientale, l'empire des tsars vint de s'annexer l'immense bassin du fleuve Amour aux termes des traités d'Aigun, en 1858 et de Peking, en 1860.

Ce fleuve Amour ou encore fleuve Saghalien est formé par la réunion de deux émissaires prenant source de part et d'autre d'un même groupe de montagnes de la Mongolie. À l'adret sourd l'Argoun, tandis qu'à l'ubac surgit l'Onon. Cette dernière rivière reçoit bientôt les eaux de l'Ingola et de la Chilka dont elle prend le nom. Ainsi grossi, le cours d'eau devient navigable à partir du complexe minier et sidérurgique de Nertschinsk. Quant à l'Argoun, il ne faut pas s'étonner que son importance a été cause que les Mongols l'ont sanctifié dès les premiers temps de leur installation.

— Je me suis laissé dire, monsieur Clifton, que le commerce entre la ville d'Irkousk et celle de Peking était rendu difficile par l'ascension des chaînes de montagnes aux extrémités de la route qui doit, en outre, traverser les plaines sableuses du désert de Gobi, commenta Flip. Ceci expliquerait le prix exorbitant des denrées en provenance du Céleste-Empire.

— Il est exact qu'il n'existe pas de routes réellement praticables pour traverser l'Altaï, mais aujourd'hui que la voie fluviale est assurée, il en est autrement ; c'est que le commerce avec la Chine donne plus sûrement vie à la Sibérie que les mines d'or réparties dans les contrées bordant le lac Baïkal. Il y a encore peu, il ne fallait pas moins de trois années pour que les marchandises de Peking parvinssent à Moscou.

— L'extension de la puissance russe sur les vastes plaines de la Sibérie n'a pas manqué de donner une maîtrise certaine des voies fluviales, au moyen de bateaux ou de traîneaux à chiens lorsque les cours d'eau sont glacés, compléta Thomas Walsh.

— Il ne faut juger de l'importance d'un empire à sa superficie, reprit l'ingénieur. Ce vaste empire, qui compte douze millions de kilomètres carrés, ne peut pas avoir l'homogénéité des états de l'Europe occidentale. Entre les divers peuples qui le composent, il existe forcément plus que des nuances. Le territoire russe, en Europe, en Asie et en Amérique, s'étend du quinzième degré de longitude est au cent trente-troisième degré de longitude ouest, soit un développement de près de deux cents degrés, et du trente-huitième parallèle sud au quatre-vingt-unième parallèle nord, soit quarante-trois degrés. On y compte plus de soixante-dix millions d'habitants. On y parle trente langues différentes. Cependant, une domination sur des déserts n'est, en somme, qu'une souveraineté nominale qui peut plutôt se révéler encombrante. Comparée à la Sibérie occidentale, la partie orientale est soumise à un climat plus rigoureux et les cultures ne sont possibles qu'à des latitudes plus basses. Les grandes plaines ondulées ne sont couvertes que d'immenses forêts et, au-delà du cercle polaire arctique, l'on ne trouve que des étendues de mousses émergeant des marécages et bordant les lacs.

Ces immenses régions ont été abandonnées aux tribus indigènes vivant de chasse et de pêche lorsque les inondations saisonnières leur laissent le répit nécessaire. Il s'y trouve les Ostiaques habitant les monts Oural et la vallée de l'Yeniseï, les Toungouses, plus vers l'est et les Samoyèdes, plus au nord et enfin les Iakoutes qui occupent les reste du territoire jusqu'aux côtes de l'océan Pacifique tandis que les

Esquimaux habitent les confins les plus orientaux et septentrionaux de la Sibérie alors que les Kodiaks et les Aléoutes peuplent l'Alaska. Ces aborigènes ne représentent plus aucune menace pour le gouvernement russe. Celui-ci ne s'est pas toujours montré bienveillant à leur égard mais, les erreurs passées, amendées peu ou prou, les naturels ont combattu la répugnance que la civilisation européenne leur inspirait.

— Il est constant que l'empire de Russie ne peut, par ses possessions, que croître ou vers le lac d'Aral, ou vers le bassin de l'Amour et conséquemment vers le Pacifique. Or, dans cette direction, les tribus ne présentent pas le caractère belliqueux des peuples de la Tartarie indépendante. Ne doutons pas que le Céleste-Empire vient de céder la Mandchourie malgré lui, commenta l'Ami Tom.

— La domination de l'Empire chinois sur ces terres devenaient de plus en plus précaires, précisa l'Oncle Robinson. Je me rappelle combien, en 1854, les débuts de la guerre d'Orient a accéléré l'empiétement de l'Empire russe sur les dépendances chinoises. Je crois me souvenir que la protection des établissements du Kamtchatka n'y avait pas été étrangère.

— La possession des contrées que traverse le fleuve Amour, le seul de l'Asie septentrionale qui ne rejoint pas l'océan Arctique, est impérative pour permettre le développement de la Sibérie, compléta Harry Clifton. Ainsi, aujourd'hui, après une décennie de mise en valeur, une flotte de bateaux à vapeur parcourt le fleuve de son embouchure jusqu'à la Transbaïkalie en une vingtaine de jours. Depuis, toute la région dominée par le lac Baïkal se colonise rapidement, augmentant considérablement le nombre de Sibériens. Quant aux plaines de la Mandchourie, elles expédient de nombreuses marchandises de première nécessité qui atteignent encore, dans les parties les plus reculées de la Sibérie, des prix fabuleux.

— L'on prétend, questionna le jeune officier, que le bassin du fleuve Amour deviendra, comme la Californie, une des places d'importance de l'océan Pacifique.

— Déjà, je peux vous dire, lui répondit Flip, que par la voie des Sandwich, des relations se sont nouées entre les états de l'Union et les établissements russes.

— Ajoutez, mon digne ami, poursuivit l'ingénieur, que l'empire du Japon a déjà envoyé quelques navires commercer avec les comptoirs de l'Amour. Au surplus, on a également découvert des gisements de houille dans l'île de Saghalin.

— Or, dit l'Oncle, cette île est admirablement bien placée pour approvisionner les *steamers* et il semble que les pêcheries se sont révélées particulièrement riches dans cette partie de l'océan Pacifique, pour l'instant, plutôt parcourue par les navires américains.

— Dans l'ultime partie de son parcours, continua Harry Clifton, le fleuve Amour-Saghalien atteint une largeur tout-à-fait considérable au point de confondre ses eaux dans d'imposants lacs. Fait remarquable, alors qu'il n'est qu'à quelques kilomètres de la côte, il poursuit son tracé vers le nord, longeant la manche de Tartarie pendant près de deux cents kilomètres.

Parmi les lacs côtiers, le lac Kisi, long de plus de dix lieues et large de deux se présente tel un bassin naturel presque tout préparé pour le commerce. Cet emplacement a attiré l'attention des Russes qui y ont édifié deux forts : le fort Mariinsk sur les berges mêmes du lac et le fort Alexandrovsk, sur l'autre versant de la crête montagneuse, surveillant la manche de Tartarie.

Il m'a été donné de travailler sur un projet de chemin de fer et de chaussée depuis ce lac jusqu'aux bouches de l'Amour où le fleuve tranche une chaîne de monticules couverts forêts épaisses et inhabitées. C'est à l'embouchure du fleuve que fut élevée la forteresse de Nikolaïevsk devenue la station principale de la flotte du Kamtchatka hivernant, autrefois, dans le port plus septentrional de Petropavlovsk et, maintenant, dans l'île de Wait située dans le liman de l'Amour.

Les cartes russes les plus récentes font déjà rentrer dans le territoire de la Sibérie, outre la rive gauche du fleuve, une grande partie de sa rive droite ainsi que l'ensemble de la côte de la manche de Tartarie et l'île de Saghalin dans sa totalité.

— Voici qui augure que les établissements russes chercheront à pénétrer les contrées les plus méridionales de la Mandchourie, installant les fondements d'un empire situé sur la façade de l'océan Pacifique.

— La Russie européenne favorise autant qu'elle le peut la colonisation menant de la Sibérie occidentale vers la Sibérie orientale. De même, elle ne se prive pas de cultiver les espérances des Sibériens. Singulièrement, chez les colons, le souvenir de la mère-patrie est assez fugace ! Cette entreprise est l'œuvre des seuls Cosaques et ces derniers n'ont pas oublié qu'ils ont été abandonnés et trahis par le gouvernement moscovite dans leur combat contre le Céleste-Empire. En somme, l'on ne saurait rencontrer de principe national joignant la Sibérie à la Russie. Aussi, les grands espaces naturels éloignent encore plus sûrement ces deux parties pourtant contiguës de l'Asie et de l'Europe. Plus, les ressentiments et les réminiscences des pionniers bâtissent, entre les Russies asiatique et européenne, une muraille plus solide que tous les monts de l'Oural.

— L'on prétend que les particuliers les moins recommandables constituent le corps de cette armée de malandrins, courtisans des établissements de déportation.

— Après plusieurs années de résidence dans le port extrême de la Sibérie orientale, je puis vous affirmer que ce que vous me décrivez, mon cher Flip, n'est pas l'image de la réalité bien que la Sibérie ait été très tôt considérée comme le meilleur endroit de transportation pour y expédier les criminels condamnés à la *katorga* quel que fût leur délit et ce n'est que d'une timide manière que ces forçats ont contribué au peuplement des nouveaux territoires. Avouons, toutefois, que les serfs pourraient y trouver l'indépendance qu'on leur refuse si tant est qu'il leur soit permis de quitter leur terre de naissance. L'exilé politique trouverait une patrie naissante, le sectaire garantirait sa liberté de conscience quant au vulgaire délictueux, il rejoindrait l'oublieuse solitude, seule capable d'effacer son opprobre. Chacun de ces éléments tend à agencer une société absolument nouvelle dont le liant secret est le désir de liberté.

Les Sibériens se sont dilués dans d'immenses contrées sur lesquelles le joug impérial russe ne peut s'y faire sentir avec quelque force. Cependant, là, naîtra un pays à la destinée fameuse qui, un jour, peut-être, concurrencera la nation américaine dans cette partie de l'océan Pacifique. C'est d'un avenir encore très-lointain qu'il s'agit. Aussi, la Russie aura principalement à veiller longtemps à son développement si tel est le dessein du *czar*, car, aux grandes nations, il n'est de plus noble mission que d'en faire naître d'autres autour d'elles.

— Voilà qui est justement dit, monsieur Clifton, acquiesça le jeune officier. L'Angleterre a préparé la grandeur des États-Unis et jette aujourd'hui en Australie et en Hindustan les fondements d'empires dont la domination doit lui échapper un jour. L'Empire russe a pour devoir d'implanter et d'enraciner la civilisation européenne dans l'Asie du Nord. Sans céder, il doit encourager cette volonté et admettre qu'il prépare, ainsi, l'indépendance de cette portion de son empire qui s'étend au-delà de l'Oural. »

Les discussions allaient bon train, ravivant, pour la famille Clifton, les ressouvenances des parties de canotage le long des berges de l'Amour et du lac Nisi lorsque les flots n'étaient pas trop impétueux. Marc précisa qu'en certaines périodes, les eaux de ce fleuve se chargent d'une vie des plus foisonnantes. Les truites saumonées et les carpes se le disputent avec de véritables bancs mouvants d'esturgeons, de bélugas et d'aloses. Il avait vu ces descendants des Toungouses charger d'une bonne manne leur pirogue faite en écorce de bouleau. Mrs. Clifton confirma qu'auprès des peuplades de la côte, il est aisé de troquer des marchandises de facture européenne contre des peaux de martres zibelines ou d'ours. Il fut même donné d'authentifier qu'il est commun chez ces peuples de capturer de ces ours et de les engraisser dans des cages avant de les consommer comme met de choix. Encore, une courte expédition en traîneau à chiens avait durablement marqué le souvenir de Mrs. et Mr. Clifton.

Ainsi, de cette longue démonstration, il en ressortait que les mœurs russes s'imposent rapidement. Nonobstant, les indigènes n'en retrouvent pas toujours d'avantages et l'ivrognerie, favorisée par les traitants, ne tarderait pas à les dévaster.

Fort de ce qu'avait vu et accompli l'ingénieur sur les bords de l'Amour, les colons de Flip-Island ne pouvaient qu'être bien dirigés et conseillés !

La dérivation des eaux du lac délimiterait une frontière entre le domaine et la prairie devenant garenne au sud. Ainsi, l'eau ne se trouverait plus qu'à quelques pas d'Élise-House. Des travaux sur l'installation d'une palissade, proprement renforcée par des haies défensives, devaient achever de clore ce vaste parc désormais à l'abri des animaux sauvages ne pouvant y entrer et garantissant que les bêtes domestiques ne pussent en sortir.

Il resterait de grandes parties du domaine propres à recevoir d'autres projets. Il était dans les desseins des colons de posséder, au plus proche d'Élise-House, tout ce que la nécessité y réclamait mais également de pouvoir savourer un certain superflu. Or, un enclos d'un mille carré offrait toute latitude pour satisfaire jusqu'aux plus menus caprices. De même, on s'en souvient, il se trouvait qu'un verger et qu'un jardin d'agrément, auraient, on ne peut plus, leur place dans ce polygone, fermé tel un bastion. Il était à regretter, pour Robert peut-être un peu plus qu'un autre, que le bouquet de micocouliers ne se fût retrouvé à l'extérieur du domaine. Cependant, à si peu de distance, sûrement pouvait-il rendre de fiers services.

Tel était l'ambitieux programme qui se trouvait ralenti par la survenue impromptue d'une période de chute de neige qui dura plus d'une semaine. Seul le travail de bûcheronnage put s'effectuer jusqu'au 18 février qui vit un dégel permettant la préparation de la terre. Ainsi, les équipes se formèrent comme il avait été prévu à la différence que Thomas Walsh, Jack et Robert entreprirent de retourner les parcelles pendant que Flip, Marc et son père continuèrent la charpente déjà bien avancée par l'aide des trois autres compagnons. Maître Jup ne souffrait presque plus de son bras gauche et secondait les charpentiers pendant que les gallinacées de la basse-cour avaient été invitées à aider les laboureurs par la propension qu'ont ces oiseaux à gratter sans cesse la terre nouvellement retournée. Ces animaux se révélèrent une aide bienvenue tant le labour fut pénible. Les frères et le père se relayèrent à cette besogne tant et si bien qu'à la fin du mois, le résultat escompté fut atteint par l'opiniâtreté de chacun.

« Voici un ouvrage parfaitement abouti, s'enthousiasma Harry Clifton. Nous pouvons tous être fiers d'y avoir contribué. Mon pauvre Jack, malgré ta peine, tu as persévéré et je te félicite de t'être montré aussi brave que tes frères.

— Avec une terre aussi bien labourée, la récolte ne peut être qu'excellente, ajouta Tom.

— En mars, il sera temps de semer l'avoine et l'orge, puis viendra le moment de penser à notre grain de blé qui me semble bien vigoureux, reprit l'ingénieur.

— Aurons-nous du pain ? demanda Belle, très-intéressée par la discussion.

— Pas encore, ma fille. De notre grain de blé, nous planterons ses épis qui nous donneront, ensuite une troisième récolte. L'orge pourra nous servir à réaliser des galettes ou des bouillies. De même, l'avoine servira à préparer le gruau. Mais ce ne sera pas le pain que nous attendons. »

Pour l'heure, les travaux s'orientèrent sur la charpente de la maison. Les poutres étaient installées, mais les pans de bois nécessitaient de nombreux assemblages. Ce colombage devait être dressé sur un solin. De gros blocs de granit en avaient fait office. Ainsi chaque poutre verticale était-elle isolée du sol afin d'en prévenir le pourrissement. Les blocs tabulaires, à moitié enterrés, se trouvaient reliés entre eux par des murets de pierres dont la terre glaiseuse assurait la cohésion. Plus tard, en calcinant des coquilles, la chaux grossière ainsi obtenue serait utilisée dans le jointoiement des parties de maçonnerie de même qu'un enduisage du hourdage, prévu en torchis, rendant tout l'ouvrage imperméable à la pluie. Le toit emploierait les roseaux poussant en abondance sur le bord du lac. L'habitation prenait rapidement forme grâce au travail acharné des trois hommes, des trois adolescents et de l'orang.

Si Marc atteignait ses dix-huit ans et Robert ses seize ans, l'on pouvait les compter au rang des adultes tant pour le développement de leur corps que pour celui de leur caractère. Les plus jeunes enfants n'avaient pas manqué de prendre, eux aussi, bien des forces.

« Ma douce amie, Jack n'est plus un enfant et Belle a acquis un caractère qui force mon admiration, dit, un jour, Harry Clifton à son épouse alors que le frère et la sœur étaient affairés à des tâches d'importance.
— Je le vois bien et m'en réjouis, répondit-elle. Flip et Tom louent fréquemment leur courage et leur ténacité. »

À la fin du mois de mars, la construction avançait à grands pas alors que l'avoine et l'orge étaient semées. Les deux parcelles représentaient une surface d'un demi-hectare. Belle et sa mère avaient confectionné, à l'aide de planchettes de bois, des épouvantails suffisamment effrayants pour effaroucher les oiseaux trop gourmands. Les poutres les plus courtes furent employées, tant à l'édification d'un poulailler convenable, qu'à celle d'une étable bâtie sur le terrain de plusieurs ares, situé au nord du lac, que l'ingénieur voulait peupler avec des mouflons, vivants au-delà de la zone boisée, sur les pentes du Clifton-Mount. L'enclos étant déjà réalisé, l'étable fut rapidement élevée. À cet endroit, la rivière, partiellement déviée, formait deux bras se réunissant en aval. Ainsi une langue de terre, prairie herbeuse ceinturée d'eau et défendue de jeunes haies, entourait cet enclos dont la solide palissade protégeait l'étable. L'aménagement rendait possible la domestication des quadrupèdes, sans crainte qu'ils ne se fussent enfuis. L'accès à cette prairie s'effectuait par un ponceau assurant une protection rudimentaire mais efficace.

L'habitation prenait rapidement forme.

CHAPITRE XII

Le canoé – Les mouflons et les chèvres
Le musée des familles

L'importance de l'ouvrage réalisé avait été cause d'un épuisement des vigueurs des colons. Force fut d'admettre que les travaux les plus exigeants devaient être reportés. Très-intelligemment, l'Oncle Robinson proposa de fabriquer une pirogue ; tâche plus facilement réalisable mais non de moindre utilité.

« Je vois ce pauvre Jack et sa sœur en peine de ne pouvoir pêcher tout à loisir dans ce lac si poissonneux, déclara-t-il.

— Certes, l'emploi des chaloupes leur permet, de s'y déplacer, mais à eux deux, ils ne peuvent manœuvrer correctement la barque, ajouta l'Oncle Tom. Cela les rend tributaires de leurs frères ou de l'un d'entre nous.

— Il est certain que la yole, peut-être plus maniable, ne leur convient pas plus pour se déplacer le long des berges encombrées de roseaux, acquiesça le père.

— Il ne s'agit pas de construire une embarcation propre à tenir la mer ! Je me fais fort de leur confectionner une pirogue suffisante pour caboter sérieusement sur le lac, rassura le marin. Nous la construirons à l'aide d'écorces, mais elle ne manquera pas de porter sans danger vos charmants bambins.

— Au besoin, nous leur préparerons des corsets natatoires, reprit Thomas Walsh soucieux de la sûreté des deux enfants.

— Je connais le type de canot auquel vous faites allusion, l'Oncle. Ils sont d'une facture commune chez les Toungouses. Durant notre séjour en Sibérie, ma famille et moi-même en avons régulièrement rencontrés, montés au moyen d'écorce de bouleau. Il est juste de dire que leur légèreté ne le laisse guère sur leur résistance. Particulièrement maniables, ils se révèlent d'une stabilité surprenante.

— Nous pourrons employer de ces *douglas* que le dernier ouragan a jetés à terre. Leur écorce est à la fois souple et tenace et devrait se prêter aussi bien à cet ouvrage que les bouleaux.

— Bien, l'Oncle ! La construction d'un canoé sera plus judicieuse que celle d'une pirogue, trop difficile à évider d'un seul tronc, ou même d'un kayak, réclamant trop de peaux à coudre sur son armature de bois, répondit l'ingénieur. Cependant, je crains que cette nouvelle entreprise ne nous réclame un temps si précieux et encore bien des fatigues.

— Ce temps ne nous sera pas perdu ! interrompit l'officier. Il ne sera pas vain de sacrifier quelques journées pour permettre à notre chère Belle accompagnée de son grand-frère Jack de pêcher à leur guise sans que leurs parents aient à redouter quelque drame, rajouta-t-il en voyant les deux benjamins Clifton se dandiner d'impatience et se gonfler d'aise lorsque Thomas Walsh défendait leur cause.

— Il me semble bien, monsieur Clifton, qu'en cinq jours l'affaire peut être enlevée, promettait Flip.

— En cinq jours ? Soit ! répondit l'ingénieur. »

Dès le lendemain, les colons s'engagèrent sur ce nouvel ouvrage. Il s'agissait, tout d'abord, d'établir les membrures et les bordages, mais les ouvriers ne manquaient ni d'entrain ni de bons outils. Le choix des arbres aux écorces requises se fit sans peine tandis que les lanières devaient être montées alors que le bois de l'armature serait encore vif, juste écorcé, rigidifié au moyen de planches servant de bancs. Enfin, la suture des larges morceaux d'écorce devait être réalisée par l'emploi de baguettes servant de clous. Il ne faisait aucun doute que cela assurerait leur adhésion et le parfait étanchement de la structure. De plus, ces coutures furent colmatées par de la résine des conifères. Dans un souci de sécurité, le bordage avait même été doublé intérieurement. Et finalement, la barcasse avait été construite en cinq jours. Un banc à l'arrière, un second au milieu pour maintenir l'écartement, un troisième à l'avant, un plat-bord pour soutenir les tolets de deux avirons, une godille pour gouverner, complétaient cette embarcation, longue de douze pieds et qui ne pesait pas plus de deux cents livres. Il était des plus aisés de la mouvoir à la pagaie simple, à la manière des peuples autochtones du nord de l'Amérique.

Au moment de la mise à l'eau, l'Oncle ne laissa pas sa place pour essayer ce nouveau bâtiment de la flotte de Flip-Island. Puis, ce fut l'Ami Tom et encore Mr. Clifton qui jugèrent la résistance du bateau. Habituellement, ce sont trois convoyeurs qui transportent une ou deux tonnes de matériel dans de tels canoés, à peine plus longs. Ainsi, ne craignant pas d'éprouver la délicate structure, Harry Clifton invita ses fils Marc et Robert à embarquer. Sans doute, eût-il été possible d'augmenter la charge, mais la sage réserve des mariniers leur commanda de cesser, ici, l'expérience concluante.

Jack et Belle se trouvèrent tout-à-fait enchantés de pouvoir manœuvrer, sans effort, la frêle coque au travers de l'entrelacs des plantes aquatiques bordant le lac. Malgré leur corset natatoire, Mrs. Clifton n'en demeurant pas moins inquiète. Ses alarmes s'estompèrent vite par les mots rassurants de son époux, de l'Oncle et de l'Ami Tom et plus encore sous l'effet de la joie des deux jeunes enfants ne dépendant plus de quiconque pour partir à la pêche. Combien étaient-ils enjoués de se sentir pleinement utiles à la communauté !

Durant ces quelques jours de repos relatif, les forces des colons furent entièrement restaurées. Était donc venu le temps de songer à peupler l'enclos et la pâture dévolue à l'élevage des ovins voire à quelques caprins s'il était possible.

Si l'expédition projetée pour capturer les mouflons convoités s'annonçait, se posait la question de déterminer qui en seraient ses membres. Les beaux jours commençant, il semblait peu souhaitable de laisser la jeune fille et sa mère à Élise-House. Certes, l'année précédente, en juin, toute la famille avait pris part à l'excursion d'exploration de l'île mais, cette fois-ci, il fallait emmener du matériel et imaginer la basse-cour laissée sans surveillance ni protection inquiétait l'ingénieur.

« Si la palissade au sud n'est pas encore dressée, le ruisseau entoure déjà le domaine, dit l'Oncle. Il s'agira d'en retirer le ponceau pour interdire le passage du sud.

— Mais des animaux comme les chacals rodant autour du lac pourront traverser ce faible ru et s'inviter dans la basse-cour, répliqua l'ingénieur. Il nous faudra enfermer les volailles dans l'enclos de l'étable.

— Nous installerons des madriers devant l'entrée de l'enclos et bien malin sera l'animal qui, en creusant, passera par en dessous pour y entrer, enchérit Marc.

— Nous avons besoin du plus grand nombre d'entre nous pour capturer des mouflons, reconnut Harry Clifton.

— Mon ami, interrompit Élisa Clifton, ne serait-il pas sage que Belle et moi restions à la grotte ? Il y aura bien d'autres occasions nous offrant de ces opportunités dont nous nous saisirons pour participer à de nouvelles explorations auxquelles nous nous joindrons plus tard ; la sécurité du domaine nous est primordiale. »

Le courage et l'abnégation de Mrs. Clifton furent loués par tous et les préparatifs de l'expédition s'engagèrent. Les deux canots furent promptement armés. Filets, bâches et cordages figuraient en bonne place. Scies et haches complétèrent le chargement. Le matériel requis pour monter un campement léger, facilement transportable, avait été confectionné. Quelques armes de chasse devaient permettre de réduire la quantité de vivre à transporter.

Au matin du 8 avril, Harry Clifton, Marc et Jack, escortés de Fido, s'installèrent dans le canot du *Vankouver* alors que Flip, Tom et Robert, accompagnés de Jup, montèrent dans celui du *Swift*. Les deux embarcations s'engagèrent dans le canal Harrisson laissant Mrs. Clifton et sa fille à la grotte. L'ingénieur ouvrait la voie. En une heure, le convoi entrait dans le lac. Belle et sa mère, sur la berge, faisaient de grands signes qui leur furent rendus à grand renfort de bras levés, de cris, d'aboiements et de grognements.

« Qu'observez-vous, père ? demanda Marc. Je vous vois scruter l'eau de ce lac qui me semble tout-à-fait calme.

— Rien, mon fils ! répondit le père.

— Père, s'il y a une raison d'être soucieux, pourquoi voulez-vous nous cacher un danger que l'on peut éviter une fois averti ? répliqua le fils aîné.

— Mon cher fils, tu as l'esprit bien vif ! concéda le père. Tu as raison. J'ai remarqué, il y a quelques mois, des bouillonnements dans les eaux du lac et m'en suis alerté, car notre île est un volcan qui pourrait bien se réveiller un jour.

— Et ces bouillonnements seraient, alors, annonciateurs d'une probable éruption ? compléta Marc.

— Exactement ! Mais je ne voulais pas vous inquiéter, avoua Harry Clifton.

— Père, vous devez nous faire confiance. Nous pouvons, chacun d'entre nous, être vos yeux et vos bras. Nous ne nous alarmerons pas inutilement. Que serait-il advenu si vous ne nous aviez pas informé de la présence du grain de plomb dans la cuisse du levraut chassé par les pirates ?

— Pardonnez-moi tous les deux, j'ai encore la fâcheuse habitude à vous considérer comme des enfants, mais vous voici déjà de jeunes adultes ! Même toi, Jack ! »

Marc saisit le bras de son père pendant que Jack posa sa tête sur l'épaule paternelle.

Parvenus au haut cours de la rivière, il fallut démâter et les avirons entrèrent en action. Vers midi, il fut impossible d'avancer, car l'eau manquait aux chaloupes qui furent amarrées à la rive gauche. Comme il restait encore trois heures de marche pour rallier l'endroit où avait été aperçu, l'année dernière, le mouflon que la flèche de Flip n'avait pu toucher, un repas fut pris sommairement.

L'Oncle et l'ingénieur se remémorant cette première excursion, l'Ami Tom fut instruit de chaque fait qui s'y était déroulé. Cette fois-ci, en revanche, la marche était rendue plus pénible par le fait qu'une bonne partie du matériel avait à être transportée à dos d'homme. Cependant, une excellente surprise devait se présenter.

« Regardez, monsieur Clifton, dit Flip. Ce sont là des traces de regroupement de mouflons !

— Et la raison en est que les animaux sont gourmands de ces fruits, semblables à des nèfles, tombés au sol. Nous allons installer notre piège ici même, dit l'ingénieur. »

Les filets et les bâches emmenés devaient servir à délimiter un enclos. Ainsi, les cordages, reliant de fortes branches solidement attachées aux arbres, achèveraient de renforcer cette structure provisoire. Il était, sans doute, un peu tard pour commencer les travaux, mais l'ingénieur plaça, à divers endroits, quelques végétaux apportés, notamment du lierre, au centre de cette grande nasse. Il saupoudra de sel les plantes qui ne manqueraient pas d'être appréciées par les ruminants. Puis, ce fut le retour au campement près des embarcations.

« Ce sont des animaux craintifs qui possèdent une activité diurne tout autant que nocturne, affirma Harry Clifton. Nul doute que, demain matin, le festin sera repéré.

— Faut-il s'abstenir de faire du feu ? demanda Marc.

— Cela pourrait être mieux, confirma l'ingénieur.

— Demain nous compléterons le piège et irons chasser plus à l'est de manière à conduire les animaux dans cette partie de la forêt, proposa Tom. »

Le sommeil gagna la troupe mais, alentour, certains bruits étranges résonnèrent dans la nuit, trahissant la présence d'animaux.

La matinée du 9 fut employée à l'achèvement de l'enclos. Les ongulés avaient repéré les végétaux recouverts de sel ; il n'en restait rien. Un espace de près d'un yard carré avait été délimité et l'entrée, constituée d'un filet maintenu sur un cadre, serait maintenue ouverte tant qu'un certain appât n'aurait pas été mû par les bêtes.

Une chasse fortuite permit de tuer un pigeon auquel fut ajouté un lièvre que Fido leva. Le repas serait, surtout, constitué de cabiai fumé dont Élise-House était bien pourvue, de galettes de sagou ainsi que de biscuits complétant ce gibier frais ne demandant qu'à être grillé sur la braise. Les chasseurs, partis vers l'est, revinrent à l'enclos pour se rendre au campement.

« Satanées bêtes ! cria Robert, ne voyant plus aucun appât alors que la porte de l'enclos était ouverte.
— Ne t'inquiète pas, Robert, dit Tom. Cet incident nous est profitable. Le lieu est connu des mouflons et n'en ont pas peur ; ils reviendront. Cela est certain.
— Mais il conviendra de vérifier l'actionnement de la porte, déclara l'ingénieur qui tendait à nouveau le mécanisme rudimentaire. »

Revenus au campement, à deux milles de l'enclos, un feu fut allumé afin de faire cuire le produit de la chasse. Le vent venant du sud, il ne risquait pas d'emporter la moindre effluve pouvant alerter la harde, probablement constituée de femelles, – les mouflons vivant en troupeaux séparés. En effet, les mâles, polygames, ne sont tolérés, le plus souvent, au sein du groupe des brebis et agneaux de l'année précédente, que durant certaines périodes de l'année ; lors du rut.

Le foyer recouvert pour la nuit, quelque temps après le coucher, un certain vacarme se fit entendre en provenance du piège ; ce fut le signal du départ. La lune, ayant déjà dépassé son premier quartier, elle éclairait le sous-bois quelque peu clairsemé. À proximité de l'enclos, les lanternes furent éteintes afin de réduire l'agitation grandissante des animaux piégés. Il devait être quatre heures du matin lorsque les six hommes arrivèrent sur le lieu du regroupement de la harde. Trois animaux étaient emprisonnés. Avec d'infinies précautions, les chasseurs entrèrent, armés de sacs pour courir la tête des mouflons ainsi que de cordes pour leur entraver les pattes. Il n'y eut guère de bras inoccupés. Que de cris étouffés trahissant quelques jurons bien pardonnables au regard de la vivacité des jeunes animaux à capturer. Le clair-obscur de la nuit aida cependant les hommes qui vinrent à bout de leur projet.

« Nous allons transporter ces mouflons au campement à l'aide des civières que je vous ai fait construire, dit Harry Clifton. »

Tom et Flip transportèrent la femelle la plus lourde, Marc et son père, la deuxième, un peu moins forte pendant que Robert et Jack se chargèrent d'un jeune mâle. Assurément, celui-ci était accepté par la harde, car il n'importunait pas les femelles. Le trajet se fit à grand-peine.

« Voici le matin qui se lève, dit l'ingénieur. Tom, partez donc avec Robert emmener ces trois animaux en canot. L'étable n'est guère loin de la rive du lac. À vous deux, vous devriez avoir raison de ce chargement-là.

— Au retour nous rapporterons quelques vivres supplémentaires, acquiesça Tom.

— Il se pourrait bien que nous ayons quelques prises nouvelles, ajouta Flip.

— Ne pourrions-nous pas tenter une battue ? proposa Marc. Jup et Fido seraient de bons rabatteurs.

— Cela sera à envisager, confirma son père.

— Nous serons de retour avant ce soir si nous partons de suite, lança Tom. »

La chaloupe eut quelques difficultés à ne pas racler le fond de la rivière, car les trois bêtes devaient totaliser un poids de trois cents livres. La plus forte femelle ne tarderait pas à mettre bas. Ainsi un troupeau pourrait prospérer avant peu. Robert se montra fier de la confiance dont le gratifiait son père.

« M'apprendrez-vous le métier le marin ? demanda-t-il à Thomas Walsh.

— Je me trouverais honoré d'une telle confiance, répondit l'officier. Je m'emploierai à m'en montrer digne.

— Pensez-vous que je puisse un jour devenir capitaine ?

— Il n'est rien d'impossible à celui dont la volonté est sans faille ! »

La descente du cours d'eau s'effectua rapidement. Robert, enthousiaste, pressait l'Ami Tom de questions auxquelles celui-ci répondait avec la meilleure grâce du monde, sans lassitude. L'officier retrouvait-il en Robert la vivacité de son ami Peter Gatling, disparu mystérieusement du *Swift* ? Lui seul eût pu le dire.

Leur arrivée à la grotte fut une acclamation. Informées des projets de leur père, mère et fille se hâtèrent de préparer des vivres tout autant que d'aider à la délicate manœuvre de débarquer les trois animaux craintifs, pattes entravées et tête ensachée, afin de les conduire à l'étable. Une bonne heure fut requise pour y parvenir. Il n'était pas midi que, le repas enlevé, le canot repartit chargé d'espoir. Cette journée du 10 avril se plaçait sous les meilleurs auspices.

Lorsque Tom et Robert rallièrent le campement en fin de journée. Ils furent étonnés de voir deux chèvres, chacune attachée à une longe.

« Nous les avons trouvées dans l'enclos presque sitôt votre départ, expliqua Jack.

— Nous passerons une dernière nuit ici et demain, nous repartirons pour la grotte, ajouta le père. Tout est-il en ordre à Élise-House ?

— Votre épouse et votre fille se portent à merveille, dit l'officier. Elles nous ont aidés à conduire les trois mouflons qui sont présentement à l'étable. »

Le repas préparé par Mrs. Clifton fut déclaré supérieur. Les galettes fraîchement cuites contrastaient avec les biscuits. La viande froide était savoureuse cependant, l'attente d'un bon lit se faisait pressante.

Tout comme la nuit précédente, deux nouveaux mouflons, femelles de surcroît, se firent piéger. Aussi, au matin, le premier canot quittait le campement emportant Flip, Robert et Jack ainsi que les animaux capturés la veille. Le reste du matériel fut chargé dans la chaloupe du *Swift*, plus grande, même si Harry Clifton, son fils Marc, l'Ami Tom, maître Jup et Fido peinaient à y trouver une place confortable.

L'ingénieur avait porté beaucoup d'espoir dans le piège, car il pensait qu'une battue n'aurait pas eu les résultats escomptés au regard du peu de moyens dont disposaient les colons.

À la fin de la journée du 11 avril, le domaine d'Élise-House était riche de deux champs ensemencés, d'une basse-cour bien garnie et d'un troupeau de cinq mouflons et de deux chèvres. Réellement, les conditions de vie avaient radicalement changé. L'avenir se présentait plus clément.

Un repas de coquillages cuits, d'œufs, de viande de tortue marine et de petites miches de pain, faites à partir de la réserve de farine récupérée sur le brick, réconforta ce petit peuple de Flip-Island.

Au cours de toutes ces pérégrinations, il n'était pas rare que quelques pièces, dignes de figurer dans une collection d'histoire naturelle fussent rassemblées à Élise-House. Des quatre enfants Clifton, c'était, sans nul doute, le jeune Jack qui se montrait le plus curieux et le plus assidu aux leçons qu'on lui faisait. Non pas que Marc ou Robert n'aient été dédaigneux de raisonnements, ni que Belle, malgré son âge, n'ait été tout-à-fait insensible et hermétique aux explications, mais c'était bien le plus jeune des frères qui manifestait un sens aigu de l'observation et de la déduction.

Combien de fois était-il allé se perdre en esprit devant les reflets d'une roche scintillant sous l'éclat de la lumière solaire ? Ou bien encore, portait-il longuement à l'oreille une conque ; l'exercice le ravissait, mais il était fréquent de le trouver les yeux rivés dans une de ces flaques de marée dans laquelle animaux et végétaux restaient piégés jusqu'à la marée suivante.

« J'ai l'impression de faire un beau voyage au cœur des mers ! disait-il, les yeux brillants de bonheur. »

Au demeurant, pouvait-il questionner, autant qu'il était possible, son père qui regrettait tant de ne pas posséder quelque solide encyclopédie, précieux auxiliaire faisant cruellement défaut.

Il était d'autres exercices dans lequel le benjamin faisait montre d'une grande invention. Placées sur de fines planchettes, – le papier étant rare et précieux –, quelques plantes séchées figuraient dans un herbier plutôt artistique pendant que de petites cupules, formées de feuilles coriaces astucieusement pliées, protégeaient de fragiles coquilles ou de jolies graines. De même, un des quelques carnets du *Swift* lui avait été octroyé sur lequel, à la mine de plomb, il parvenait à restituer de jolis croquis qui s'entremêlaient sur chacune des pages. Véritablement, Jack, presque en autodidacte, se révélait parfaitement doué dans l'art du dessin. Sans aucun doute, si le papier n'eût été aussi rare et si les couleurs lui eussent été accordées, il n'aurait manqué de produire d'intéressantes aquarelles.

C'est avec une certaine fierté que les colons apportaient, dans cette collection, leurs plus belles trouvaillles. Ainsi prenait corps le *Musée des familles*.

« Pourquoi railler notre musée naissant ? disait l'Oncle Robinson, admiratif du petit Jack, à ses compagnons trouvant le cabinet de curiosité très-peu fourni et de faible intérêt. Toutes les collections qui commencent sont d'abord pauvres et incomplètes ! »

Nous allons transporter ces mouflons.

CHAPITRE XIII

L'inauguration d'Élise-House – Première récolte de blé
Un nouveau pigeonnier – Le verger – Les abeilles

L'acclimatation des mouflons ne devait pas présenter de difficulté. Un parcours leur serait bientôt réservé qui demandait d'installer quelques éléments de clôture supplémentaires. Cela attendrait.

« Monsieur, dit l'Oncle s'adressant à Harry Clifton, dans une semaine, sera le jour de Pâques. Pourrions-nous parvenir à achever de construire la maison ?

— Ce serait une bonne surprise pour madame Clifton qui ne se ménage pas pour assurer l'intendance de la maisonnée, ajouta Thomas Walsh.

— Je doute que cette demeure soit réellement achevée à la date dite, mais nous pourrions, sans conteste, y faire notre premier repas, concéda l'ingénieur. »

Il restait sept jours pleins avant le dimanche 20 avril qui, en cette année 1862, était le jour de Pâques ; premier dimanche après la pleine lune suivant l'équinoxe de printemps.

Les chaumes restaient à installer mais la récolte des roseaux avait débuté. Les fenêtres recevraient une toile huilée tendue sur un cadre de bois : « En attendant les vitres ! », disait l'Oncle qui ne doutait pas que l'ingénieur les fournirait avant peu de temps. Les enfants mis dans la confidence, chacun redoublait d'efforts pour offrir cette surprise à leur mère. La récolte de roseaux assurée par Marc et Robert parvenait plus vite à leur père, Tom et Flip que ceux-ci ne pouvaient les fixer au moyen des branches de saules récoltées par Belle et Jack. Le saule remplaçait le noisetier habituellement utilisé à cet usage mais la fixation ne devait pas en pâtir. Maître Jup s'accordait à merveille pour monter les matériaux sur le toit.

« Ce n'est pas encore un maçon, mais c'est déjà un singe ! disait plaisamment l'Oncle, en faisant allusion à ce surnom de *singe* que les maçons donnent à leurs apprentis. Et si jamais nom fut justifié, c'était bien celui-là ! »

Le 19 avril, la toiture était achevée et un bourrelet de glaise, dans laquelle des rhizomes d'iris avaient été inclus afin de garantir la bonne solidité de l'ensemble, fut placé au faîtage.

« Demain sera une belle journée, dit Thomas Walsh aux quatre enfants Clifton. Votre mère sera ravie.

— Et j'aurai une bonne nouvelle à annoncer, ajouta l'ingénieur faisant signe à ses enfants de ne rien dire. »

L'Ami Tom se tourna vers Flip qui souriait. L'officier devrait attendre, lui aussi, pour connaître ce secret. La journée s'acheva par une promenade sur la grève. Les plantations de saules et d'autres arbustes formaient une haie le long du nouveau ruisseau qui délimitait le domaine. Nul doute qu'à force de temps, cette défense renforcerait la faible palissade de l'intrusion des animaux sauvages les plus forts. Le ponceau serait à revoir de manière à ce qu'il puisse aisément basculer.

Le lendemain, 20 avril, le ciel dégagé indiquait que la journée serait belle. Le déjeuner fut avalé prestement, puis Harry Clifton s'adressa à son épouse.

« Aujourd'hui le repas sera pris dans notre nouvelle résidence ! Notre ami Flip a déjà prévu le nécessaire. »

Élisa Clifton, interdite, tenta vainement de questionner ses alentours au sujet de ce qui se préparait mais ne reçut que des sourires en guise de réponse. Elle se résolut de laisser faire tout le petit monde qu'elle prenait l'habitude de choyer. Enfin, elle fut invitée à se rendre dans la chaumière nouvellement construite. Cette bâtisse à pans de bois qu'elle croyait connaître allait lui être présentée. Elle s'amusa de ce jeu bien plaisant. Les torchis achevaient de sécher et les roseaux de la toiture, chauffés par le soleil, emplissaient l'atmosphère d'une odeur agréable. Conduite par ses enfants et son époux, Flip et Tom lui offrirent d'ouvrir la porte.

« Grand Dieu ! s'écria-t-elle. »

Une grande table, panneaux posés sur des tréteaux, était dressée. Deux bancs et plusieurs tabourets invitaient à s'asseoir. Deux tables plus petites se trouvaient à proximité. Jup avait été habillé d'un tablier et Fido attendait, face à la cheminée, – grand âtre ouvert dans le mur de refend placé au mitan de la bâtisse –, dans laquelle une marmite chauffait. Les éléments de maçonnerie de cette cheminée passaient sur le côté du faîtage, sortant du toit en son milieu. C'étaient de larges pierres plates maçonnées entre elles par de la chaux issue de la calcination des coquillages. La lumière traversant les toiles huilées des fenêtres suffisait à peine pour y voir malgré l'accoutumance de la vision. Une lampe à huile, posée sur la grande table, éclairait des végétaux. Mrs. Clifton s'approcha.

« Ce sont des épis de blé ! Il y en a dix, constata-t-elle.

— Oui ! répondit fièrement Belle qui avait planté l'unique grain de blé avant les premiers frimas de novembre.

— Chaque épi portant environ quatre-vingts grains, nous en avons, maintenant, huit cents, déclara l'ingénieur. Nous en réserverons cinquante et, dès que possible, nous en planterons le reste. Ainsi, à la prochaine récolte, en septembre, ce seront peut-être cinq boisseaux que nous obtiendrons. »

Tous s'enthousiasmèrent de ces bonnes promesses qui ne manqueraient pas d'être honorées ; Flip l'en jurait.

Élise-House n'était pas achevée ; des cloisons attendaient encore de délimiter l'espace en pièces distinctes. Dans la première moitié de la maison, une pièce unique ; salle à manger, cuisine ou office dans laquelle des refends ne tarderaient pas à être levés et des tablettes, à défaut d'armoire, constitueraient de bien commodes rangements. Les chambres seraient disposées dans l'autre moitié de la chaumière. Une échelle conduirait à l'étage, sous les combles, au grenier à grain. En somme, si la partie orientée au nord regrouperait les chambres, celle disposée au sud serait laissée libre de cloisons ménageant, de ce fait, une vaste pièce s'élevant jusqu'à la toiture ce qui devait assurer l'assainissement de l'air.

Mrs. Clifton déclara être enchantée de pouvoir bénéficier d'une maison digne de ce nom. Les discussions suivirent abondamment qui concernaient les travaux à venir ne souffrant aucun délai.

L'orang était véritablement lié à Flip par une sympathie mutuelle. Maître Jup, pour autant qu'il ne fût pas affecté à quelques besognes à l'extérieur, passait également du temps auprès de Belle et de sa mère, cherchant à les imiter en tout ce qu'il les voyait faire. Ce fut pourquoi le singe assura le service ce jour, veillant à apporter les plats ou à distribuer boisson ou nourriture. Il convient de préciser qu'il avait sa place à table comme l'eût tout autre convive.

« Décidément, il faudra doubler les gages de ce serviteur zélé ! lança Flip. »

Cette plaisanterie amusa toute la famille reconnaissant en Jup bien plus qu'un orang ou qu'un serviteur. Depuis sa convalescence, il lui fut laissé à son gré de rester au logis ou de se retirer dans sa cabane de branchage : Jup-Palace, qu'il affectionnait particulièrement. Quoiqu'un peu frileux, – défaut bien pardonnable –, il ne restait à l'intérieur de la grotte que durant les grands froids ou bien durant les fortes tempêtes qui l'effrayaient.

En cette fin du mois d'avril, la saison se montrait des plus clémentes. C'est avec une véritable frénésie que l'amélioration des conditions de vie des colons se renforçait durablement. À mesure que les aménagements s'achevaient, les projets fleurissaient d'autant. Rien ne semblait pouvoir échapper à l'opiniâtreté de chacun et c'était avec la plus grande des violences qu'il leur fallait différer ce qui apparaissait utile au profit de ce qui était indispensable.

Le second champ de blé fut rapidement ensemencé de même que les quelques pommes de terre furent plantées. Les tubercules durent être coupés de manière à augmenter une production vivement attendue. Il resterait à semer les pois et les haricots réclamant une terre plus chaude encore ; il conviendrait d'attendre. Il en allait de la plus élémentaire des précautions de ne pas engager un semis trop précocement ; la perte en eût été irrémédiable.

De ce répit, les deux oncles convainquirent sans difficulté Harry Clifton d'édifier un pigeonnier. En effet, la quête des œufs, dans les nids creusés à flan de falaise, se présentait comme une opération parfois incertaine voire quelque peu dangereuse.

« Madame Clifton s'alarme à juste raison d'autoriser ses grands garçons à assurer la collecte d'œufs et se désole d'interdire ses deux plus jeunes enfants de ne pouvoir participer à cette occupation, plaidait le jeune officier. »

Son ami marin n'était guère plus en reste dès lors qu'il s'agissait de soutenir l'argumentation.

« Certes, mes amis, répondit l'ingénieur, avec un peu d'efforts, nous pourrions dresser un petit bâtiment de bois qui hébergerait facilement quelques douzaines de boulins. L'Oncle nous fabriquera volontiers de ces petites urnes dans lesquelles il sera bien plus aisé de récolter les œufs ou les pigeonneaux pour notre consommation.

— Si l'on plaçait cette construction sur des pieux, cela nous dispenserait de concevoir un bandeau en saillie usuellement employé pour empêcher les prédateurs de rentrer dans le colombier et la plateforme en surélévation servira tout aussi bien de larmier, ajouta Flip.

— Très-juste, oncle, lui répondit Harry Clifton. Une simple planche devant les boulins fera la table d'envol et si nous plaçons, en outre, de petites coquilles d'huîtres sur les pans de bois, la nacre huilée sera suffisamment brillante pour miroiter au soleil et attirer de très-loin ces pigeons sauvages.

— Peut-être serait-il possible d'éduquer ces volatiles afin qu'ils puissent transporter des messages comme nous avons pu le voir à Nikolaïevsk ? demanda Robert.

— Cela pourrait se réaliser avec la plus grande des facilités, mais ces oiseaux ne savent faire qu'une chose qui est de retrouver leur pigeonnier. Cependant, rajouta le père, est-il bien utile d'avoir recours à un tel procédé dans notre petite île que nous ne parcourons que sur de faibles distances ? Cela me semble de peu d'intérêt !

— Vous avez raison, père, répondit Robert. J'ai parlé avant de réfléchir !

— Ce faisant, lorsque notre colombier sera bien fourni, il ne me déplairait pas de tenter l'expérience, déclara l'Oncle. »

Sans doute, Flip avait-il voulu sauver l'honneur de son neveu Robert. D'ailleurs, un regard de ce dernier lui assura un juste remerciement au digne marin sous l'œil amusé du père ravi de voir également Jack s'enthousiasmer à l'idée de découvrir l'art de la colombophilie et d'expédier quelques colombogrammes. Pour l'heure, l'effort porterait à accroître dans des proportions rassurantes l'effectif de ces oiseaux apportant un tribut essentiel à la subsistance de la colonie.

Le ravissement de Jack devait encore trouver matière à s'exprimer. Avec le printemps, aujourd'hui, avant l'arrivée du proche été, était la meilleure époque pour reconnaître les différentes espèces d'arbres dont d'aucunes pouvaient opportunément être acclimatées dans la partie du domaine destinée à constituer le verger.

On s'en souvient, au 15 juillet de l'année précédente, Harry Clifton, l'Oncle et Robert avaient rencontré, depuis les contrées du nord-ouest, des citronniers, et depuis, il leur devint habituel de se rendre dans cette partie de l'île pour en rapporter une copieuse récolte. Cependant, le chemin, s'il n'était pas des plus ardus, était affreusement long au point que le transport des fruits recherchés s'en montrât parfois pénible. Au demeurant, de toutes parts de Flip-Island, les bosquets recelaient, eux aussi, de multiples variétés botaniques d'intérêt variable qui péchaient par l'absence de leur mise en valeur. Comment eût-il été possible aux colons de procéder à une exploitation rationnelle de cette précieuse ressource sans passer par une acclimatation de ces arbres ou ces arbustes au plus près de leur logis ?

« Il n'est pas question de transplanter des sujets âgés, mais plutôt de jeunes arbres qui auront besoin d'être identifiés formellement avant que nous les transportions jusque dans le verger d'Élise-House, expliqua l'ingénieur. Nous ne nous contenterons pas seulement de recueillir des sauvageons, nous devrons nous exercer au délicat art de la greffe. »

Une aura de mystère planait autour de ces précisions tout-à-fait absconses pour les jeunes enfants Clifton réclamant de ne pas rester plus longtemps dans l'ignorance de cette pratique arboricole.

« Parmi les arbres sauvages, ils en sont qui ont été, en quelque sorte, disciplinés ; élevés de manière à améliorer la qualité de leurs fruits, reprit le père. Voilà ce que l'on appelle greffer, et même mieux, enter un arbre. Il faut, pour cela, pratiquer cette opération avec des plantes d'une nature similaire ; il n'est pas possible de greffer une jeune branche, – en œillet –, ou un bourgeon, – en écusson –, d'un cerisier sur un pommier.

— Quelle curieuse idée ! s'exclama Belle très-attentive à l'exposé.

— Cela a permis aux hommes de satisfaire leur gourmandise en élevant les meilleurs arbres fruitiers, hors des terres dont ils sont originaires, pour leur permettre de croître dans des terrains plus ingrats, impropres à leur développement. C'est ainsi qu'en Europe sont multipliées des espèces provenant initialement de divers points de l'Asie ou des Amériques. »

Soudain l'enthousiasme gagna tous les colons, du plus jeune jusqu'au plus âgé à tel point que l'ingénieur dut modérer ces ardeurs.

« Il n'est malheureusement pas question de retrouver tous les fruits que nous connaissons et que le patient travail de nos aïeux a mis des siècles à élaborer. Parvenir à réunir au plus près de notre demeure les fruitiers de notre île sera déjà une gageure. »

À de multiples reprises, de courtes expéditions furent montées dans le but de déterminer et de baliser de beaux scions. Il paraissait préférable de recourir autant que possible à la simple transplantation d'un jeune sujet plutôt qu'à une greffe très-incertaine. Cependant, lorsque les meilleurs fruits semblaient n'être présents que sur de forts arbres, le greffage se révélait alors indispensable.

Bientôt, la forêt se couvrit de balises tandis que le futur verger se devinait à ses lignes de jalons solidement plantés dans le sol.

C'est durant l'une de ces excursions qu'une trouvaille presque improbable fut faite. Jack, le plus attentif des enfants Clifton, découvrit une allée et venue incessante d'insectes assez discrets, très-occupés à visiter quelques buissons couverts de fleurs. Son esprit d'observation l'amena à porter les yeux vers un vieil arbre et à remarquer une excroissance des plus curieuses.

« Il se pourrait bien que nous ayons découvert une colonie d'abeilles sauvages, confirma l'Ami Tom »

Lesdits insectes avaient établi leur nid dans une petite cavité qui avait été creusée par quelque animal, – probablement un oiseau –, dans un tronc sans doute un peu vermoulu. La ruche semblait de faible importance.

« Je me suis laissé dire qu'il existe un grand nombre d'espèce d'abeilles, mais que peu d'entre elles produisent du miel en quantité suffisante pour être élevées par l'homme, commenta l'Oncle Tom.
— C'est bien ce qui se dit, monsieur, lui répondit Flip. Monsieur Clifton pourrait nous éclairer plus précisément sur cette question. J'ai pu goûter, sur l'île de Ceylan, un miel provenant d'abeilles géantes que les autochtones chassent véritablement tant elles défendent ardemment leur unique rayon de miel qui pend, telle une voile, attaché à une forte branche. Les indigènes coupent de larges lambeaux dans la structure de cire d'une dimension courante de quatre pieds carré. »

Jack était parvenu à capturer un de ces insectes laborieux dans un petit flacon ; ce serait tout à loisir qu'il serait possible d'observer l'ouvrière. Elle rejoindrait la collection que s'était constitué le jeune apprenti naturaliste.

De retour au domaine, il fut assuré que cette espèce d'abeille peuplant Flip-Island ne pouvait se confondre avec l'abeille européenne, ni avec celle d'Asie, ni encore moins avec l'abeille géante des Indes. Harry Clifton n'avait que de faibles connaissances concernant la science des insectes : l'entomologie.

« Je crois me rappeler que certaines abeilles naines peuvent produire du miel, mais celle-ci m'apparaît ridiculement petite avec son quart de pouce, constata l'ingénieur. Mais, s'il est peu probable que ces insectes puissent nous fournir du miel, sans doute, nous seront-ils d'utiles auxiliaires pour assurer la pollinisation des fleurs de nos arbres fruitiers. »

Ce fut là le prétexte d'une profitable leçon de botanique au sujet de la reproduction des fleurs et de la croissance des fruits. Le pédagogue dut relever la délicate épreuve de soutenir son exposé face à un auditoire exigeant quoique profane sur la question précise de l'implication des insectes dans la fécondation des plantes. Finalement, Jack se sentit en peine d'avoir soustrait un si précieux auxiliaire.

« Ne t'afflige pas ainsi. L'été, une abeille ne vit que quelques semaines, lui répondit son père. Après avoir passé la moitié de sa vie dans la colonie, elle assure enfin son travail d'ouvrière, apportant le précieux pollen afin qu'il soit transformé en miel. Elle mourra en vol plus souvent qu'au nid ! »

Encore une fois, Harry Clifton en fut pour dispenser quelques rudiments d'apiculture ce qui donna à Jack l'envie irrésistible de transporter la ruche sauvage dans une partie retirée du domaine. Ce caprice, s'il en fut, ne put lui être refusé. Il conviendrait très-simplement de déplacer le tronc de l'arbre mort lors de la période d'hivernage. Pour l'heure, le benjamin exultait, car le nouveau pigeonnier hébergeait ses très-nombreux pensionnaires sans préjudice de la première installation qui s'ouvrait à flanc de falaise, dans une partie dégradée de la roche, rendue friable par l'action des intempéries. Il semblait à Jack que certains couples avaient fini par préférer le colombier, mais rien n'était moins assuré à ce sujet. Sans doute, s'agissait-il plutôt de jeunes bisets qui venaient nicher dans cet endroit plus favorable qu'ils avaient découvert, sans peine, à peu de distance de leurs ressources alimentaires.

Lorsque notre colombier sera bien fourni.

CHAPITRE XIV

Une leçon de géologie – Le charbon de bois
Préparation de nouvelles poteries – Le four de verrier

Déjà le mois de mai s'était installé et jamais le labeur ne paraissait devoir décroitre. C'était avec la plus grande intelligence que les tâches, ordonnées, se succédaient les unes après les autres. Aussi, les hardis tâcherons ne se retrouvaient-ils que le soir venu pour partager le récit de leur aventure quotidienne. Tant concernant l'aménagement de la nouvelle Élise-House que le travail lié aux cultures, tant au sujet des soins apportés aux élevages que de l'intendance ménagère, tant relativement aux excursions d'exploration qu'aux préparatifs des entreprises de toutes natures, il n'était d'aide subalterne ; la colonie ne pouvait compter le moindre oisif. Ce n'était pas pour autant que le repos des corps n'avait été délaissé. En outre, l'ingénieur ne savait que trop combien il est indispensable de permettre une nécessaire évasion de l'âme. À ce sujet, *mistress* Clifton veillait incontestablement à la complète éducation de ses enfants. Si Marc, son aîné, montrait de réelles dispositions intellectuelles, son frère Robert, plutôt impétueux, dénotait plus de facultés toutes pratiques. Bien plus jeune, Belle, restant très-attachée à sa mère, semblait développer des inclinations maternelles évidentes dont les pensionnaires de la basse-cour se trouvaient être les principaux bénéficiaires. Quant à Jack, d'un esprit plus malléable, plus raisonné, il ne déployait son indéniable courage qu'au terme d'une réflexion mesurée. Particulièrement bon observateur, la connaissance lui manquait encore pour exprimer son don certain de la déduction. Au benjamin Clifton, l'Ami Tom avait offert sa propre loupe soustraite du matériel de navigation du *Swift*. Le jeune Jack partait ainsi à la découverte du monde qu'il détaillait élément par élément. Loin d'être insensible aux grands panoramas ou à la poésie des vastes horizons, – son sens artistique s'exprimait brillamment dans de jolies compositions de fleurs séchées qui égayaient le nouveau foyer –, irrésistiblement, son attention s'attardait plutôt sur quelque animal insignifiant, quelque plante commune ou tant d'autres détails banals. Magistralement, cet esprit investigateur devait apporter aux insulaires de Flip-Island une trouvaille de premier ordre.

Il ne serait pas superflu de dire que le jeune Jack était de toutes les excursions, ou peu s'en fallait. Au cours d'un repérage des arbres fruitiers, il avait été décidé de poursuivre l'exploration aux abords de la chute d'eau de la Serpentine-River, dans les premiers reliefs des contreforts du Clifton-Mount, à l'endroit où avaient été capturés les mouflons. Quelques espèces de pommiers, à petits fruits, y croissaient. Les excursionnistes s'y étaient rendus en canoé, mais ce dernier tanguait avec grande facilité. C'est en cette circonstance que le jeune Jack se retrouva renversé dans la rivière pour avoir voulu regarder de plus près de délicats graviers à la blancheur insolente jurant sur le sable sombre. Le jeune géologue ramassa, néanmoins, quelques-uns de ces cailloux lui ayant coûté grand-peine. Il ne se lassait pas d'admirer ces petits fragments roulés d'un blanc laiteux qui perdaient de leur éclat une fois secs.

« Ce sont de bien curieux galets ! remarqua son père au retour du jeune garçon. »

Les observant attentivement, l'ingénieur semblait vouloir en scruter l'intérieur. Il s'était précisément fait expliquer à quel endroit ils avaient été trouvés.

« Il faudra nous y rendre ! lança-t-il. Cette exploration pourrait être prometteuse ! »

Peu de jours après, un soir, pendant que Jack admirait les collections du musée des familles et alignait fièrement ces cinq nouveaux fragments de roche polie, à peine plus gros que de simples noisettes, en face d'autres brisures de pierre, le plus souvent d'un gris sombre ou plus clair, d'aspect grenu ou plutôt lisse, lourdes ou légères, entre de petits récipients renfermant du sable, noir, gris, blanc, vert ou marron, le benjamin Clifton fut arraché à ses souvenirs des lieux de leur découverte par son père.

« Avant que de décider d'une nouvelle expédition, j'aimerais tenter une expérience, dit-il. »

La soudaine annonce avait été lancée comme une pensée dite à haute voix. Chaque colon, se demandant à qui pouvait s'adresser cette réplique, fut tiré de son occupation. Harry Clifton devait préciser sa requête :

« Mon cher Jack, tes cinq petites pierres blanches pourraient nous être d'un grand secours ! Serais-tu disposé à en sacrifier une qu'il nous faudra briser ? »

En guise de réponse, l'enfant versa sa poignée de cailloux dans la main de son père.

« Il s'agirait de pouvoir déterminer le poids spécifique, que l'on appelle encore densité, de cette roche, mais également sa dureté ainsi que la couleur et de la trace qu'elle pourrait laisser sur une surface rugueuse, celle de sa poudre, et enfin, en dernier lieu, de quelle manière elle se fracture. »

Un certain matériel fut bientôt réuni. Il convenait de constituer ce qui tiendrait lieu d'un trébuchet suffisamment précis.

« Nous recherchons la valeur entre la masse, dans l'air, de l'échantillon par rapport à la valeur de cette première mesure retranchée de celle d'une deuxième pesée obtenue, l'échantillon totalement immergé dans un vase rempli d'eau, en prenant garde à ce que ce fragment ne touche, ni les parois, ni le fond, détailla encore l'ingénieur. J'ai demandé à l'oncle Flip de nous fabriquer une fine résille enfermant la pierre à peser. Le poids du fil étant considéré comme négligeable, pesons notre fragment !

Nous aurions pu imaginer utiliser en guise d'étalon une pièce d'un dollar en argent dont il a été décidé que son poids serait d'une once tout comme celle d'un dollar en or pèse précisément un dix-septième d'once. Il n'est pas utile de se référer à une telle unité pour nos calculs. Je propose d'employer des grains d'orge, chacun de même taille ; plus légers, il en faudra un nombre important pour réaliser la mesure, mais la précision de cette dernière n'en sera que meilleure. »

Suspendu à un fil, le galet pesa alors cinquante-huit grains. À la deuxième pesée, immergée, la pierre ne pesait plus que trente-six grains. Jack s'empressa de procéder au calcul de l'opération d'arithmétique idoine sous le regard scrutateur des membres de sa famille. La division de cinquante-huit par vingt-deux fut menée jusqu'à la deuxième décimale.

« Deux et soixante-trois centièmes ! s'écria fébrilement Mr. Clifton qui n'en dit pas plus. »

L'un des cabochons fut alors brisé : la poudre était de couleur blanche tout comme le trait tracé sur la surface d'une roche très-dure, mais combien les yeux de l'ingénieur étaient-ils brillants lorsqu'il contemplait les deux fragments de pierre.

« Voyez cette fracture irrégulière, conchoïdale dit-on dans le jargon des minéralogistes, son éclat gras, vitreux, de couleur blanche signe la nature du minéral. »

Devant son auditoire circonspect, il traça, sur le bord d'un petit miroir, une faible rayure à l'aide du fragment le plus acéré.

Harry Clifton s'était plongé dans un excellent ouvrage qui trônait sur l'étagère de la petite bibliothèque abritant les rares ouvrages que possédait le *Swift*. Parmi eux, il s'en trouvait un, à la reliure rouge arborant fièrement un argonaute doré sur sa couverture. Il s'agissait d'un livre édité en 1853 appartenant à Thomas Walsh que celui-ci avait eu le bon goût d'acquérir et d'embarquer dans son périple sur la *Maria-Stella*. *The Book of Nature* ; tel était son titre. Il était un parfait vade-mecum présentant, succinctement, l'ensemble des connaissances scientifiques dans les domaines de la physique, de l'astronomie, de la chimie, de la géologie, de la botanique, de la zoologie, de l'anatomie et surtout de la minéralogie. Attentivement, l'ingénieur en parcourut certaines pages pour s'arrêter sur un paragraphe en particulier.

« Ceci est du quartz ! C'est extraordinaire ! Presque impossible, mais je suis formel ! Ce minéral nous est infiniment précieux ! »

Ceci appelait à quelques explications ainsi qu'à une leçon de géologie. Ce n'était pas la première fois qu'Harry Clifton éclairait ses compagnons au sujet de la nature géologique de Flip-Island. Aujourd'hui, il semblait que ce dernier avait percé, en quelque sorte, le secret de l'île !

« Il est constant que nous vivons sur les bords d'un volcan. Je pense pouvoir affirmer qu'il est en tous points similaire à ceux de l'île d'Havaï de l'archipel des Sandwich. Ici aussi, l'on remarque la présence de deux volcans, mais, à la différence de la plus grande île de l'archipel havaïen où le Kilauea s'accroît à la base du Maunalea, notre Clifton-Mount a poussé son irrésistible ascension sur les reliques d'une première montagne qui a explosé et dont on distingue les contreforts dans les falaises ceinturant l'île au nord-ouest et au nord-est. Au surplus, si l'île Crespo est, elle aussi, l'île principale d'un archipel, celles plus au nord ne doivent, nécessairement, représenter que des hauts fonds indécelables à la surface de l'océan.

C'est à tort que nous dénommons granite la roche constituant les falaises de l'ouest et de l'est alors qu'il s'agit de gabbro. Certes, cet abus de langage nous est plus commode, mais dans cette roche vous n'y trouverez pas plus de cristaux de quartz que dans les coulées de basalte formant la crique de l'Ami Tom. C'est ce même basalte qui s'est fragmenté en minuscules éléments constituant le sable noir de la longue plage du sud tout autant qu'il a fourni les admirables grains d'olivine que nous retrouvons dans le sable vert de la crique. Quant au sable gris de la côte du marais du Salut, il est dû à la désagrégation du trachyte qui est le véritable socle de notre île. C'est secondairement que les laves du Clifton-Mount ont recouvert le premier mont ignivome dont le cône a probablement été soufflé dans une gigantesque explosion.

De ce nouveau volcan, jeune, nous devons cette grande activité du feu souterrain qui nous a apporté le soufre et les eaux chaudes. Il en est de même pour le quartz.

Imaginez que des eaux, s'engouffrant dans les profondeurs du mont en sont ressorties en déposant le long des fissures de la roche primordiale, la précieuse silice sous forme de veines de quartz. Le lent travail de l'érosion nous a offert ces petits galets. Sûrement en retrouverons-nous d'autres, voire peut-être, les veines elles-mêmes que la Serpentine-River aura mises au jour.

Savoir lire l'ouvrage de la nature nous permet d'avoir accès à ses secrets les mieux gardés !

— Mais il s'agit de savoir s'en montrer digne ! rajouta Élisa Clifton apportant une boisson chaude à son époux reconnaissant. »

La démonstration était magistrale et l'assemblée ne resta guère en reste de remerciements, gratifiant l'ingénieur de plusieurs triples hurrahs.

« Cependant, monsieur Clifton, interrompit Flip, à quoi donc nous servira une matière qui me semble si commune et sans valeur ?

— Vous avez à la fois raison et tort, répondit l'ingénieur. Le quartz peut être taillé lorsqu'il se présente en gemme de cristal de roche, d'améthyste ou de citrine. Qu'il soit encore rose, fumé ou noir, les lapidaires en font de beaux bijoux. Rarissime sur Flip-Island, il est le constituant majeur de la plupart des sables du monde. Surtout, c'est l'agent irremplaçable pour fabriquer du verre.

— Fabriquerons-nous du verre ? s'exclama Marc

— Ce serait une prouesse mais si nos moyens nous le permettent, nous pourrions essayer, répondit son père. »

Alors, un respectueux silence clôtura la leçon.

Dès le lendemain, l'expédition projetée en direction des sources de la Serpentine-River ne put être ajournée sous l'insistance des plus jeunes et sous l'impatience des plus âgés. Si les petits galets de quartz furent d'une rareté non moins grande qu'une improbable fine lentille de sable, presque impalpable, en amont de la chute d'eau, l'élément liquide avait bel et bien taillé son cours, – le mot n'était pas usurpé –, dans la roche. À quelques distances de la rupture de plusieurs dizaines de pieds de hauteur apparaissaient de discrètes veinules blanches dans la roche claire qui était indubitablement un trachyte.

« La roche s'est fracturée en un temps très-ancien et c'est dans les cassures que l'eau, venant des profondeurs, a déposé ses minéraux. Ces diaclases ont été ensuite totalement comblées par la matière blanche et vitreuse que nous voyons ici, triompha Mr. Clifton. »

L'Ami Tom et Jack qui avaient accompagné l'ingénieur peinaient à voir, ces petites traces imperceptibles au premier regard distrait tout comme à l'observation profane. Glanant quelques galets épars, les prospecteurs découvrirent une veine d'une dizaine de pouces d'épaisseur assez facile à dégager. Trois pleines besaces remplies de fragments de quartz laiteux purent être rapportées à Élise-House.

Une nouvelle chasse au phoque eut lieu dans le but d'obtenir des peaux indispensables à la fabrication d'un soufflet de forge, car cette installation faisait défaut à la colonie. Il ne saurait être de domaine agricole pouvant se passer d'une telle installation. Déjà, les outils récupérés sur le *Swift* exigeaient un entretien dans les plus brefs délais ; hélas, la petite forge montée par les pirates s'était révélée insuffisante et incomplète.

Un autre projet qui tenait à cœur l'ingénieur requerrait ce même soufflet, mais, certainement, Harry Clifton restait évasif sur certains détails de l'entreprise. Par ailleurs, la forge emploierait, également du charbon de bois et, bientôt, des monticules de branchages recouverts de terre se mirent à fumer, çà et là, en lisière de forêt. Chacun des colons suivait les indications de leur chef naturel, certes possesseur d'un grand savoir et d'une grande sagesse, mais dont la principale qualité était de conduire ses compagnons sans jamais les contraindre par des ordres qu'il jugeait par trop autoritaires préférant les convaincre par l'explication rationnelle des faits. Ses amis lui accordaient une confiance totale, les épreuves leur ayant montré qu'il n'y avait pas lieu de craindre d'être trompé par la science de celui leur permettant de survivre sur cette île apparemment dénuée du moindre avantage et si riche dès lors que le regard se portait là où il convenait d'observer.

Encore une fois, le travail de charbonnier fut harassant. Ce nouveau combustible fort calorifique fut entreposé à l'abri.

À la moitié du mois de mai, Harry Clifton envisagea un nouveau travail.

Les poteries que l'Oncle Robinson avait si patiemment façonnées souffraient de leur porosité. Aussi, par leur emploi quotidien avaient-elles pris un aspect moins engageant qu'un décapage consciencieux ne parvenait à supprimer. De même, leur fragilité avait causé la perte de plusieurs pièces. Pour comble d'infortune, le peu de vaisselle rapportée de la cargaison du Swift se composait plus de gros articles de cuisine plutôt que d'ustensiles individuels.

« Il est essentiel de compléter notre service de table, tempêta l'Oncle un jour que son écuelle lui céda en deux parties dans les mains. Dès demain, madame Clifton, je m'engage à remplacer les pièces qui nous manquent !

— Mon ami, je vous enjoins de fabriquer vos poteries selon une technique plus durable, interrompit l'ingénieur.

— Pourrions-nous seulement faire une méchante porcelaine ? répondit le marin.

— Certes pas une porcelaine, mais de la poterie au sel, plus sûrement et plus facilement ! Cette technique réclame de hautes températures que notre nouveau four peut nous permettre d'atteindre. Nous ne produirons pas de faïence, car les sels métalliques de l'engobe nous font défaut tout comme nous n'utiliserons pas de poudre de quartz pour l'incorporer dans la cendre et le feldspath pulvérisé : les constituants de la glaçure. La silice nous est trop précieuse ! »

La perspective de s'engager dans une entreprise nouvelle réjouissait tous les colons. Cependant, cette technique de poterie les astreindrait de devoir s'armer de patience. En effet, outre le temps requis pour la fabrication des écuelles, plats ou gobelets, il importait de ne pas négliger un conséquent délai de séchage. À tout le moins, deux semaines d'attente s'imposeraient aux potiers pour qu'ils pussent enfourner leurs œuvres dans le massif de maçonnerie à l'architecture quelque peu déroutante. Harry Clifton avait tenu à faire preuve de la plus grande économie de moyen pour le construire. Aussi, était-il possible de l'employer à divers usages dont l'un devait être révélé à la grande surprise de ses compagnons.

« Lorsque vous aurez achevé vos céramiques, pendant qu'elles sèchent, nous nous engagerons dans un ouvrage d'importance, déclara-t-il. »

Inhabituellement facétieux, il s'employa à le faire deviner à ses amis qui ne pouvaient s'attendre à ce qui devait suivre.

« Il est temps d'habiller dignement les fenêtres d'Élise-House ! »

Chacun resta coi ce qui provoqua l'hilarité de l'ingénieur.

« Nous allons tenter de fabriquer du verre et surtout des vitres.
— Comment le ferons-nous, demanda Marc si avide d'en apprendre sur ce qui se pouvait savoir ?
— Nous allons approprier le four à poterie à cette destination. Cela nous demandera, sans doute, plusieurs essais. Il nous faudra réaliser une canne de verrier qui est un tube de fer de cinq à six pieds de long, ajouta l'ingénieur. Notre forge remplira cet office. Quant aux substances entrant dans la composition du verre, ce sera du sable pour la majeure partie, de la chaux et de la soude que la calcination des algues nous fournira. Le quartz pulvérisé finement sera un sable tout-à-fait convenable.
— Voici qui me semble bien mené, dit l'Ami Tom.
— Nous aurons besoin de quelques outils supplémentaires mais surtout de pugnacité, reconnut Harry Clifton. Il n'est pas certain que nous parvenions à nos fins. »

Cette nouvelle entreprise qui avait pour but de fournir aux fenêtres de la chaumière des carreaux plus transparents et surtout plus résistants aux intempéries ne devait pas gêner la bonne gestion du domaine. Les mouflons et les chèvres avaient mis bas, fournissant aux colons un lait très-appréciable et même, prochainement, de la laine. La population de la basse-cour s'était considérablement accrue du fait des nombreuses naissances. Désormais, certains volatiles devaient être sacrifiés, car nourrir autant d'animaux relevait de la gageure. Les reliefs de repas ne suffisaient plus et il devint nécessaire de recourir à certaines pêches de menus poissons pour compléter leurs rations, –la terre de l'enclos ne recelait plus le moindre ver ni même insecte. Une partie de la précieuse semence d'orge et d'avoine avait été soustraite pour l'alimentation des poussins en attendant les prochaines récoltes, mais elles ne viendraient pas avant deux mois et demi. Pour l'heure, une sorte de pâtée d'herbe hachée, agrémentée de lambeaux de chair de diverses natures, y suppléait. De même, une partie herbeuse avait été aménagée pour augmenter la surface de la basse-cour et assurer la subsistance de la gent ailée. Ce répit rassurait Élisa Clifton à qui incombait la délicate charge de conduire cette basse-cour avec le concours de sa fille Belle et de son fils Jack.

Les leçons quotidiennes étaient toujours dispensées aux enfants Clifton bénéficiant de nombreux précepteurs. Marc affectionnait les réponses scientifiques que lui présentait son père. Robert se retrouvait, le plus souvent, avec Thomas Walsh qui se révélait un officier bien éclairé sur les connaissances de son époque. Flip n'était pas en reste en illustrant les propos de ses amis par son savoir empirique dont la sagesse pratique charmait tant Jack et Belle. Élisa Clifton savait instiller cette délicate réflexion critique sur la connaissance du monde qu'est le fondement même de la philosophie. En somme, il s'agissait de cultiver ce goût d'apprendre de tout à tout instant. Ces leçons ne restaient pas particulières, car à la fin de chaque journée, chacun avait à cœur d'expliquer ce qu'il avait appris. Ainsi, ces enseignements devenaient communs et tous s'enrichissaient mutuellement. L'on s'en doute, l'émulation était plus qu'un simple ravissement.

« Ainsi, s'il arrivait malheur à l'un d'entre nous, disait fréquemment l'ingénieur, le savoir et donc le salut de la colonie serait préservé ! »

Combien ces paroles graves provoquèrent de réflexions au sujet de la précarité de l'établissement des naufragés sur l'île. Il semblait bien que les hommes fussent faits pour vivre avec leurs semblables.

Vers la fin du mois de mai, le vingt-huitième jour exactement, vint le moment de fabriquer du verre. Le four à poterie, adapté à ce nouvel usage, après de nombreux essais infructueux, fut chauffé vivement à l'aide du charbon de bois attisé par l'emploi du soufflet de forge.

Cent parties de sable siliceux, trente-cinq de chaux, quarante de soude, mêlées de trois de charbon furent introduites, à l'état de poudre, dans des creusés réfractaires formés entre les mains expertes du marin employant l'argile la plus fine et cuits aussi fortement que possible. La température élevée régnant à l'intérieur du four en vint à faire fondre ce mélange. La pâte visqueuse fut cueillie à l'aide de la canne de fer réalisée au moyen d'une bande de fer roulée. L'ingénieur montra de quelle manière donner à la masse de verre, tournée à de multiples reprises sur une plaque de métal, une forme convenant au soufflage. Enfin, il souffla et obtint une bulle de substance en fusion à laquelle il imprima un mouvement de balancier, allongeant la bulle en un volume cylindrique.

Ce cylindre de verre, encore brûlant, était fermé par deux calottes qu'il fallut détacher par l'emploi d'un fin fer mouillé d'eau froide dont le contact avec le verre produisit une fissure le long du tracé circulaire correspondant à la naissance de la calotte sur la forme cylindrique. La séparation des deux calottes fut aisée. Par le même procédé, le cylindre restant fut fendu sur sa longueur. Chauffé une seconde fois et rendu, de nouveau, malléable, le cylindrique put être enfin étendu sur une plaque de métal et aplani au moyen d'un rouleau de bois mouillé.

Harry Clifton n'était pas pleinement satisfait de l'ouvrage. N'ayant pas soufflé assez fort, la bulle avait donné une vitre épaisse et de petite dimension. Cependant, ce premier essai était prometteur. L'Oncle Robinson se montra le meilleur souffleur de verre même si Tom et Marc obtinrent des résultats honorables. Robert possédait cette délicatesse lui permettant de réaliser quelques gobeleteries des plus charmantes. Jack fit avec une peine infinie un petit verre. Quant à Belle, le poids de la canne ne l'engagea pas à tenter l'opération. Sa mère se réjouissait du spectacle.

Le charbon de bois fut rapidement consommé. Cependant, les fenêtres de la maison étaient assurées d'être garnies de plaques d'un verre suffisamment diaphane pour laisser entrer plus de lumière que les toiles huilées mais déformant sensiblement l'image de ce que l'on pouvait observer au travers d'elles.

« La fixation des vitres réclamera l'emploi de mastic de vitrier, déclara Harry Clifton. Il s'agira de mélanger quatre parties de craie, – plutôt de chaux éteinte dans notre cas –, avec une partie de glycérine que nous obtiendrons en saponifiant de la graisse. »

L'ingénieur avait déjà captivé son auditoire. Il expliqua comment la fabrication du savon, utilisant de la graisse chauffée en présence de soude, produirait une partie solide qui est le savon et une partie liquide qui est la glycérine.

« En attendant, je soumets l'idée d'une circumnavigation de l'île que nous n'avons pu faire l'année dernière.

— Quand pensez-vous organiser cette expédition ? demanda l'Ami Tom.

— Dans les jours prochains ! répondit Harry Clifton. Deux jours pleins devraient suffire. »

La suggestion retint une approbation unanime et les jours suivants furent employés à préparer l'expédition de manière à ce que les animaux n'eussent pas à souffrir de l'absence des hommes.

Des monticules de bois recouverts de terre.

CHAPITRE XV

Le tour de l'île – La poterie au sel – Travaux à Élise-House
Le pont de la Serpentine-River – L'alerte de Fido
Une ombre dans les broussailles

Au 2 juin, les embarcations quittèrent la grève et remontèrent vers le cap de l'Aîné. La côte septentrionale de Flip-Island n'était connue que du marin. Le canot du *Vankouver* se trouvait piloté par Robert sous la direction de l'officier. Figuraient au nombre des passagers, son frère Jack, sa sœur Belle et leur mère. Le canot du *Swift*, embarcation plus forte, était barré, tantôt par Flip, tantôt par Marc, moins à son aise que son frère dans l'art de conduire une chaloupe. Cependant, son père ne doutait pas que l'habitude ferait de lui un honnête nautonier. Mr. Clifton, maître Jup et Fido constituaient le reste du second équipage. Après le doublement du cap de l'Aîné, Marc avait hâte de faire escale dans la baie de l'Espoir, quoiqu'il tempérât son impatience.

« Je crains que Jup ne veuille retrouver ses congénères comme la dernière fois, s'inquiéta l'Oncle.

— Je pense que cette peur n'est pas fondée, rassura l'ingénieur. Il n'a pas oublié ce qu'il a à attendre de son ancienne tribu. »

La falaise de l'ouest s'abaissa bientôt et le cap contourné, la large plage de sable bordant le marais du Salut fut longée.

« Voyez comme Robert manœuvre admirablement bien le canot, dit avec fierté Flip qui était son instructeur, pour partie, avec Thomas Walsh.

— Vous en avez fait un marin, dit l'ingénieur. Il aspire à devenir capitaine au long cours.

— Vos enfants ont acquis une maîtrise certaine dans leur domaine de prédilection, ajouta Flip adressant un regard à Marc embarrassé. »

Le repas fut pris sur la rive droite du Creek-Jup, à l'endroit même où l'orang avait voulu recouvrer sa condition révolue de chef de clan. Cette fois-ci, il resta attaché à son ami Flip, le suivant partout où le marin se rendait.

Une brève excursion fut organisée. Les chaloupes, parties à six heures, étaient parvenues à l'embouchure de la rivière à onze heures. L'ingénieur voulait quitter les lieux vers une heure de l'après-midi de manière à relâcher à la crique avant la tombée de la nuit. Il n'y eut pas de découverte notable dans cette partie de l'île et le départ n'en fut pas différé.

Encore cette fois-ci, Robert ouvrit la voie, gonflé des compliments de Flip et de Tom.

« Il ne faut pas oublier de féliciter Marc, dit timidement Robert dont la nature, jadis impulsive, s'était muée en tempérance et craignant, en cet instant, de provoquer une jalousie regrettable.

— Brave enfant ! déclara sa mère. Ton frère ne sera jamais jaloux de toi. »

La falaise aux Mouettes se présenta dans toute sa splendeur. Haute et plongeant dans l'océan, elle imposait le respect. Puis le Clifton-Mount se dévoila enfin. L'échancrure constituant la vallée formée par les coulées de lave montrait à l'évidence la puissance du travail plutonien. L'on eût dit des gradins de pierre invitant à les emprunter pour se rendre au sommet. Au loin, Robert aperçut des animaux. Armé de sa longue-vue, l'officier offrit à Belle, Jack et Mrs. Clifton le plaisir d'observer des détails imperceptibles sans cet instrument. Ensuite, ce fut le Cap-Jack qui s'annonça et doublé à la grande fierté de celui en l'honneur duquel ce promontoire fut ainsi nommé.

L'entrée dans la crique de l'Ami Tom fut grandiose car, vers huit heures du soir, le ciel prit des couleurs chatoyantes propres à inspirer le moins poète des hommes. L'épave du *Swift* fut contournée. Son délabrement finirait par taire le drame qui s'était produit cinq mois auparavant. Les chaloupes se réunirent à l'embouchure de la Belle-River ce qui combla d'aise la jeune fille ; il était temps de dresser le campement pour la nuit.

« Cette traversée était des plus instructives, déclara Mrs. Clifton, satisfaite de pouvoir découvrir les différentes parties de l'île.

— Il est important, pour chacun, de connaître la géographie et la nature des lieux où nous résidons, reconnut son époux. »

La fin de la journée s'acheva autour du feu allumé pour la nuit. Les colons ne regagnèrent la tente que tardivement, après avoir abondamment commenté ce qu'ils avaient observé le long de la côte.

Le lendemain, le départ fut plus retardé que celui de la veille, car la distance à parcourir était nettement moindre que celle déjà parcourue. La famille en profita pour se rendre au sommet du promontoire de la Dent d'où un panorama saisissant se dévoilait. À un moment, Thomas Walsh se trouva à l'écart, semblant scruter l'horizon. Il était si absorbé dans ses pensées qu'il n'entendit pas l'appel de ses compagnons annonçant le retour à la crique. L'ingénieur et Robert vinrent à sa rencontre.

« Que voyez-vous à l'horizon, mon bon ami ? questionna Harry Clifton. »

Soudain, revenu de ses songes, l'officier se retourna vers le groupe.

« Rien ! ... Des souvenirs me revenaient, expliqua-t-il d'une voix étranglée, des larmes lui coulant encore sur le visage.
— Venez donc nous rejoindre au canot, proposa obligeamment l'ingénieur. »

Personne ne l'interrogea sur les raisons de sa peine mais tous s'employèrent à distraire leur mélancolique compagnon.

À plusieurs reprises, Harry Clifton avait remarqué que l'officier se trouvait affecté par une cause impénétrable qui le tourmentait. L'ingénieur avait gardé pour lui cette observation.

Le chemin du retour ne fut une découverte que pour Élisa Clifton et sa fille. Le passage du cap aux Brisants fut rendu difficile par la présence de nombreux récifs déchiquetés qui firent grande impression à Belle. Ce promontoire doublé, la lande se présenta bordée de la longue plage de sable. Sur près de quatre lieues, le paysage se montrait tout-à-fait monotone. Le repas fut pris durant la navigation et vers cinq heures du soir, la grève menant à Élise-House était atteinte.

Les animaux n'avaient pas souffert de l'absence des hommes. Aucune dégradation ni aucun passage d'animaux sauvages ne fut constaté ; le quotidien des robinsons pouvait reprendre son cours.

À l'ombre de la grotte, les poteries avaient été mises à sécher, ainsi, la lente évaporation de l'humidité de la terre argileuse avait-elle permis de préserver le travail des potiers. En effet, un assèchement trop rapide des pièces humides risquait de les faire se fendiller, se fissurer ou se craqueler. Aujourd'hui, même les éléments les plus épais ou les plus complexes étaient parvenus à un degré de dessication suffisant pour envisager d'entreprendre la cuisson des précieux ustensiles.

Le four à tirage horizontal, plutôt que vertical, permettrait d'atteindre des températures plus élevées que lors des premières cuissons que l'Oncle avait réalisées, quelques mois auparavant, dans une fosse mal agencée. Tel était le pari de l'ingénieur.

« La fabrication des poteries au sel ne nécessite pas, comme pour la faïence, un premier passage au four, – le petit feu –, puis, après la pose de l'engobe, une seconde cuisson, – le grand feu –, expliqua l'ingénieur. Une unique cuisson nous permettra d'obtenir une céramique vernissée comme nous la souhaitons. »

Ainsi, avec la plus grande délicatesse, les pièces furent placées dans le four de manière à ce que la chaleur des flammes pût circuler librement entre les poteries et les environner uniformément.

« Peu avant la fin de la cuisson qui durera des heures, nous jetterons du sel dans le foyer, ajouta Harry Clifton, sous l'effet de la chaleur, il se décomposera dans ses deux éléments constitutifs, le chlore et le sodium. C'est ce dernier qui, se combinant à la silice naturellement présente dans l'argile, provoquera sa vitrification. Les contrées de l'Europe du Nord se sont faites une spécialité dans le grès au sel. Si notre argile est suffisamment grésante, alors nous obtiendrons cette même poterie si résistante. »

L'opération fut longue et employa une grande quantité de bois. De même, la réserve de sel, si patiemment récoltée disparue dans les flammes. Ce ne fut qu'au terme de plusieurs jours que le complet refroidissement du four permit de juger de l'ouvrage des potiers. Alors, un ravissement renouvelé en permanence accueillit la sortie de chaque assiette, plat, écuelle, gobelet et de toutes les autres pièces. Une pellicule nacrée, aux reflets irisés, protégeait les poteries qui s'étaient pigmentées de taches plus sombres. L'effet était admirable. Quelques plaques d'argile, placées comme échantillon furent brisées avec une résistance rassurante. Les colons de Flip-Island avaient réussi ce défi et leur labeur pouvait bien s'enorgueillir de prétendre à la même qualité des vases à boire du nord de l'Europe.

Depuis leur périple autour de l'île, la bonne tenue du domaine accaparait toute l'attention des colons. La saison, particulièrement avancée, hâtait les cultures. Les pois et haricots promettaient une belle récolte. Les pommes de terre croissaient aussi bien que le maïs. L'orge ne tarderait pas à mûrir, suivie de près par l'avoine et le blé.

Si le troupeau de mouflons et de chèvres avait crû, lui aussi, il faudrait encore attendre une année pour que le jeune ovin mâle soit apte à se reproduire. La précocité de développement chez les boucs, en revanche, autorisait d'envisager des délais moindres pour l'accroissement du nombre de caprins. Parfois, les colons en venaient à penser qu'il pouvait être utile de prélever de nouveaux pensionnaires, mais lancer une expédition ne relevait nullement de l'urgence. Pour l'heure, la tonte de ces animaux fut organisée.

« Voici des forces que l'Oncle nous a forgées, dit l'ingénieur au groupe.

— À l'aide de la laine, nous pourrons confectionner quelques chapeaux de feutre ou encore une ou deux couvertures, confirma Flip.

— Ce ne sont certainement pas des moutons mérinos, mais nous devrions avoir suffisamment d'ouvrage, reconnut Élisa Clifton ralliant aimablement le marin. »

Par chance, une bonne partie des vêtements que portaient les colons provenaient de la cargaison du *Swift*. Cependant, de nombreuses reprises avaient dû être faites afin de les ajuster. Chacun avait contribué à ce travail. Inutile de dire si un entretien des plus méticuleux était apporté aux habits. Le linge, plus fragile, ne pouvant être entièrement fourni par ce qui avait été récupéré sur le brick, la toile de voile, plus solide, mais plus rêche, y suppléait, au prix de longues heures de couture. La laine récoltée, pour l'heure, attendrait d'être travaillée.

Le projet de pont tournant traversant la Serpentine-River retenait particulièrement l'attention de Flip et de Marc.

« Il serait plus commode de se rendre dans le marais du Salut via un pont qui nous ferait gagner un temps précieux, réclamait souvent Marc. »

Les marais du nord étaient grands pourvoyeurs de gibiers aquatiques. Marc et l'Oncle étant d'excellents chasseurs, il était bien rare que les coups de fusil ratassent leur cible. C'était bien heureux, car si les munitions ne manquaient guère pour l'instant, elles finiraient, immanquablement, par s'épuiser. De même, la poudre de l'ingénieur était impropre à cet usage et, sans progrès sur ce point, il ne faudrait pas songer à pouvoir remplacer celle du *Swift*. Encore, le plomb ne pouvait être substitué ne serait-ce par de la grenaille de fer. Ne sachant si le temps du séjour sur Flip-Island devait se prolonger, c'était avec parcimonie que les chasses se déroulaient. L'ingénieur n'avait pas réellement prospecté les ressources de l'île. Il était possible qu'en quelques points de l'île, existât un gisement d'hématite ou de pyrite. Ainsi, ou cet oxyde ou ce sulfure de fer, serait une ressource précieuse. Néanmoins, elle manquait à ce jour.

« Avant les premières récoltes, nous pourrions jeter ce pont, déclara l'ingénieur. »

Un triple hurrah fut lancé à cette annonce. Bien évidemment, c'était un travail considérable qui attendait les charpentiers. À l'endroit où le pont devait être établi, la rivière mesurait encore une cinquantaine de pieds de large. Il fut arrêté que de chacune des rives, un ponton mènerait vers le milieu de la rivière. Ce pont se présenterait en trois parties, les deux premières, fixes, reliées, l'une à la rive gauche, l'autre à la rive droite. La troisième partie, mobile, assurerait la jonction entre les deux pontons fixes. Ainsi cette partie mobile, centrale, de quinze pieds de long, pouvait tourner sur un axe, au moyen d'un contrepoids, pour laisser le passage aux canots gréés de leur misaine naviguant sur la Serpentine-River et ce serait le ponton situé sur la rive gauche qui porterait l'axe en question. Il fallait donc enfoncer des pieux dans le lit de la rivière. Ceux-ci devaient soutenir les deux tabliers fixes mais également assurer l'articulation de la partie mobile. Une sonnette à tiraude, composée d'un bloc de bois, nommé mouton, glissant entre deux coulisses verticales, permit d'ancrer ces pilots.

Harry Clifton s'entendait assurément dans ce type d'ouvrage. Les deux marins possédaient une habileté évidente au maniement des cordages actionnant le mouton et les deux frères plus âgés offrirent leur zèle à la construction de l'ouvrage. Il ne fallut pas moins de trois semaines pour parachever le pont dont la partie mobile, parfaitement équilibrée, pouvait tourner par le plus léger effort. Le pont ouvert, un espace de près de vingt pieds séparait les deux pontons. Un mécanisme de poulies et de cordages, intelligemment disposé, permettait de pouvoir actionner la partie mobile depuis la rive droite de la rivière. Ainsi, les chasseurs pouvaient visiter le marais du Salut sans craindre qu'un animal eût pu franchir le pont en laissant les deux rives en communication durant le temps de la chasse.

Au cours de ce délicat chantier d'ouvrage d'art, si certains jours se présentaient sous la plus absolue quiétude, certains devaient apporter quelques sujets de préoccupation. Ce fut Fido qui se révéla à l'origine des alarmes.

Chaque matin, le brave chien accompagnait fidèlement les trois hommes, tantôt secondés de Marc ou bien de Robert. Le groupe était rejoint au moment des repas par le reste de la famille, trop heureux de se rendre compte de l'avancée des travaux, mais n'y participant pas tant l'effort physique pour mettre en place la structure était important. Nonobstant, il y avait tant à faire au domaine qu'aucun bras ne restait inemployé. À plusieurs reprises, le terre-neuve montra de réels signes d'agitation. Peu s'en fallut pour que les colons ne crussent qu'un homme se trouvât sur l'île. Cela semblait tout-à-fait improbable. Plutôt était-il possible que quelque animal marin n'eût remonté le cours de la Serpentine-River, depuis le large, pour rejoindre le lac Ontario. Tel était l'avis des hommes lorsqu'ils observaient le chien s'activer en des va-et-vient incessants le long de la berge escarpée, labourant le sable de ses griffes. Il ne fut pas permis de deviner dans les remous des eaux troubles de la rivière quelconque silhouette, mais, parfois, de discrètes bulles crevant la surface de l'onde autorisait à penser qu'un pinnipède affaibli s'était réfugié dans les couches sombres et secrètes de la rivière. Ainsi, les colons se satisfirent-ils de cette explication rationnelle et rassurante. Elle devait pourtant être remise en cause ! Cet évènement inexplicable se produisit quelques jours après que le pont à bascule fut entièrement monté.

L'Oncle et Marc, accompagné de Fido, avaient décidé de reconstituer les réserves d'Élise-House par une chasse dans le marais du Salut. À l'approche du pont à bascule, le chien fut véritablement atteint de frénésie au point de ne plus pouvoir rester en place ni de répondre à aucun des ordres fermes des deux hommes. Finalement, ces derniers se décidèrent à tenter de rattraper l'animal emporté dans une course folle qui ne s'acheva qu'aux abords du pont fermé, l'empêchant alors de poursuivre son chemin. Cependant, cet obstacle ne devait pas mettre un terme à son obstination, car Fido se jeta dans la rivière pendant que Flip actionnait le mécanisme de l'ouvrage d'art.

« Flip ! Regardez ! s'écria Marc, désignant sur la berge opposée une touffe de roseaux embroussaillée tout agitée. »

En quelques minutes, cette partie de la rive fut atteinte. Fido, à la nage avait déjà précédé ses maîtres ; il furetait avec insistance entre les broussailles.

« Je crois bien avoir aperçu une ombre ! affirma Marc. Je serais prêt à assurer qu'il s'agissait plutôt d'un homme que d'un singe ! »

Malgré une recherche assidue, aucun indice ne put permettre de découvrir l'origine de cet incident particulièrement troublant. Toute la famille y avait prêté son concours. Ce nonobstant, le mystère ne devait pas trouver sa résolution, au grand dam de l'Oncle Robinson pestant contre son manque de vivacité, ou de ses compagnons craignant que quelque pirate n'eût réchappé au sabordage et n'eût de sombres intentions. Pour autant, les alarmes de l'Ami Tom se voyaient pondérées par Mrs. Clifton.

« Sans doute, cet homme trouverait-il auprès de notre famille des conditions propres à s'amender et à réparer ses erreurs passées, disait-elle d'une voix lénifiante. »

Harry Clifton, quant à lui, ne parvenait à se contenter, ni de la conjoncture, ni encore moins de la conjecture. Il n'y avait d'autre alternative que de laisser au temps le soin, peut-être, de résoudre cette énigme.

Véritablement, les colons ne pouvaient se montrer prodigues de leur temps dans d'incertaines recherches. Concurremment, Mrs. Clifton, Jack et Belle reprirent ardemment des travaux de vannerie rendus nécessaires par la moisson prochaine. En effet, l'orge, céréale plus précoce, était prête à être récoltée. Quelques boisseaux avaient été semés et une partie de la récolte allait être employée à divers usages.

« Nous réserverons plusieurs boisseaux pour garantir la semence et le reste sera consommé, dit l'ingénieur à ses enfants. Il s'agira de débarrasser les grains de leur enveloppe afin de les préparer comme du riz.

— Nous devrons donc fabriquer une petite meule pour cela ? demanda Flip.

— Exactement ! répondit Harry Clifton. Nous irons chercher des blocs de basalte que j'ai repérés au niveau de la muraille septentrionale de la crique de l'Ami Tom. Le granit de notre falaise ne convient pas pour former une meule.

— Cela constituera un petit moulin à gruau, s'enthousiasma Jack, ayant en souvenir ses lectures du *Robinson Suisse*.

— Qui sera assez pénible à manier, tempéra son père. »

Utiliser ces céréales pour agrémenter l'ordinaire nécessitait d'effectuer le mondage des grains par cette opération consistant en un trempage suivi d'une abrasion de leur écorce. L'avoine et l'orge ne pourraient rendre les mêmes services que le blé. Loin serait encore le temps de cuire le premier pain. Pour l'heure, les moissons étaient bonnes et le potager fournissait pois et bientôt haricots.

La chaumière était désormais prête à recevoir ses hôtes. Toutes les commodités propres à une maison s'y trouvaient. Les cloisons séparaient plusieurs loges de la vaste salle servant aux activités communes. C'était un escalier aux larges marches qui conduisait à la partie supérieure, sous la toiture, au grenier à grain, situé au-dessus des chambres. Ce grenier avait également pour vocation d'assurer le séchage et une bonne conservation du maïs qui serait mûr dans quelques semaines. De même, quelques fûts y avaient été installés afin de contenir une part des céréales réservées pour la semence et les usages domestiques. Quant à la grotte, elle avait été vidée d'une grande partie de son matériel. Elle deviendrait l'entrepôt principal du domaine, le magasin général en quelque sorte.

Trois semaines pour parachever le pont.

CHAPITRE XVI

Double exploration au nord-ouest de l'île
Dans le marais du Salut – Éducation des pigeons voyageurs
Dans le bois des Singes – Des ignames
Des oies bernaches – De la question des évènements

La question d'une probable présence humaine ne pouvait rester sans réponse. Le souvenir des péripéties du début de l'année n'était que trop vivace pour qu'il fût possible de rester plus longtemps dans l'ignorance.

« Peut-être, cette île, absolument perdue dans l'océan Pacifique a-t-elle été le théâtre de quelque naufrage, lança l'Ami Tom.

— Pensez-vous qu'un naufragé se soit caché de notre présence ? lui répondit Harry Clifton. Avons-nous seulement l'air de représenter une menace comme l'auraient fait des pirates en résidence ?

— Il est certain que nous n'apparaissons guère comme une colonie de canailles ; une telle crainte serait vite levée, renchérit Flip.

— Si homme il y a, ne pourrait-il pas s'agir d'un rescapé du naufrage du *Swift* comme vous l'avez si promptement suggéré il y a quelques jours, mon ami ? questionna Mrs. Clifton à l'attention de son époux.

— Cela me semblait le plus probable, effectivement, néanmoins, cette inexplicable absence de trace quelconque défie l'entendement. Ni empreinte de pas ni branche cassée ! Que penser d'un naufragé qui surgirait et disparaîtrait du fond de l'eau ? Marc a beau douter de ses sens et d'avoir réellement aperçu une forme humaine, Fido n'a-t-il pas donné plusieurs fois l'alerte ?

— Non, monsieur ! Le comportement du chien prouve, à l'évidence, que monsieur Marc ne s'est pas trompé, répliqua l'Oncle. Il y avait bien un être vivant dans le buisson et quel autre animal que l'homme pourrait se dissimuler et disparaître aussi efficacement ?

— Merci, oncle ! Je commençais à douter fermement de ce que j'avais cru voir !

— Je pense, mes amis, que nous ne pouvons rester plus longtemps dans l'incertitude, interrompit Mrs. Clifton. Nous devons nous rendre compte si des hommes vivent présentement sur l'île. Mais je vous en conjure, prenez toutes les précautions pour votre sécurité et celle de la colonie ! »

Certainement, en femme avisée, *mistress* Clifton venait, par ces mots, de libérer son époux de la charge de plaider une nouvelle exploration de l'île. Les colons pouvaient-ils seulement s'y soustraire quand bien même un naufragé prenait-il toutes les mesures pour éviter le moindre contact avec ses semblables.

Il ne s'agirait pas d'une exploration généralisée comme le serait une battue, mais plutôt d'une excursion de petite envergure visant plus à repérer de menues traces de passage et non de traquer quelque gibier d'une certaine nature. Bien évidemment, il y en allait de la sûreté de l'établissement de la colonie sur Flip-Island et il n'aurait été question d'être sempiternellement sur le qui-vive. Aussi, il fut décidé que, dorénavant, chacun des trois hommes serait accompagné ou de Marc ou de Robert et qu'en aucune façon le moindre déplacement ne se ferait seul.

« Ce serait bien le diable si cet homme ne laissait aucune marque de sa présence ! reconnut l'Oncle. »

Une première exploration devait, concomitamment, associer l'Oncle Tom, accompagné de Robert et Harry Clifton, escorté de Marc. En deux groupes, ceux-ci envisageaient de contourner le marais du Salut, respectivement par l'est et par l'ouest. Selon toute vraisemblance, ils se retrouveraient au niveau du point extrême du nord-ouest de l'île, puis repartiraient, par deux chemins différents, l'un à travers le marais tandis que l'autre franchiraient le bois des Singes pour revenir, enfin, au point de départ. Une journée devait amplement suffire, ce qui ravissait grandement Mrs. Clifton qui resterait avec Belle, Jack et l'Oncle Flip.

Le jeune Jack se désolait de ne pouvoir être de la partie, de découvrir cette contrée qu'il connaissait assez mal. En si peu de temps, cet enfançon timoré, avait combattu ses peurs et s'était fait, à plus d'un titre, résolument courageux. Il avait appris, comme il le disait, *à faire le brave*. Suscitant la fierté de ses parents, le benjamin, par son exemple, engageait sa jeune sœur à l'accompagner pour de petits périples dans les parages les plus sûrs du domaine, de la grève ou de la garenne. Leur mère, quoique très-réservée à ce sujet, acceptait ces échappements aventurés sans que sa surveillance faiblît ; ou qu'elle accompagnât ses enfants ou, encore, qu'elle pût, en peu de temps, les rejoindre. Au demeurant, ces intrépides savaient se montrer dignes de la confiance qui leur était accordée et, sans doute, jamais, ils ne songeraient à la trahir.

Il y avait tant à faire au domaine. Aussi, l'absence, de courte durée, des quatre membres de la famille, impliquerait un labeur d'autant plus assidu pour ceux qui restaient. Jack, s'entendant tout particulièrement à soigner les pensionnaires de la basse-cour ou des étables, à ce propos, lui vient, tout naturellement, une proposition des plus intéressantes.

« Pendant votre exploration, père, peut-être serait-il possible d'éduquer nos pigeons ?

— Pour qu'ils deviennent des pigeons voyageurs ? lui répondit-il.

— L'idée me convient assez bien, renchérit la mère.

— Cela pourra se faire aisément ! s'enthousiasma Flip. Que chacun emporte une petite cage d'osier et cela fera quatre oiseaux qui pourront servir de messagers.

— Soit ! acquiesça l'ingénieur. Nous en relâcherons un dès que nous seront réunis sur la côte et garderons les trois autres que nous réserverons en cas de problème. Ce ne sera qu'à l'approche du domaine que ces derniers seront libérés et regagneront leur pigeonnier. »

De petites nasses d'osier furent apprêtées pour remplir cet office et de fines bandes de papier, préparées en vue d'être enroulées aux pattes des messagers aériens. L'on croira sans le moindre doute que Jack s'attacherait à guetter assidûment le retour des quatre pensionnaires reconnaissables à la présence d'un petit écheveau coloré à l'une de leurs pattes.

Cinquante jours s'étaient écoulés depuis l'inauguration d'Élise-House, aussi ce lundi particulier suivait-il la fête de Pentecôte et clôturait-il le temps pascal. Ainsi, ce fut au matin du 10 juin que partirent les deux groupes d'explorateurs. Se séparant au niveau du pont de la Serpentine-River, Tom et Robert s'engagèrent vers l'embouchure tandis que Marc et son père remontèrent le cours d'eau le long de la rive droite. Restant un long moment sur place, Élisa Clifton, Flip, Jack et Belle saluaient les excursionnistes qui ne cessaient de se retourner pour rendre ces marques d'attachement et constater que maître Jup et Fido, à leur manière, n'étaient pas en reste. Si les trois groupes ne tardèrent à se perdre de vue, Robert lança un dernier appel puissant à l'aide d'un sifflet que l'Ami Tom lui avait appris à fabriquer. Jack et Marc en faisaient autant avec le leur, rendant réponse pour réponse, mais il n'y en eut bientôt plus aucune d'aucun des frères.

« Ils sont déjà trop éloignés pour nous entendre ! constata Tom. N'oublions pas que les frondaisons amortissent bien plus l'écho du son du sifflet que ne le propage la falaise. »

L'aube venait à peine de se lever ; dans quelques heures, les deux groupes se retrouveraient donc à l'extrémité septentrionale du marais du Salut. Ce faisant, il n'échappait pas à l'esprit de Robert qu'ils suivaient, lui et son deuxième oncle, le même chemin qu'avait emprunté Flip, il y a un peu plus d'un an, dans une folle équipée qui devait, néanmoins, permettre de retrouver et sauver son père. Même s'il avait déjà, partiellement, parcouru ce trait de côte, le faire *in extenso* le lui faisait entrapercevoir comme une voie presque sacrée. En quelque sorte, s'agissait-il, d'une façon de pèlerinage.

Les deux jeunes hommes quittèrent rapidement la rade foraine qui constituait l'embouchure de la rivière. Pendant près de trois milles, ils suivraient la falaise qui s'achèverait au cap de l'Aîné. Dans une heure, à peine plus, ils parviendraient à l'endroit où la muraille rocheuse s'interromprait abruptement. Il conviendrait, ensuite, de progresser prudemment au milieu du sol marécageux. Joncs, carex, scirpes et conferves formaient la végétation de ces terres limoneuses retenant l'eau d'une multitude de mares. Sous l'effet des rayons solaires, le danger de s'y trouver embourbé était, heureusement, largement réduit par le scintillement des surfaces humides. Depuis l'arrivée des colons, les volatiles apparentés aux canards sauvages, bécasses, sarcelles ou autres pilets avaient perdu leur impavidité originelle et avaient fait l'apprentissage d'une certaine crainte des humains.

Sondant les flaques à l'aide de leurs bâtons, Robert et Tom ne marchaient pas vite ; cela était bien peu préoccupant. Au terme de quatre heures de marche, la limite occidentale du marais fut atteinte ; vers le nord s'ouvrait un paysage de dunes se perdant dans l'océan. La longue plage restait résolument déserte ; point de hutte, ni de débris de navire.

Il restait encore plusieurs milles à parcourir avant d'atteindre la limite orientale du marais, cependant, avant peu, il était probable que les quatre hommes se fussent rencontrés en chemin. Malgré les recherches méticuleuses, Robert s'étonnait de ne trouver aucun indice, pourtant, était-ce avec la plus grande attention qu'il inspectait le moindre fourré. Quant à l'Oncle Tom, il se satisfaisait plutôt de ne rien trouver qui ne s'ajoutât au mystère de l'île.

Véritablement, cette contrée se présentait d'une façon très monotone. Certes, elle ne le disputait pas avec la côte au sud-ouest : cette vaste lande, elle aussi, bordée de dunes. En tout état de cause, la bordure du marais du Salut ne se révélait guère hospitalière.

Bientôt, en infléchissant leur marche vers le sud-est, la conformation des terrains montra que les deux explorateurs entraient dans le domaine de la baie de l'Espoir. Derechef, l'impatient Robert se lamentait encore de ne pas voir, ni son frère, ni son père à l'horizon. Ces alarmes ne devaient durer ; le soleil avait à peine atteint son zénith que les quatre excursionnistes étaient réunis.

« Nous avons traversé le bois des Singes sans avoir rencontré une seule trace de passage, rapporta Harry Clifton. Nous n'avons découvert qu'une résurgence que nous avons suivie sur près d'un mille. Ce ru prenait la direction du nord, puis se divisait en deux défluents très-courts qui disparaissaient presque aussitôt dans le marais. »

Robert fit son rapport guère plus concluant. Il fut alors convenu que l'équipe de l'ingénieur et de Marc poursuivrait l'exploration à travers les contrées occidentales du marais, à bonne distance de la côte, tandis que celle de Tom et Robert s'engagerait dans le bois des Singes par un abord plus oriental. Ainsi, la large portion de terre comprise entre le Creek-Jup, le cours supérieur de la Serpentine-River et toute la côte de l'ouest de Flip-Island serait entièrement explorée.

« Prenons un rapide repas avant de nous quitter à nouveau, proposa Thomas Walsh.
— Profitons-en, par la même occasion pour expédier un message vers Élise-House, rajouta Robert. Il me tarde tant de savoir si nos pigeons seront capables de remplir cette mission ! »

L'impatience, unanimement partagée, trouva une conclusion lorsqu'un bizet prit son envol. À bonne hauteur, il sembla qu'il avait perdu toute hésitation sur le cap à suivre pour retrouver son colombier.

« Dans un quart d'heure, il aura rejoint ses congénères, confirma Harry Clifton.

— Je ne doute pas que Jack visite régulièrement le pigeonnier, remarqua Marc. Avant peu, il aura lu notre message et pourra rassurer mère qui saura que nous nous sommes retrouvés à la côte sans dommage ! »

Le frugal repas enlevé donna le signal du départ. Il importait de ne plus flâner. Bien que les jours fussent les plus longs de l'année, les explorateurs ne parviendraient au domaine que peu de temps avant la tombée du jour.

Suivant le trait de côte qui obliquait en direction du sud-est, la grève de sable grisâtre se réduisit sensiblement jusqu'à disparaître totalement trois milles plus loin. La progression dans le marais, soumise au jeu des marées se fit plus hasardeuse. Au loin se distinguait l'embouchure du Creek-Jup soulignée par une plage de sédiments plus foncés, surplombée, en arrière-plan, par le bulbe de la falaise aux Mouettes. En outre, distantes d'une lieue, les frondaisons des premiers grands arbres du bois des Singes paraissaient se dérober devant les marcheurs, retardant le moment où les deux compagnons pourraient s'extraire de ce terrain somme toute assez fangeux.

À force de détermination, bravant encore mille périls, la limite du marécage fut franchie ; les deux amis touchaient à la rive gauche de l'embouchure.

« Entendez les anciens congénères de Jup, dit Robert. C'est bien heureux que notre orang préféré ne nous ait pas accompagné !

— Il reste encore un animal sauvage et ses réactions peuvent toujours être déroutantes, lui répondit l'Ami Tom. En tous cas, notre chemin sera, maintenant, plus aisé pour revenir chez nous ! J'en suis fort aise ! »

Sans pour autant rejoindre le cours de la Serpentine-River, le trajet restant décrivait un arc de cercle. Les deux jeunes hommes s'engageaient dans la partie la plus dense de la forêt qui n'avait pas encore été explorée jusqu'à présent. Le risque de faire une mauvaise rencontre restait faible. Aussi, il avait été prévu de relâcher leur deuxième et dernier pigeon à l'abord du lac Ontario. L'expérience serait de faible importance, mais il eût été déraisonnable de libérer le volatile plus tôt.

L'exploration ne devait rien révéler d'inhabituel jusqu'à ce que Thomas Walsh repéra de la terre fraîchement remuée. Il restait encore, en ligne droite, deux milles jusqu'au lac.

Des mottes de terre sortait un tubercule de petite taille. Il appartenait à une plante se présentant comme une liane à feuilles cordiformes.

« Je crois reconnaître une igname, se risqua le cadet Clifton.

— Ceci est tout-à-fait exact, Robert ! Voici une plante commune sous tous les tropiques et que nous trouvons pour la première fois ici. Y a-t-elle été introduite ou est-elle dans sa région naturelle ? Je ne saurais répondre à cette question !

— Est-elle seulement comestible ?

— Encore une importante question à laquelle il est mal-aisé de répondre. Cependant, la petite taille du tubercule laisse à penser que nous ne sommes pas en présence des ignames apportées et dispersées dans les colonies des Portugais ou des Espagnols. »

L'adolescent emporta prestement les petits tubercules déterrés par quelque animal ; la course de l'astre solaire tirerait à sa fin dans quelques heures.

Le retour des deux explorateurs se passa comme il fut estimé. Ils furent attendus par toute la famille réunie sur le pont tournant, prévenue quelques heures plus tôt par le dernier messager ailé ; l'expérience des pigeons voyageurs avait été un succès.

De la même manière que leurs compagnons, Marc et son père ne rencontrèrent pas plus de preuve d'une présence humaine sur l'île. De la même façon, ils devaient revenir avec une nouvelle richesse. À peu de distance de la frontière entre le marais et cette succession de petits bosquets qui s'était établie sur les terrains surélevés à l'arrière de la falaise, entre la muraille et le bois des Singes, un nid d'oie bernache y avait été découvert. Précieusement, les œufs en avaient été soustraits et avaient été placés sous une cane venant d'entamer sa couvaison. Cet essai de naturalisation et de domestication ravissait Jack, sans doute, au-delà du raisonnable. Cependant, combien était-il plaisant de l'observer vouloir se charger de la future éducation de ces palmipèdes.

« Ces oies m'ont paru plus petites que les bernaches du Canada et leur plumage brunâtre de même que leur tête surlignée d'une calotte et de joues noires me laissent à penser qu'il pourrait s'agir de l'espèce inféodée aux îles havaïennes, rapporta l'ingénieur. Si tel est le cas, l'oiseau est totalement terrestre et ne sera pas enclin à effectuer de migration.

— Voici une précieuse ressource, s'enthousiasma l'Ami Tom

— Tout comme votre découverte des tubercules d'igname ! répondit *mistress* Clifton.

Le crépuscule s'annonçait déjà lorsque Flip interrompit l'allégresse générale.

« Voilà qui est très-bien ! s'écria-t-il. Hélas, cela ne nous renseigne pas sur les évènements étranges qui ont eu lieu naguère !
— L'Oncle a raison, répliqua Mrs. Clifton. Se pourrait-il seulement que notre sécurité soit menacée ?
— Je me garderais de répondre trop précipitamment à cette délicate question même si je ne le pense pas, lui répondit son époux.
— Nous avons pourtant tout fouillé dans ces marais, se désolait Marc.
— Restons raisonnablement vigilants ! Peut-être, avec le temps, aurons-nous une réponse à notre interrogation, reconnut Flip. Ce n'est pas la première fois que des phénomènes inexpliqués se sont présentés à nous ! Pourrions-nous agir autrement ?
— Voici qui est bien dit ! lança Élisa Clifton d'une voix qui se voulait convaincante. »

Fermant la marche, Mrs. Clifton resta pensive. À l'écart, elle se murmura pour elle-même :

« Il y a dans ce mystère quelque chose qui me laisse perplexe et qui ne me plaît guère. »

De la terre fraîchement remuée.

CHAPITRE XVII

L'albatros – Plan d'un bateau
Les progrès de maître Jup – Les oisons de Jack

Toujours, l'ouvrage ne manquait pas sur l'île, mais les aménagements contribuaient à y rendre la vie plus agréable. Un projet en appelant un autre, il semblait que le souvenir de la patrie des naufragés se faisait moins prégnant. Cependant, durant ce mois de juillet, à son trentième jour exactement, se produisit un évènement qui remit en cause ce constat.

Robert, d'un coup de fusil, avait légèrement blessé à la patte un albatros qui put être capturé avec quelques difficultés. Cet oiseau appartenait à ces grands voiliers dont l'envergure des ailes atteint dix pieds, leur permettant de traverser sans peine des océans comme le

Pacifique. Robert aurait bien voulu tenter d'apprivoiser l'animal, mais une telle entreprise était vouée à l'échec. Une fois la blessure guérie, la liberté ne pouvait qu'être rendue au *Diomedea exulans* appelé plus communément l'albatros hurleur.

« Je sais que les albatros adultes sont parfois tués pour être mangés, dit l'Oncle Robinson, mais le plus souvent, ce sont ses œufs ou les juvéniles que l'on consomme.

— Peut-être pourrions-nous charger cet oiseau d'une mission, proposa l'Ami Tom. En effet, si l'albatros provient d'une région habitée, il est probable qu'il y retournera une fois guéri. Attachons-lui une notice indiquant notre position, continua l'officier. »

La requête interrogea chaque membre de la colonie qui avait, peu ou prou, accepté de renoncer à l'idée de retourner en Amérique. La famille Clifton n'était attendue par personne et Flip, n'étant plus guère français ni vraiment américain, n'avait pas de parents connus. Cependant, Thomas Walsh, lui, était pleuré par sa mère, son frère et ses deux sœurs. Souvent, il se remémorait sa vie à Boston. Bien sûr, sa demande était légitime et ne pouvait souffrir un refus. D'ailleurs, que devenait ce pays entré dans une guerre fratricide, il y avait plus d'un an maintenant ?

Durant la courte convalescence de l'oiseau, une notice avait donc été préparée, protégée de l'humidité et placée dans un sac de toile attaché au cou de l'albatros. Lorsque la liberté lui fut rendue, celui-ci prit la direction de l'est et disparut derrière le Clifton-Mount.

« Il se dirige vers notre patrie, dit gravement Harry Clifton.

— Bon voyage ! lança l'Oncle.

— Oui, bon voyage et bonne chance ! ajouta l'officier qui n'attendait pas véritablement un quelconque résultat de ce messager. »

À partir de ce jour, de nombreuses discussions eurent lieu au sujet des moyens possibles pour reprendre contact avec la civilisation. Élisa Clifton était particulièrement songeuse à l'idée que de demeurer indéfiniment sur cette île cela ne sacrifiât l'avenir de ses enfants. Qu'adviendrait-il si une maladie, incurable par les ressources ou la connaissance dont les colons disposaient, s'emparait de l'un d'eux ? Il va sans dire que les inquiétudes de Mrs. Clifton étaient partagées. L'ingénieur n'était pas insensible aux remarques de son épouse, mais n'avait guère de réponse à lui apporter. Ce fut ainsi que le projet de construire un bateau en capacité de naviguer jusqu'aux îles Sandwich fut envisagé par Thomas Walsh. Ceci reçut un écho favorable de la part de l'Oncle. Hélas, lorsqu'il se fut agi de soutenir la réflexion des marins, l'ingénieur, n'étant pas marin lui-même, ne pouvait être que d'un secours limité.

En réalité, fallait-il en convenir, Harry Clifton se présentait tout-à-fait réticent à une telle entreprise qu'il jugeait par trop risquée. Cela n'était pourtant pas pour effrayer Flip ; le marin n'avait pas hésité à se jeter dans l'océan déjà grossi par les vents pour apporter son aide à une femme et ses quatre enfants en détresse ? Cependant, plus que quiconque, c'était Thomas Walsh qui se montrait peut-être le plus déterminé. Nul doute que les intentions du jeune officier poussaient le marin du *Vankouver* à s'engager dans l'aventure plus qu'il ne l'aurait fait lui-même.

« Une telle navigation ne peut s'effectuer seul, il vous faut un compagnon, dit l'Oncle à Tom.
— Seriez-vous ce compagnon ? demanda l'officier.
— Ne suis-je le plus qualifié pour vous accompagner ?

— J'en suis certain ! Mais l'entreprise est périlleuse !

— Le voyage sera long, pas moins de deux à trois semaines et une escale pourrait être nécessaire, reconnut Flip. »

Ce fut, dès lors, avec la meilleure grâce du monde que l'ingénieur seconda, autant qu'il le put, ses compagnons, mettant toute sa science à leur service.

Les cartes étaient lues attentivement, encore et toujours. Les calculs succédaient aux calculs. Des notes furent prises concernant la taille et la forme du bateau à construire ainsi que des outils pour le réaliser. Harry Clifton était souvent consulté sur les points techniques. C'était une folie que cette traversée mais nul doute qu'il s'agissait de la seule manière de reprendre contact avec leurs semblables ; le salut apporté par le passage d'un navire restait trop hypothétique.

Il n'était pas concevable d'emmener toute la famille dans ce périple. Il eût fallu un véritable navire, impossible à construire avec le peu de moyens à la disposition des colons. Il fut question de renforcer l'une des chaloupes, mais, même ainsi, l'embarcation paraissait trop fragile. Aucune solution ne satisfaisait pleinement les deux marins. En somme, le projet demeurait à l'état embryonnaire. Cependant, les deux marins ne désarmaient pas même si la solution persistait à leur échapper.

Les récoltes arrivèrent et les réserves s'accrurent de pommes de terre, de maïs et de blé. Comme prévu par Harry Clifton, c'étaient cinq boisseaux de cette précieuse céréale, soit près de six cent cinquante mille grains, qui furent mesurés. L'Oncle exultait.

« Nous mettrons une quantité de réserve et sèmerons le restant, dit l'ingénieur. Si la prochaine récolte donne le même rendement, ce n'est pas moins de quatre mille boisseaux que nous récolterons.

— Nous mangerons du pain ? demanda Belle.

— Oui ! du vrai pain ! assura le père.

— Nous aurons besoin d'un moulin, remarqua Flip.

— Nous le construirons ! répondit Harry Clifton. »

Les enfants tout comme Mrs. Clifton se mirent à spéculer sur cet avenir prometteur.

L'année 1862 était entrée dans son quatrième trimestre et le répit accordé par les travaux agricoles permit aux colons de juger de l'avancée de leur ouvrage mais aussi de considérer ce qui leur manquait. La tâche paraissait incommensurable. Pourtant, que n'avaient-ils pas déjà réalisé de leurs seules mains ? Ce n'était pas seulement une solide maison capable de résister aux plus fortes tempêtes qui avait surgi de terre, mais tout un domaine agricole tout peuplé de ses habitants. Rien ne semblait manquer aux laborieux insulaires si ce n'est une relation avec les lointains États-Unis.

« Notre île pourrait très-sérieusement servir de point de relâche pour les navires américains, déclara Thomas Walsh. Bien qu'elle ne représente que la moitié de la surface d'Oahu, abritant le port d'Honolulu, plusieurs centaines de familles seraient à même de mettre en valeur ce petit rocher émergeant des eaux du Pacifique nord.

— Au demeurant, il n'est pas impossible que la qualité de *Terra nullius* de ce petit mont volcanique puisse susciter un intérêt de taille pour notre glorieuse nation naissante, suggéra Harry Clifton. Aujourd'hui, le dévolu des appétits de la Russie, de la Grande-

Bretagne et de la France sur le royaume d'Havaï se heurte à l'implantation des États-Unis sur les îles Sandwich.

— Verra-t-on véritablement des hordes de marins déferler sur cette terre bientôt ravagée de toutes parts pour devenir un simple rocher stérile ? questionna dubitativement son épouse.

— En réalité, je ne saurais le dire et je ne le souhaite absolument pas, répondit l'ingénieur. Je pense que le royaume havaïen restera indubitablement la clef du Pacifique nord. »

Au sujet du voyage vers l'archipel des Sandwich, les deux marins arrêtèrent leur décision sur la construction d'un bateau digne de ce nom. L'ingénieur leur apportait son aide autant que possible en dépit de sa grande inquiétude. Ce n'était pas tant qu'il ne souhaitait pas revenir dans sa patrie, mais plus qu'il estimait, à raison, l'aventure excessivement périlleuse. Il redoutait, et n'était pas le seul, de perdre deux amis qui s'engageaient dans une quête probablement vaine ou, du moins, présentant bien peu de chance de réussite. Rien ne justifiait un tel sacrifice. Mais comme Flip ou Tom s'étaient mis en tête de construire ce bateau, tous deux n'auraient de cesse de construire ladite embarcation. De guerre lasse, l'ingénieur mit tout son zèle à la construire de la meilleure façon qu'elle eût pu l'être.

Harry Clifton possédait pourtant de solides connaissances en construction navale et avait aidé au tracé du gabarit, bien servi par les deux marins qui s'y entendaient dans la pratique du métier. Ainsi, avec une quille de trente-cinq pieds et neuf de bau, le bateau ne devait pas tirer plus de six pieds assurant, néanmoins, une résistance à la dérive. Il fut prévu de le ponter sur toute sa longueur, deux écoutilles offrant, chacune, accès à une chambre distincte. Les bordages devaient être posés à francs bords, affleurant au lieu de se superposer et la membrure, appliquée à chaud, suivant l'ajustement de ces bordages montés sur faux-couples. Tout comme la chaloupe du *Vankouver*, le sapin fut le bois retenu. Certes, s'agissait-il d'un bois quelque peu *fendif*, comme le disent les charpentiers, mais aussi est-il facile à travailler et supporte-t-il l'immersion dans l'eau. Pour finir, ce bateau serait gréé en sloop avec brigantine, trinquette, fortune, flèche et foc. Ainsi, cette voilure très-maniable devait-elle bien amener en cas de grain et serait-elle appropriée à tenir l'allure au plus près.

« Le retour à la belle saison n'aura pas lieu avant six mois, dit l'Ami Tom. Nous pourrions commencer dès aujourd'hui ce chantier.

— Nous assurerons autant de tâches communes que possible, assura l'Oncle Robinson.

— Il conviendra de prendre le temps de réaliser la construction dans les règles de l'art, car une défectuosité pourrait avoir de graves conséquences, rappela l'ingénieur.

— Peut-être pourrions-nous également participer à ce chantier ? demandèrent Marc et Robert.

— Ce serait particulièrement instructif, répondit le père s'engageant pleinement, lui et sa famille, dans ce projet collectif. Pour toi aussi, Jack ! ajouta-t-il en voyant son fils n'osant réclamer sa place dans l'ouvrage.

— Chacun sera le bienvenu ! lança l'officier. Ne serait-ce que pour nous réconforter de sa présence. Les amis ne sauraient être une gêne ! »

Vint l'époque de transplanter les sujets qui devaient constituer le verger du domaine. Les divers déplacements que cela devait occasionner devenaient une parfaite aubaine pour trouver, dans les parties des bois les plus proches d'Élise-House, les nombreux arbres que la construction du bateau réclamerait. Il n'était plus temps de monter une nouvelle exploration du reste de l'île ; alentour du lac Ontario se trouvait tout ce dont les marins auraient besoin.

Au sujet de la mystérieuse ombre rodant dans les buissons de la Serpentine-River, il n'en fut plus question. Bien sûr, ce n'était pas parce que ce qu'avait cru distinguer Marc fût remis en cause, mais parce qu'il était proprement impossible de découvrir précisément ce qui avait, non seulement, ébranlé les herbes de la rive, mais, tout autant, provoqué la plus grande excitation de Fido. La vigilance, de circonstance, s'était, d'ailleurs, relâchée peu à peu.

« Si homme il y a, il ne représente guère de menace ! rappelait Tom »

L'officier était largement soutenu par l'Oncle qui pensait bien qu'il devait s'agir d'un ancien congénère de son cher maître Jup, ce singe-là s'étant aventuré un peu trop loin de sa forêt natale.

« Peut-être qu'avant peu, nous aurons deux compagnons quadrumanes, disait-il en plaisantant à peine plus que cela. Pour peu que ce soit une compagne, nous verrons, alors, la population des colons de notre île croître ! Pensez-vous, monsieur Clifton que les orangs soient prolifiques ?

— Ces singes seraient presque nos anciens cousins ! Imaginez, l'Oncle, que leur gestation dure neuf mois tout comme l'espèce humaine, expliqua l'ingénieur. En outre, si l'on songe que la femelle donne naissance à un seul petit qui l'accompagnera durant plusieurs années, l'on imagine sans peine combien les naissances sont rares, si espacées dans le temps. Ceci, sans compter que ces simiens ne peuvent avoir de progéniture qu'au terme d'une dizaine d'années.

— Voyez notre pauvre Oncle bien désappointé, dit alors Élisa Clifton délicatement railleuse. Je ne doute pas que vous eussiez été un maître attentif pour le jeune singe qui serait né de cette belle idylle. Vous avez été capable de véritables miracles avec notre Jup. Vous n'imaginez pas combien de fois je le considère moins comme un animal dans son âme que dans son corps ! »

Depuis que l'orang était entré au service des colons, comme s'était plu à le dire de la sorte le digne Flip, maître Jup avait beaucoup appris et il semblait bien que son désir d'apprendre ne rencontrerait aucune limite. Certes, dans un premier temps, le quadrumane procédait, – cela ne faisait aucun doute –, par imitation. De cette reproduction de gestes, une indéniable dextérité lui fut acquise. La satisfaction de ses compagnons humains lui fut-elle la plus encourageante émulation ? Dans tous les cas, elle conduisit le simien à perfectionner chacun de ses actes assimilés avec une célérité et une précision stupéfiantes.

À ce sujet, les tâches ménagères qui lui avaient d'abord été confiées se voyaient réalisées avec la plus grande attention. Il était troublant de le voir s'évertuer à remplir sa mission avec une assiduité que n'aurait pu suivre, sans lassitude, un enfant de l'âge de Belle.

« Pour peu, il serait possible de le croire en capacité de comprendre les notions des lois de l'hygiène, exagérait l'Oncle Robinson. »

Par la suite, accompagnant les hommes dans les travaux des champs, d'une détermination inférieure, les plantations souffrirent de la gaucherie de l'animal pourtant doté d'une force peu commune. Aussi fut-ce dans des besognes plus rustres qu'il apporta sa plus importante contribution. Il y avait un exercice dans lequel maître Jup se complaisait particulièrement. Il s'agissait de l'art de manier le marteau ; son aide fut particulièrement précieuse dans les opérations de trituage ou de concassage de même qu'au moment où il fut question de charpenterie. En effet, au cours de la construction de la nouvelle Élise-House, Flip fabriqua un lourd maillet que son aide apprit à diriger, voire à dompter. Fort gaillard, l'orang était, ainsi, affecté aux épreuves de force pour lesquelles il offrait une complaisance remarquable. Tout naturellement, il participa à l'édification du pont tournant. C'est en observant le singe frapper sans plus de raison sur des troncs ou des bûches que Thomas Walsh conçut une idée originale.

L'officier était quelque peu musicien et du sabordage du *Swift*, il n'avait pas omis de préserver sa guitare ; de cet instrument, il se montrait très-fier :

« Cette guitare de salon est de style espagnol. Son dos et ses éclisses sont en palissandre du Brésil, avec une reliure en érable, tandis que sa table est en cèdre rouge, disait-il. Elle m'a été offerte par mon père et je la juge de la meilleure facture ! »

Elle n'avait rien de plus particulièrement original que d'avoir été fabriquée par les ateliers du luthier James Ashborn de Wolcottville pour le magasin de musique *William Hall and Son* comme le spécifiait une discrète marque gravée au fer rouge sur le bois d'une lame de renfort collée à l'arrière de la jointure médiane du fond en palissandre. Cachée dans le corps de l'instrument, elle se lisait par l'ouverture de la rosace :

WILLIAM HALL & SON
239 BROADWAY
3 NEW-YORK 4341

Précieusement remisée dans un étui de bois, elle n'avait pas souffert de l'abordage de la *Maria-Stella*.

Les compagnons étaient régulièrement charmés de concerts reprenant de ces mélodies qui les rattachaient à leur patrie lointaine. *Bury me not on the lone prairie* était, sans doute, celle qui arrachait le plus de complaintes à ces hardis naufragés. Parmi les danses de marins, certaines entraînaient maître Jup, à grand renfort de percussion sur divers objets, appliqué à suivre le jeu de l'officier.

Ainsi donc, les deux oncles s'engagèrent dans une curieuse expérience. Coupant des lames de bois de différentes longueurs, elles furent maintenues ensemble à l'aide de liens, séparées les unes des autres comme le sont les barreaux d'une échelle de corde. Il s'agissait, ensuite, de les toquer à l'aide d'une simple maillochoche. Placées par ordre de taille, ces lames de bois, frappées, donnaient des sons, secs et courts, de hauteur croissante. Cette échelette n'était certes pas une invention nouvelle, mais l'instrument de carnaval, plus connu sous le nom de claquebois, présentait une rusticité se prêtant parfaitement aux capacités de l'animal. Si, dans un premier temps, la cacophonie restait de mise, les colons furent absolument surpris de constater qu'au terme de longues hésitations, le singe cherchait, non seulement à suivre le rythme des mélodies qu'il avait l'habitude d'entendre, mais qu'il choisissait à heurter des lames déterminées respectant des alternances définies.

« Ce n'est pas de la musique au sens où nous l'entendons, commenta l'ingénieur, mais je trouve que la succession des notes devient moins confuse. Convient-il de le dire, nous confinerions presque à une certaine idée de la mélodie, goguenardait-il. »

Ce n'était pas la première fois que l'ingénieur se questionnait sur l'intelligence du quadrumane. Peu après son arrivée, les colons avaient laissé l'orang apprêter Jup-Palace. Il était alors parti chercher une multitude de branchages de toutes tailles qu'il avait brisés et assemblés d'une manière qui forçait l'admiration des hommes ; les branches les plus épaisses formaient une sorte de cadre rigide et leurs ramures entrelacées supportaient une couche de nouvelles branches légères et flexibles, elles aussi, par torsion, assemblées entre elles. De la sorte, ce lit de branchages se révélait tout-à-fait confortable et n'aurait cédé en rien aux couches des colons.

« Quand l'on songe que les orangs, dans la nature, reconstituent quotidiennement leur nid, je suis véritablement confondu d'admiration, reconnaissait Mr. Clifton.

— Jup aurait tant à nous dire s'il avait l'usage de la parole, commenta Flip.

— Et sans doute, aurions-nous bien plus à apprendre ! conclut Mrs. Clifton »

Si maître Jup transportait ses compagnons dans certaines considérations philosophiques, il n'était pas le seul. Avec les naissances des oies bernaches, le jeune Jack avait trouvé un nouveau sujet d'observation. Cependant, il arriva un curieux phénomène qui retint l'attention des colons.

Dans le souci d'aider à l'éclosion des précieux anatidés, le benjamin avait soustrait les deux derniers œufs sur le point d'éclore que la cane commençait à dédaigner, ayant déjà son lot d'oisons bien vifs. Presque de manière empirique, le jeune naturaliste, sur les conseils de son père, reproduisit l'expérience de M. Réaumur qui, au milieu du XVIIIe siècle, avait proposé un procédé pour faire éclore et élever en toute saison les oiseaux domestiques par la chaleur du fumier ou du feu ordinaire. En moins de deux jours, les oisons de Jack trouvèrent la force de percer leur coquille sous le regard attentif de l'éleveur d'oiseau néophyte. Il les avait entourés de tant de soins que les jeunes oiseaux le prirent assurément pour mère. C'est ainsi que sous la douce contrainte de leurs piaillements, Jack se résolut à leur servir de parent puisqu'aucun membre de la basse-cour ne sembla vouloir les recueillir, les menaçant gravement de leur bec tandis que leurs frères et sœurs, sous la protection de la cane y avait, jalousement, élu leur place. Plus sûrement, pour l'éleveur, un indéniable désir de ne pas se séparer de ces deux animaux présidait à la crainte de les laisser à la bonne garde des volailles. Sans doute, plus âgés, les oisons de Jack eussent-ils pu s'imposer auprès de leurs congénères à la parenté plus ou moins éloignée, mais il était évident que des liens indéfectibles s'étaient noués auprès des humains, et plus spécialement auprès du benjamin Clifton plus que de tout autre colon.

Jack se résolut à leur servir de parent.

CHAPITRE XVIII

Des bouquets de fleurs – Le chantier naval
Bûcherons et forgerons – De la bière
Un rat pris au piège – L'année 1863

Progressivement, la frénésie qui dirigeait la vie quotidienne sur Flip-Island se modéra. Des tempêtes passagères annoncèrent définitivement la venue de l'automne sur ces contrées, mais cette fois-ci, les intempéries ne seraient plus à redouter.

Deux fois par semaine, selon que *mistress* Clifton préférât parcourir la lisière de la garenne pour se rendre jusqu'à la grève, au lieu où celle-ci devenait plus rocheuse, propice à abriter les bancs d'huîtres, ou selon qu'elle décidât de longer la rive gauche de la Serpentine-River jusqu'à son embouchure, s'ouvrant dans la rade foraine qui avait reçu le nom de canal Harrisson, toujours accompagnée de ses deux plus jeunes enfants, mais, le plus souvent, réunissant auprès d'elle sa famille au grand complet, oncles inclus, elle trouvait dans le prétexte de récolter quelques plantes utiles à un emploi ménager ou de renouveler le bouquet de fleurs qu'elle s'ordonnait à tenir aussi frais que possible, – afin d'offrir une âme à son foyer, disait-elle –, le plus sûr moyen de renforcer et l'esprit et le corps des êtres aimés qui l'entouraient. Que cette apparente distraction relevât de la nécessité aussi sûrement que l'est la nourriture pour l'être vivant, cela ne fit bientôt aucun doute, au point que les laborieux colons s'assuraient d'achever, ces jours-là, leurs tâches, de manière à ne pas manquer cette façon de promenade conduisant à bien des rêveries.

C'était, alors, une perambulation confinant tant à la procession qu'à la déambulation. Sans ordre apparent, seul ou par petits groupes aléatoirement constitués, s'éparpillant ou se rassemblant, d'aucuns allaient de l'avant ou revenaient sur leurs pas et s'arrêtaient pour s'entretenir de quelques questions subitement d'importance, ou plutôt de quelques idées futiles ou fugaces. La balade suivait alors son cours, traversant la prairie selon une direction prédéterminée. Les enfants essaimaient le long des sentiers tracés par les nombreux passages, mais se gardaient d'écraser inutilement une touffe d'herbe ou de déranger un empilement de pierres duquel seraient sortis de ces insectes aux formes variées et aux couleurs souvent ternes, parfois surprenantes, ou bien encore, aurait-ce été un lézard de ces espèces peu connues des continents d'Asie ou d'Amérique qui se faufilait prestement entre les pieds.

Les fusils étaient laissés au râtelier d'armes ; la règle ne souffrait aucune dérogation. Quel gibier se serait-il laissé prendre quand le cortège s'annonçait avec tant d'agitation depuis son départ du domaine ? Certes, Fido se trouvait-il entraîné, – en de rares occasions toutefois –, dans un élan propre à son instinct de chien de chasse.

Cependant, l'intelligence de l'animal se révélait le plus sûr garant de ses emportements.

D'un tempérament plus calme, maître Jup transportait, la plupart du temps, un panier, imitant, en cela, Mrs. Clifton qui plaçait dans le sien, avec délicatesse, les herbes sauvages devant constituer un bouquet nouveau. Quant à lui, le singe, avec une attachante maladresse, parvenait à saisir les herbes coriaces sans trop de dommages, mais les frêles tiges surmontées de leur corolle colorée souffraient d'être ainsi maintenues. Néanmoins, l'exercice ravissait le quadrumane et ses assemblages de fragments végétaux prenaient, de temps à autre, l'aspect de paquets d'où émanait une indescriptible poésie exotique. Quelle cause pouvait donc concourir à ces bizarres associations improbables ? Semblait-il, le sens artistique de Jup échappait à ses compagnons humains. À force de pratique était-il possible que la notion de beauté pût être partagée par les uns et par les autres ?

Malgré la saison avancée, au terme d'obstinées recherches et grâce à des trésors d'invention, les faisceaux d'herbes sauvages se trouvaient mariés avec habileté. Bien sûr, ce n'était plus un foisonnement de plantes grêles perçant les terres encore froides en sortie d'hiver, ni l'exubérance des efflorescences charmant les paysages du printemps et de l'été. Avec l'automne bien établi, était venue l'époque des infrutescences aux couleurs non moins variées. En quelque sorte, c'étaient de nouvelles fleurs qui offraient aux artistes leurs bruns pâles virant insensiblement jusqu'au noir et leurs orangés balançant entre les rouges ou les jaunes. Quant aux verts, les reproduire tous eût été un véritable désespoir pour le meilleur des peintres. Dans une profusion de formes, la généreuse nature au génie naïf sait s'employer à apparier les graciles pétales à leur robuste calice en suivant de mystérieuses lois à la diversité infinie. De la même façon, la multiplicité des différentes familles botaniques ne concourt pas moins à rendre la plus modeste herbe folle d'un digne intérêt, similaire à ces fleurs singulières faisant l'admiration des connaisseurs avertis. Sur ce point, il ne s'agit, en somme, qu'une question d'aspect ou de rareté.

Jack avait pris pour habitude de confectionner de ravissants bouquets aussi petits qu'il pouvait le faire. Un coquetier de porcelaine fine lui servait de vase et c'était à l'aide de pinces élancées qu'il soumettait sa patience à l'épreuve pour parvenir à ses fins. Par exemple, c'était parmi les stellaires, longs vers rampant au sol, qu'il sectionnait de courts rameaux. Ces derniers portaient quelques fleurs simples dont les cinq pétales blancs, échancrés, s'ouvraient en une surprenante étoile à dix rayons tandis que le calice, ouvert en cinq sépales verts, persistant depuis l'éclosion de la fleur, révélaient l'insignifiante délicatesse de ce que les botanistes appellent le périanthe. Malgré ses accents savants, ce mot plaisait beaucoup au jeune herborisateur. Il en était tout de même pour les noms des familles botaniques regroupées selon un arrangement rassurant, donnant l'illusion de percer l'ordre naturel du monde. Le jeune artiste savait s'affranchir aisément de tant de rigueur pour offrir aux formes et aux couleurs une liberté absolue selon le gré de son inspiration guidée par les plantes indomptées soutenant l'assemblage de leurs seules lignes fluettes. Tout autant, des herniaires dispensaient, par leurs épis de petites fleurs, une couleur verdâtre tirant sur le jaune par le déploiement de leurs étamines couvertes d'impalpable poussière de pollen. Puis, c'étaient des chénopodes en grappes, de fines capselles, de petites moutardes ou bien encore une ombelle de ce qui ne pouvait être réellement pris pour carotte sauvage. Au plus, pouvait-on reconnaître, enfin, un rameau de serpolet ou une branche de vermiculaire. Jamais n'y voyait-on une renoncule ou un liseron qui auraient rompu, par leur taille démesurée, l'harmonie de ce bouquet que n'eût désavoué aucun natif de Lilliput.

Mrs. Clifton, de son panier d'herboriste, accomplissait quelque prouesse à associer les banales formes aux ternes teintes des fétus des graminées avec les taches florales virant des rouges aux orangés, de ces verts brunissant ou jaunissant, de ces rares points de bleus, marin ou céleste, de ces blancs timidement colorés contrastant avec des noirs diversement délavés.

Les prairies de la côte occidentale de l'île offraient une abondance de ces fleurs que l'on prétend sauvages tant que l'horticulteur ne les a point acclimatées. Extraite de son sol natif, tel un fauve, la plante est cultivée, éduquée, élevée presque dressée, de manière à développer, ou des corolles plus grandes, ou plus intensément colorées, ou à exposer des feuilles plus larges, ou plus glabres, ou plus douces, ou à croître en taille, fortifiant sa hampe. Ici, sans fard, la beauté originelle s'appréciait dans la simplicité des cymes disposées dans des assemblages plus complexes qu'il pouvait y paraître. Dressant fièrement leurs épis, le plantain dardait son cône dense tandis que la gracieuse verveine dispensait ses infimes fleurs parcimonieusement réparties le long de ses fines tiges. Des chicorées, des pissenlits, des chardons, des centaurées, des marguerites ou de méprisables séneçons entraient dans cette vaste famille des composées à l'organe floral consistant en la réunion de minuscules fleurs formant un capitule tout entouré de son involucre. De ces fausses fleurs, raffinement suprême, le corymbe, par le plateau que constitue son inflorescence, attirait une multitude d'insectes. Aussi, les achillées étaient-elles, en permanence, visitées par quelques abeilles, mouches et papillons ou encore par ces coléoptères qui se donnaient des airs de bijoux de métal précieux. Encore, des ronces, mais plus sûrement des rameaux de pommiers sauvages avaient perdu leurs rondelles de papier froissé, et de ces simples roses, transmuées en des billes grossissant insensiblement, étaient apparus des fruits charnus. À la base des ombelles d'une sorte de carotte étaient attachées de jeunes feuilles tout indentées, mais l'odeur assez détestable de la plante ne la faisait entrer qu'en faible quantité dans les bouquets. Plutôt prolifères, les graminées soutenaient, de l'infinie diversité de leurs épillets, la charpente d'une composition artistiquement rehaussée des lianes des convolvulus, de monardes, de bruyères ainsi que de nombre d'autres variétés auxquelles les colons accordèrent communément un nom d'espèce de leur connaissance, mais qui n'étaient que des représentants tout-à-fait éloignés des plantes américaines, asiatiques ou européennes dont il était fait mention. Au surplus, soit que Mrs. Clifton répugnât à dilapider les ressources du jardin des simples, du potager ou du verger, soit qu'il fallût parcourir de trop longues distances afin d'aller chercher les fleurs là où elles croissaient, les plus beaux joyaux botaniques insulaires ne figuraient que rarement dans les œuvres éphémères de la poétesse. Qu'importait-il ! C'était cette rareté, justement, qui faisait le précieux de l'ouvrage tout autant que le souvenir de la quête dont était porteur chaque fétu ou chaque rameau, même le plus commun. Ces bouquets prolongeaient durablement les promenades.

Après les ultimes travaux agricoles, les hommes entreprirent les premiers préparatifs du projet qui tenait, plus que jamais, au cœur des deux marins. La construction d'un bateau ne manquerait pas d'apporter son lot d'exigences. Depuis le bois des Singes, mais surtout depuis la forêt des Érables établie entre la rive occidentale du lac Ontario et les contreforts du Clifton-Mount, les excursions des mois précédents avaient déjà permis de déterminer certaines voies plus praticables au regard du peu de moyens dont disposaient les colons pour convoyer tant les sapins qui devaient entrer largement dans la construction du gréement que d'autres espèces, au bois comparable à celui du chêne, plus indiqué pour la fabrication de pièces de charpente particulières.

Bientôt, divers arbres, judicieusement choisis, furent abattus et débités. La plus grande partie du travail se faisait sur place permettant, ainsi, de limiter, autant qu'il était possible de le faire, les contraintes liées au transport des madriers, bastaings, chevrons ou planches qui recevraient, en fonction de leur destination définitive dans la construction de la coque, de nouveaux noms plus conformes aux usages de la charpenterie de marine. Cependant, il faudrait attendre que les bois courbants fussent assemblés pour que le brion de l'étrave ou le marsoin de la quille prennent réellement leur appellation. Il en serait de même pour les éléments des couples : le genou ou la varangue.

La saison était propice à cette besogne de bûcheronnage et la clémence des éléments fut particulièrement mise à profit. Rapidement, il ne fut de journées au cours desquelles, à Élise-House, les charpentiers n'aient pu rapporter plusieurs pièces de bois.

Dès le mois de décembre, des planches s'alignaient au sud de la falaise, sur la grève, C'était à cet endroit qu'un chantier naval serait installé ; à proximité du rivage, protégé des vents les plus violents par le trait de côte et les premiers reliefs de la muraille rocheuse. Il ne pouvait se trouver de lieu mieux disposé. Un abri devait être dressé contre l'escarpement. Ainsi, il n'aurait pas été nécessaire de transporter quotidiennement, depuis le domaine, les lourds outils tandis qu'un auvent permettrait de ne pas soumettre les assemblages les plus complexes aux intempéries.

Déjà, pouvait se deviner la quille de trente-cinq pieds. L'étambot, à l'arrière, et l'étrave, à l'avant, attendraient encore quelque temps avant de pouvoir être fixés. Malgré sa petite taille, la barque réclamait déjà une quantité considérable de bois et il fallait bien toute la détermination des deux marins, secondés par celle de leurs compagnons, pour poursuivre l'ambitieux projet. Assurément, il faudrait encore compter de nombreuses semaines de labeur pour le faire aboutir.

Souvent, les garçons, avant de partir en chasse, ou en en revenant, se rendaient sur le chantier afin d'observer de quelle façon cette charpente s'agençait. Dans la brume, la silhouette squelettique de la quille et des couples, telle une carcasse de cétacé échouée de longue date, se donnait des airs de relique monstrueuse de quelque jeune animal marin antédiluvien.

L'ingénieur travaillait aussi souvent qu'il le pouvait avec ses deux amis. Avant peu, la mauvaise saison ne manquerait pas d'établir durablement ses quartiers d'hiver. Immanquablement, le chantier aurait à subir de nombreux retards. Pour autant, les deux marins n'avaient pas à s'inquiéter de la période d'hivernage qui s'annonçait ; elle aurait pour conséquence de les contraindre, si ce n'est à un repos complet, du moins à se ménager du fait du ralentissement de leur ouvrage. Quelques travaux de forge s'imposèrent tant pour le chantier que pour fabriquer des outils manquant encore à Élise-House. Le grand four fut à nouveau apprêté, mais cette fois-ci, l'imposant soufflet avait été placé sous le foyer alimenté au moyen du charbon de bois dont les réserves avaient été reconstituées. Diverses pièces de métal, en provenance du *Swift*, furent sacrifiées.

.

« L'on prétend que même le meilleur outil finit en clous ; voici que nos clous renaissent en outils ! claironna l'Oncle Robinson assez fier, à raison, de sa trouvaille digne de la plus juste sagesse populaire.

— Vous voici devenus, résolument, d'honorables forgerons, répondit Harry Clifton charmé de voir ses propres enfants s'engager dans cet art difficile, mais, présentement, totalement indispensable. »

À la forge, ce fut alors de véritables joutes au cours desquelles il aurait été mal-aisé de désigner un meilleur compétiteur et d'attribuer une unique couronne de laurier.

Quotidiennement, les deux marins commandaient qu'une part de la besogne ménagère leur fût dévolue. Ainsi l'organisation du domaine n'eut jamais à pâtir de la construction du bateau. Bien sûr, le travail de la terre réclamait encore des bras vigoureux et ni Flip ni Tom n'étaient absents de ces épreuves. Les amis ne manquaient jamais de prêter main forte aux besoins de la colonie.

Ce fut au cours de cette fin d'année que l'ingénieur voulut réaliser de la bière. Tout d'abord, il lui fallait obtenir du malt d'orge ; pour ce faire, il mit à tremper une certaine quantité de grain qui, une fois imbibée, fut placée dans un récipient, sur une épaisseur de huit pouces, afin de faire débuter la germination. Trois jours plus tard, chaque grain présentait une petite pointe blanche perçant l'écorce. Cette étape était surveillée attentivement, car il n'aurait fallu que quelques jours supplémentaires pour que la pointe ne se transformât en plumule, – signe d'un processus trop avancé. Il était temps de dessécher ces grains avant de pratiquer le maltage consistant à chauffer l'orge de manière à provoquer sa dessication ainsi qu'une légère torréfaction. Enfin, ces grains devaient encore être dégermés. Ainsi, vingt livres de malt furent moulues grossièrement et incorporées dans le volume d'un petit fût d'eau tiède versé dans la grande marmite du *Swift*. La marmite, replacée au dessus du foyer, nécessita d'être bien couverte afin d'éviter que la fumée de bois ne communiquât son odeur âcre à la décoction. Celle-ci fut remise doucement et longuement en chauffe jusqu'à atteindre une température proche de cent quatre-vingts degrés Fahrenheit correspondant au moment où de denses volutes de vapeurs émanaient du liquide. C'était, alors, le moment de filtrer ces trempes afin de séparer la fraction liquide, – le moût –, de la fraction solide, – les drêches. Le moût réservé, les drêches furent rincées avec un demi-volume, du même petit fût, d'eau très-chaude. Le liquide, alors recueilli, incorporé au moût, donna pour résultat une liqueur dont l'odeur était des plus avenantes. Cette infusion, de nouveau chauffée jusqu'à ébullition, durant une heure, avec du myrte cueilli dans le marais du Salut, – le houblon faisant défaut sur l'île –, fut transvasée dans une grande barrique plusieurs fois lavée à l'eau claire et bien recouverte. Le lendemain, un levain formé au moyen d'une boule de farine d'orge que l'ingénieur surveillait depuis plusieurs jours, put être introduit dans le liquide encore tiède. Rapidement, de la barrique, dont le trou de bonde était garni d'un linge propre, un gaz odoriférant, bien odorant, s'échappait, signifiant que la fermentation souhaitée était en cours. En une semaine, elle sembla presque achevée. Le liquide, décanté, rejoignit alors un nouveau tonneau, plus petit, bonde scellée, et placé au frais dans la grotte. Les ferments continueraient leur ouvrage produisant encore une faible quantité de gaz carbonique. Emprisonné dans le tonneau, intimement dissous dans la boisson, ce dernier permettrait à la bière de pétiller au moment de la servir. Il devint rapidement possible de commencer à boire ce breuvage qui fut déclaré excellent, supérieur même à cette boisson nommée *spring-beer* que les colons élaboraient depuis leur premier hiver sur Flip-Island.

« Nous pourrons recommencer ces opérations autant de fois que nécessaire, dit Harry Clifton. Ainsi, cette bière deviendra notre pain liquide.

— C'est une boisson éminemment hygiénique, fit remarquer Thomas Walsh. Très-rafraîchissante par l'eau qu'elle contient, nourrissante du fait de ses substances nutritives, reconstituante sans que l'alcool soit en quantité trop forte pour amener des troubles physiologiques. La bière est reconnue pour ses vertus apéritives et digestives. »

L'année 1862 allait donc s'achever. Dorénavant, rien ne semblait inquiéter les membres de la petite communauté. Pourtant, un an, jour pour jour, après l'évènement qui avait coûté une mâchelière à Flip, ce 29 décembre-ci, un rat avait été capturé dans un piège, dans une nasse tout exprès construite peu de jours auparavant. En effet, de petites crottes caractéristiques avaient été retrouvées dans un coin sombre du poulailler.

La découverte ne laissait de rendre perplexe l'ingénieur :

« Il doit nécessairement s'agir de rats qui ont pu échapper au sabordage du *Swift*, conjectura l'Oncle Tom.
— Ils auront donc traversé toute la longueur de l'île, d'est en ouest, comme s'ils avaient été guidés jusqu'à Élise-House ! C'est à ne pas croire ! s'exclama Flip.
— La question n'est pas tant que ces animaux aient eu les capacités physiques de réaliser ce périple. Le prodige est que ces ratidés soient, non seulement, parvenus à braver d'innombrables dangers, mais surtout qu'ils aient, en si peu de temps, immanquablement, renforcé leurs rangs par leur progéniture, se navra Harry Clifton.
— Pensez-vous, mon bon ami, que ces animaux aient absolument envahi notre île ? questionna Mrs. Clifton.
— Ces animaux étaient, jusqu'alors, absents de Flip-Island, en conséquence, hormis les chacals, dont la meute s'est établie dans les confins de la forêt centrale et dans le Bois-Robert, ils n'ont eu et n'auront que peu de prédateurs.
— Craignez-vous les grandes déprédations qu'ont pu connaître ces îles servant d'escale aux navires de la marine marchande ? s'inquiéta Thomas Walsh.
— Il n'est pas possible de l'exclure !

— Peut-être, pourrons-nous placer de nombreuses nasses chargées d'appâts un peu partout dans le domaine de même que vers la garenne ou autour du lac. Ainsi, nous ne tuerons pas inutilement les habituels résidents de l'île et limiterons les méfaits de ces envahisseurs, proposa Marc.

— Cela serait une excellente idée ! s'écria Robert déjà enthousiaste à s'employer à un nouveau type de chasse.

— Nous sommes responsables d'avoir, à notre insu, il est vrai, permis à ces rongeurs de coloniser un monde nouveau qu'ils détruiraient à coup sûr, déclara l'Oncle Flip. À notre charge de réparer notre erreur.

— Je trouve ces rats bien à l'image de notre propre espèce humaine, commenta Mrs. Clifton. Nous aussi investissons de grands espaces, nous les accaparant pour les mettre en valeur selon nos désirs et nos besoins insatiables. Nous les *colonisons* comme il est d'usage de le dire ! »

La réplique de *mistress* Clifton, n'attendait guère de réponse ; elle était l'expression de cette juste sincérité qui n'a jamais l'heur de plaire à tous. Cependant, ici, sur l'île Crespo, nul n'aurait trouvé à la contredire. Aussi, dix ou douze nasses seraient-elles bientôt assemblées et disposées en divers points du domaine et d'autres encore, judicieusement placées autour du lac.

« Avec autant de pièges, il nous sera permis d'empêcher ces indésirables voleurs d'œufs de commettre leurs méfaits, triompha Robert. Ils seront bien punis de leur gourmandise !

— Certainement, nous est-il important de préserver les nids des oiseaux du lac, mais les rats sont-ils véritablement si gourmands que cela ? commenta son frère Jack. Eux aussi cherchent à se nourrir ! »

Cette remarque très-étrange laissa perplexe chacun des colons. Évidemment, elle n'était pas dénuée de fondement. Mrs. Clifton dit, après un temps de réflexion :

« On ne saurait attribuer ce caractère d'avidité insatiable, qui est plus le propre de l'homme que celui des animaux, dans le cas précis des rats qui sont tout autant naufragés que nous-mêmes. Cependant, avant peu, ils deviendraient bien maîtres de l'île.

— Notre île est encore assez grande, mais je crains que ces créatures ne parviennent à la ruiner par leur nombre croissant, compléta l'ingénieur. Certaines terres nouvellement colonisées souffrent précisément de leur présence.

— Je ne contredis pas ce fait, répondit Jack. Je pense seulement que nous ne pouvons pas attacher nos propres sentiments et intentions aux agissements des animaux. »

Le jeune garçon, le visage rougi par l'émotion fut félicité par tous. Ce serait sans haine ni remord qu'il conviendrait de circonscrire la question des rats.

Les derniers jours de l'année furent consacrés au repos. Ils seraient propices à quelques spéculations sur l'avenir. Que de chemin parcouru dans l'établissement de la colonie ! Il s'imposait une évidence ; il restait tant à faire… Cela n'entacha guère l'opiniâtreté de chacun, engagé dans l'entreprise collective.

L'ultime journée de l'année allait céder sa place à la première de l'année suivante. Thomas Walsh se mit alors à fredonner la chanson patriotique, *My Country, 'Tis of Thee*, – encore plus connue sous le nom d'*America* –. La mélodie de l'hymne britannique, *God save the King*, supportait le refrain et ses nombreux couplets, mais seuls les premiers restaient dans la mémoire des naufragés. Les colons eurent une pensée pour leur patrie dont ils ne pouvaient savoir quelle issue avait pris la guerre ayant déchiré leur pays.

L'ingénieur voulut réaliser de la bière.

CHAPITRE XIX

Construction du bateau – Le moulin à vent
Accroissement du troupeau – Foulage de la laine

C'était sans précipitation que la construction du bateau se poursuivait. Déjà, le plan initial avait dû subir diverses modifications consécutivement aux observations des deux marins. Harry Clifton n'accordait toujours pas le même entrain que ses deux amis à la réalisation de ce projet. À mesure du temps, il doutait que l'embarcation eût pu soutenir le trajet pour lequel elle était dévolue. Plus, sans se permettre de contester les qualités de navigateur des deux oncles, il craignait qu'un mauvais vent les eût éloignés de leur route au point de leur interdire toute possibilité de retour ou de retraite. Tant de fois s'ouvrit-il à ce sujet auprès de ses amis, pensant les infléchir dans leur décision.

« Qu'adviendrait-il si une avarie réduisait votre entreprise à néant ? demanda l'ingénieur.

— Je comprends vos craintes, monsieur, répondit l'Oncle. Nous rapprocherons les couples afin de renforcer la solidité de la coque.

— La forêt ne devrait pas souffrir de nous donner quelques arbres de plus, enchérit l'officier comme pour clore une discussion qu'il ne souhaitait pas argumenter.

— Ce sont deux marins expérimentés qui piloteront ce bateau, rassura Flip.

— Et ce sont deux amis très-chers que je ne serai pas seul à redouter de perdre ! finit par dire Harry Clifton se rendant à la raison des deux hommes. »

Les couples s'alignaient les uns à côté des autres, le long de la grève. Une telle charpente exigeait des bois tors que les charpentiers recherchaient avec la plus grande attention. Souvent Marc et son père accompagnaient Tom et Flip pour abattre les arbres choisis et les convoyer vers le chantier. Mais, le plus souvent encore, c'était Robert qui participait à la construction du bateau. Son père agréait largement l'intérêt de son fils cadet pour ce projet. Cela lui permit de lui enseigner de nombreuses notions de mathématiques et de physique. Robert montrait de réelles dispositions dans ces disciplines, ce qui faisait la fierté de l'ingénieur. Ce dernier se prenait à penser que son fils aurait pu se montrer digne d'être admis dans l'une des excellentes écoles que compte Boston.

Le mois de janvier se montra abondant en coups de vent et tempêtes. Ceci avait pour conséquence de modérer grandement les ardeurs des deux marins dans leur travail. Mais, loin de s'en montrer fâchés, ceux-ci profitaient de leur retraite imposée à Élise-House pour recouvrer leurs forces et participer aux activités domestiques. La nouvelle demeure soutenait admirablement bien les bourrasques les plus redoutables. L'Oncle, d'habitude modeste et réservé, ne tarissait pas d'éloges au sujet du nouveau poêle dont il était l'artisan. Il est vrai que le premier, encore présent dans la grotte, lui avait causé bien de la peine pour un résultat qui l'avait déçu plus d'une fois. Les vents du sud-ouest avaient, du fait du conduit de cheminée construit avec des moyens de fortune, la déplaisante tendance à faire fumer le premier poêle d'argile. Alors que ce jour, c'était un ouragan qui passait sur l'île.

« Qu'il est bon de pouvoir se chauffer sans être enfumés comme des jambons ! dit l'Oncle Robinson.
— C'est que cette cheminée a été conçue dans les règles de l'art, complimenta Élisa Clifton. »

Plus large et mieux agencé, ce fourneau supportait sans peine la plus grande des marmites récupérées sur le *Swift*.

Maître Jup ne goûtait guère cette mauvaise période et se retrouvait, alors, plutôt dans la chaumière, où une couche lui avait été réservée dans un coin de la salle, que dans sa cabane de branchage : Jup-Palace, ainsi nommée par les enfants, pourtant convenablement abritée au pied de la falaise.

« Il semble que notre ami soit quelque peu timoré, railla Jack, toujours prompt à s'amuser avec l'orang qui lui rendait bien cette amitié. »

Le singe s'était accoutumé à sortir de Jup-Palace au lever du jour et à aider les colons à la préparation du premier repas, puis à remplir quelques tâches ménagères. Il suivait, le plus souvent, l'Oncle

Robinson qu'il considérait comme un maître naturel, mais rendait indifféremment service à qui lui demandait assistance.

Ce fut durant ces longues semaines où le chantier naval était à l'arrêt que l'ingénieur présenta un nouveau projet. Il s'agissait d'édifier un moulin à vent. En effet, selon la dernière estimation, la prochaine récolte de blé devait pouvoir fournir suffisamment de grain pour le moudre en farine et en faire du pain. Or, le petit moulin à gruau, ne rendant qu'un mauvais service, ne pourrait s'acquitter de cette besogne. Il fut ainsi décidé que ce moulin à vent serait établi au niveau de la garenne ; le vent ne manquant pas sur cette partie de l'île exposée aux brises du large.

Certains bois de charpente pouvaient, d'emblée, être réservés pour concevoir la cage ainsi que le mécanisme de ce bâtiment à la machinerie complexe. Les meules seraient constituées de la même roche volcanique que celles du moulin manuel ; il conviendrait d'aller les chercher à la crique de l'Ami Tom. Les ailes seraient entoilées grâce à la voilure du *Swift*. L'emplacement choisi et les plans dessinés, une lourde armature maintiendrait, alors, le pivot autour duquel la cage tournerait, entraînant, de ce fait, le mécanisme suivant la direction du vent.

« Ce moulin sera du plus bel effet ! s'enflammait l'Oncle. Et si terriblement efficace ! »

La structure fut montée rapidement. Ce fut ainsi que se dressa une tour hexagonale, couverte de bardeaux de bois et surmontée d'un toit conique. Pour la couverture, Marc et Robert s'employèrent à fabriquer, dans du pin *douglas*, les tavaillons, planchettes de bois taillées comme le seraient des ardoises. Les quatre ailes, formant chacune un châssis, furent solidement enfichées dans l'arbre de couche. Leur fixation, renforcée par des tenons de fer, déterminait un certain angle avec ce dernier. Harry Clifton agença le mécanisme constitué d'une meule gisante, fixe, et d'une meule courante, entraînée par la rotation d'un arbre vertical, lui-même mû par celle de l'arbre de couche. Les quatre enfants se montrèrent très-intéressés par le système de transmission. Jack et Robert fabriquèrent, avec leur père, la trémie, grande auge, tel un entonnoir à base carrée, qui recevrait les grains, puis les distribuerait à un auget oscillant, nommé babillard, du fait qu'il produit un tic-tac permanent, permettant de régler le débit des grains passant dans la meule courante. La dernière opération de tamisage séparant le son de la farine serait effectuée par le blutoir, meuble refermant plusieurs tamis alors dénommés bluteaux. Belle les avait confectionnés avec une extrême minutie.

Lorsque le moulin fut achevé, le mois de mars se terminait. Chaque colon avait participé à cette œuvre commune. Son inauguration ne fut pas ajournée. Cependant, l'on moulut de l'avoine, épargnant ainsi la corvée d'actionner le moulin à gruau pour préparer les prochains *porridges* que Mrs. Clifton présentait quotidiennement, accommodant à la fortune du pot ce plat rustique très-commun dans les régions rurales de l'Écosse et des pays Anglo-saxons. Pour le pain, il faudrait attendre la prochaine récolte de blé.

« Un bon vent et nous verrons notre moulin à l'œuvre, dit Marc, impatient.

— Pas trop de vent malgré tout, rétorqua son père. Il est acquis que lorsque les ailes effectuent seize tours par minute environ, la plus grande quantité de travail est produite. »

Le moulin fonctionna à la perfection ; les colons avaient tout lieu de se montrer fiers de leur ouvrage.

L'Oncle Robinson avait, à de multiples reprises, proposé d'accroître le troupeau de mouflons et surtout de chèvres dont l'effectif relativement faible ne permettait pas d'en tirer le meilleur parti. Cette proposition fut unanimement acceptée mais Harry Clifton souhaitait réaliser un piège plus solide et plus grand. De nombreuses discussions amenèrent les colons à envisager de créer un enclos sur les pentes du Clifton-Mount en reliant plusieurs arbres entre eux au moyen de jeunes baliveaux abattus, de manière à ménager, du fait de leur enchevêtrement, une clôture infranchissable. Ce corral pouvait être construit avec de faibles moyens ce qui satisfaisait grandement l'ingénieur. Les deux marins n'avaient pas leurs pareils pour fixer au moyen de cordage quelque branche que ce fût. Il convenait que ce parc fût créé en peu de jours pendant lesquels un campement serait établi à une distance raisonnable de l'enclos.

« Nous procéderons de la même façon que l'année dernière, proposa Harry Clifton. À ceci près que le corral, au contraire du fragile piège de bâches et de filets que nous avions préparé, sera permanent.

— Nous pourrons prendre plus d'animaux, se réjouit Marc.

— Certainement ! répondit le père. Avec un campement mieux organisé et un piège constitué d'éléments naturels, cela devrait permettre de moins alerter les mouflons et les chèvres.

— En effet, il est assuré qu'en laissant pénétrer une grande harde dans notre piège, notre troupeau s'accroîtra considérablement, ajouta Flip. Ainsi, nous ne nous contenterons plus de la trop faible multiplication naturelle de nos pensionnaires. »

Par conséquent, l'ingénieur, ses deux grands fils, Flip et Tom, se rendirent, premièrement, en amont du haut cours de la Serpentine-River pour arranger le corral et dresser un campement. En quatre jours la tâche était accomplie.

À l'endroit même où, l'année précédente, les premiers mouflons avaient été capturés, un large enclos se confondait dans le sous-bois. Le diamètre doublé, portait sa surface au quadruple. La disposition des clôtures était si bien orientée qu'il ne semblait pas qu'il se fût agi d'un piège. La défiance des animaux fut encore amoindrie, sur une proposition de l'Oncle qui avait convaincu ses amis de laisser fruits séchés, grain et sel pendant quelques jours, au centre du piège dont le portail était laissé ouvert.

Revenus au domaine, les hommes reprirent des forces et organisèrent la seconde partie de l'expédition, emmenant les deux chaloupes et la yole. Grands étaient les espoirs de revenir aussi chargé que le pourraient les embarcations. Élisa Clifton et Belle resteraient sur place, mais il semblait bien que cela leur convenait. Le travail ne leur manquait pas, cependant qu'elles goûteraient, toutes deux, une sérénité appréciable, Fido et Jup leur tenant compagnie.

À plusieurs reprises, Belle et sa mère se rendirent à la garenne pour rapporter les lapins pris au collet. Étape dans leur circuit, le moulin leur rappelait qu'approchait le moment où de pouvoir manger du pain récompenserait leurs labeurs.

« C'est toi qui fabriqueras le premier pain, promit sa mère. »

Et Belle de s'en retourner emplie de joie. Après tout, ce grain, cet unique germe, c'était elle qui l'avait rapporté du *Vankouver*, à son insu il est vrai. Un certain jour, au retour, elles s'arrêtèrent au chantier naval. Les couples étaient tous montés et les bordages ne tarderaient pas à être ajustés.

« Pensez-vous, mère, qu'Oncle Flip et qu'Oncle Tom partiront véritablement ? questionna Belle.

— Je ne sais pas, ma fille, répondit Mrs. Clifton. Parfois je le souhaite et souvent je le crains !

— Pourquoi prennent-ils le risque d'affronter tant de dangers ? continua Belle. Notre île est pourtant bien agréable. Je vois bien que l'Oncle Flip et que l'Ami Tom nous aiment ; ils sont de notre famille ! »

La mère s'assit sur un rocher et prit sa fille dans ses bras. Avec toute son innocence, Belle avait absolument compris que les deux marins mettaient en péril leur vie pour recouvrer la patrie tout autant que d'offrir aux enfants Clifton un avenir auprès de leurs semblables. Peut-être, l'Ami Tom avait-il à vouloir expier la mort de ses anciens compagnons quand bien même ceux-ci avaient-ils fait le choix d'une vie criminelle. Bien souvent, Élisa Clifton avait remarqué que l'officier s'isolait et regardait l'horizon sans dire un mot. Pensait-il à sa famille ou à toute autre personne ? Il ne lui appartenait pas de lui poser une question pouvant se montrer très-embarrassante. Il en est de ces secrets qu'il convient de respecter quoi qu'il en coûte !

Le soleil s'approchait de son zénith et Mrs. Clifton reprit le chemin du domaine avec sa fille.

« Cela fait cinq jours que les *hommes* sont partis. Ils ne devraient pas tarder à nous revenir, annonça Mrs. Clifton qui aimait à dénommer aussi plaisamment, ce groupe formé de la gent masculine de l'île.

— Nous leur ferons un bon repas chaud pour les réconforter, ajouta Belle.

— Qui sera grandement apprécié, confirma la mère. »

Et la journée se passa sans que l'une des embarcations fût revenue.

« Ils seront de retour dès demain, disait la mère qui, toute la journée, trouva mille occupations à l'extérieur. »

Décidément, l'absence se prolongeait et la quiétude de cette solide femme semblait s'altérer. La nuit, pour calme qu'elle fût, ne permit pas à Mrs. Clifton de résoudre ses alarmes et la sixième journée ne fut qu'une interminable attente. Absorbée dans ses réflexions, cette vaillante femme se prit à imaginer par quel moyen elle pouvait s'assurer qu'un malheur ne s'était pas abattu sur la colonie. Au matin du septième jour, elle commença à préparer une expédition de reconnaissance. Les bêtes devaient pouvoir rester deux à trois jours sans la présence des humains. Ceci ne présentait guère de difficulté et elle résolut de quitter Élise-House avec Belle, Fido et Jup. Réunir le nécessaire lui prit plus de temps qu'elle ne le pensait. Sa fille s'inquiétait de la tournure des évènements, son jeune âge ne l'empêchant nullement de raisonner comme une personne adulte. L'adversité a cette vertu de favoriser l'intelligence. Les efforts conjugués de la mère et de la fillette firent qu'au milieu de la matinée, le signal du départ était lancé. Ainsi, prévoyant de contourner par l'est le lac Ontario, en longeant autant que possible ses berges, une étrange colonne composée d'une femme entourée de sa fille et d'un singe, précédée d'un chien, s'ébranla.

Un mille était parcouru que Fido fut pris de frénésie et sembla vouloir entrer dans le lac.

« Mère ! Que se passe-t-il ? demanda, presque apeurée, la jeune fille.

— Reste ici, ma fille, ordonna sa mère. Je vais suivre Fido. »

Élisa Clifton n'était pas partie depuis plus que quelques instants que de grands cris retentirent. Sans pour autant appeler à l'aide, Belle comprit que sa mère criait pour qu'elle fût rejointe.

« Que dois-je faire ? se demanda la jeune enfant. Viens donc avec moi, Jup ! ajouta-t-elle en prenant la main de l'orang. »

L'improbable couple s'avança prudemment dans les roseaux. Belle découvrit sa mère gesticulant sur la berge et Fido aboyant. Une détonation résolut l'énigme devant laquelle Belle restait perplexe. Les trois embarcations descendaient le lac en direction d'Élise-House ; les chasseurs étaient de retour.

Les colons se retrouvèrent sur la partie de la berge du lac qui faisait face à la chaumière. Les deux canots avaient été amarrés à un mauvais appontement constitué de quelques méchants pieux enfichés dans la vase qui retenaient deux ou trois troncs placés en travers de la rive glissante. En revanche, la yole, plus légère, se révélait infiniment plus maniable.

Les animaux capturés furent rapidement emmenés à l'étable et il fut enfin possible, aux chasseurs, de conter leurs exploits.

Les espoirs placés dans le nouveau piège s'étaient vite dissipés lorsque les appâts furent retrouvés intacts. La première nuit sur place avait montré aux trappeurs qu'il serait nécessaire de procéder autrement pour capturer les quadrupèdes convoités.

« L'Oncle proposa de créer un autre petit enclos à proximité du campement, dit Harry Clifton à son épouse et à Belle, tout ouïe des évènements qui leur étaient rapportés. Ainsi, ajouta-t-il, il pouvait être possible de garder quelques jours, sans quitter les lieux, les bêtes capturées lors de la battue qui devait être prévue.

— Cela fut une décision difficile, car nous devions accepter de perdre une journée de chasse pour construire cet aménagement sans garantie de réussite pour la suite des opérations, déclara Flip.

— Ce ne fut pas la seule contrainte que nous devions accepter, reprit l'ingénieur. Il fallait encore reprendre l'entrée du corral de manière à former une série de clôtures obligeant toute bête à pénétrer dans le piège. »

Ce fut par le détail que Mrs. Clifton et sa fille apprirent que la grande battue, qui ne consistait pourtant qu'à rabattre chèvres et mouflons ne put être menée qu'au terme de la cinquième journée. Le résultat de cette chasse fut jugé bien maigre. Deux mouflons femelles et trois chèvres avaient daigné franchir l'entrée. Une seconde chasse, tentée le lendemain se révéla totalement infructueuse. Le retour fut déclaré. Plus tard, on aviserait s'il fallait reprendre l'opération.

D'un commun accord, pour cette courte expédition ne présentant aucun danger, il avait été jugé inutile d'emporter des pigeons voyageurs qui auraient bien rassuré Mrs. Clifton du retard pris par les chasseurs. L'on se jura bien que jamais ne se reproduisît pareille mésaventure.

Au regard de l'accroissement du troupeau de ces porte-laine, il devenait possible d'employer cette irremplaçable matière pour quelques usages domestiques. Tous les animaux du domaine furent tondus promptement. Il y eut alors suffisamment de laine pour envisager de la préparer de la manière la plus simple qu'il se pouvait être. Harry Clifton n'imaginait pas autrement que de l'apprêter sous forme de feutre par un foulage dont le but était d'assurer un enchevêtrement des brins de laine constituant ainsi une grossière étoffe manquant de souplesse mais conservant la chaleur. Le suint, cette graisse produite par les animaux et s'attachant à leurs poils, put être enlevé aisément au moyen de la soude dissoute dans des bains d'eau chaude. En revanche, le pilonnage qui suivit fut fastidieux. La fabrication d'un moulin à foulon aurait bien aidé les colons dans cette entreprise mais cela était-il véritablement indispensable ? Au demeurant, la laine imprégnée d'une dissolution savonneuse se prêta admirablement bien au traitement. Chacun aurait une chaude couverture pour l'hiver. L'opération produisit une solide étoffe, grossière sans doute et qui n'aurait aucune valeur dans un centre industriel d'Europe ou d'Amérique, mais dont on devait faire un extrême cas sur les marchés de l'île.

Les activités quotidiennes reprirent leur cours. Flip et Tom retournèrent sur le chantier de construction, souvent accompagnés de l'ingénieur et plus souvent encore de Robert qui s'était véritablement lié à l'officier. Jack se joignait à son frère Marc presque à chaque sortie. Mrs. Clifton et Belle organisaient avec la plus grande intelligence l'intendance de la colonie.

Lorsque le moulin fut achevé.

CHAPITRE XX

Troisième récolte de blé et premier pain de l'île
Le jeune chacal – Gréement du bateau
La question métallurgique

Il ne s'était guère passé plus de trois semaines depuis le piégeage des mouflons que le quotidien des insulaires allait être ébranlé pour leur plus grand plaisir. La saison avancée avait été très-favorable pour les céréales et notamment pour le blé. Depuis plusieurs jours, le temps incertain faisait balancer les hommes dans la décision de récolter le fruit de leur constance et de leur patience. L'Oncle qui n'avait pas son pareil, – pas même son homologue, pourtant marin aguerri –, pour prédire la moindre évolution des caprices des couches atmosphériques, l'assurait :

« Demain, nous manierons la faux ! »

Et le lendemain, il n'y eut aucun doute à ce que les blés fussent coupés. L'Oncle eut droit à de nombreuses acclamations comme s'il avait lui-même imposé à l'astre solaire de retrouver sa suprématie sur les éléments. Il se défendait de tels honneurs.

« Malgré mon âge, ma vigueur n'est pas exempte de quelques douleurs articulaires qui sont promptement réveillées par les perturbations du ciel. Je ne suis pas loin de ressentir les plus forts météores trois jours avant leur venue ! »

Au 27 avril, la troisième moisson fut faite. Dix-huit mois après que le premier et unique grain avait été semé, c'était un champ qui était récolté. La seconde récolte de cinq boisseaux en produisit, cette fois-ci, quatre mille, soit plus de cinq cents millions de grains. Plusieurs boisseaux furent, sans délai, envoyés au moulin et le premier pain fut cuit dans le four du domaine le 29 avril de l'année 1863.

Ce fut Belle qui mérita les honneurs de confectionner, levée à la levure de bière, la première miche de pain de Flip-Island. Certes, était-elle un peu compacte mais ce pain fut déclaré supérieur et la jeune fille reçut les félicitations de tous. Désormais, le pain ne manquerait plus et les récoltes de blé pourraient nourrir et les hommes et les animaux.

La construction du bateau reprit une allure plus soutenue. L'édification du moulin, puis celle du corral et enfin la chasse aux mouflons avaient réclamé la présence constante des marins qui avaient, de bonne grâce, offert leur concours à l'œuvre commune. Ainsi, le bordage qui n'était réalisé qu'à sa moitié à la fin du mois d'avril, fut achevé. Cependant, une période d'intenses pluies décida les charpentiers à s'occuper de la voilure de l'embarcation. Flip, Tom et Robert, maniant tous trois l'aiguille avec une habileté remarquable, travaillèrent si ardemment que des voiles, bordées de fortes ralingues, furent prêtes en une semaine. Les cordages du *Swift* furent, également, bien employés. Il restait encore à monter le pouliage. Certaines poulies du brick purent être employées mais d'autres durent être fabriquées au moyen d'un tour que l'ingénieur construisit tout spécialement.

Le temps devint plus clément et il put enfin être question de reprendre le chantier. C'est ainsi qu'à la fin du mois de juin, le bateau était bordé.

« Je pense que nous pourrions doubler l'intérieur de la coque par un vaigrage étanche, proposa l'Oncle à Thomas Walsh.
— Cela imposera un surcroît de travail mais la solidité du bateau s'en trouvera considérablement renforcée, approuva l'officier.
— Le bois ne manque pas et j'aime l'idée de rendre aussi solide que possible cette embarcation, répondit l'ingénieur. »

Aussi, les membrures assouplies à la vapeur d'eau, relièrent toutes les parties de la coque dans le respect des exigences des plans de l'ingénieur. Malgré le concours de Marc qui avait rejoint l'équipe des charpentiers, habituellement constituée de Flip, Tom et Robert, et souvent augmentée de l'ingénieur, ce vaigrage, paroi interne de la coque doublant imperméablement le bordage, ne put être commencé avant les nouvelles récoltes. Ce n'est que de façon intermittente que la coque et le pont furent achevés ; les coutures calfatées au moyen d'étoupes de zostères séchées, introduites à la force du maillet alors qu'un goudron, fourni en abondance par les pins, était versé bouillant sur celles-ci.

Il était souvent question de l'expédition au cours des soirées à Élise-House.

« À voir les formes du bateau, nul doute qu'il tiendra bon la mer, annonça l'officier.

— Il le faudra, dit l'ingénieur. Je redoute toujours que, partis de Flip-Island, vous ne vous retrouviez dans l'incapacité, ou d'atteindre votre but, ou de revenir à votre port d'attache.

— Nous appareillerons à la belle saison afin de ne pas avoir à essuyer de tempêtes, compléta l'Oncle.

— S'il advenait que nous vous perdions, croyez que nous ne nous en remettrions jamais, dit Mrs. Clifton.

— Se pourrait-il que nous puissions attendre de l'aide sans que vous quittiez l'île ? demanda Marc.

— Au risque de n'en avoir jamais, conclut Thomas Walsh. »

De nombreuses discussions avaient animé les colons au sujet de la nécessité de renouer le contact avec leurs semblables. Rester sur cette île revenait à accepter une mort sociale du groupe. Cependant, qu'il se fût agi de s'établir à cette condition ou de s'y affranchir, le prix de cette résolution, si différent fût-il, était aussi immense que l'océan.

À l'époque où la longueur du jour est la plus longue se produisit un évènement notable. Les trois garçons s'étaient partagés la tâche de visiter les pièges à rat quotidiennement, à tour de rôle. La plupart du temps, ils étaient vides ou bien il s'agissait de libérer quelque animal pris par erreur. Ainsi, peu après l'aube, afin de réduire les nuisances liées aux visites réitérées, le tour de garde commençait autour du lac. Ce jour-là, à la prime heure, la maisonnée retentit des cris d'effroi de *mistress* Clifton. À la vue de Jack couvert de sang, sa mère n'avait pu retenir la légitime manifestation de son épouvante. Ressaisie, elle constata que son fils était indemne de toute blessure. Maintenant que tous avaient accouru aux alarmes d'Élisa Clifton, il revenait à Jack de s'expliquer sur sa présentation.

Certes, de larges parties de ses vêtements étaient maculées de sang, mais, surtout, l'enfant tenait entre ses bras un paquet de tissu qui pouvait bien être un sac. Celui-là même qui servait à recueillir les dépouilles de rats qui, épisodiquement, se faisaient capturer. À ses pieds, Fido n'était pas moins souillé de plaques vermeilles, virant déjà au grenat et qui, sans soin, auraient résolument noirci la fourrure de l'animal au poil déjà sombre.

« Lorsque je suis allé relever les nasses autour du lac, Fido s'est élancé dans les roseaux et je l'ai suivi pour comprendre la raison de son comportement, déclara doucement Jack peut-être un peu honteux de l'état dans lequel il se présentait devant ses parents, mais sans doute plus de ce qu'il avait à dire. Fido était en prise avec un chacal qui avait dû se laisser surprendre. C'était une femelle dont un chiot s'était engagé dans le piège. Lorsque je suis arrivé, notre brave chien tenait la pauvre mère à la gorge. Elle était déjà inerte, mais j'ai pu sauver son petit que j'ai ramené dans le sac. Fido n'a cessé de le renifler ce qui explique les taches sur mes vêtements. »

Le benjamin dut reprendre son souffle tant il avait débité sa réplique à la manière d'une défense qui se devait d'être dite sans interruption et qui le serait par l'impossibilité de faire cesser son flot inextinguible de paroles. Interloqués par les circonstances de la péripétie, ni Mr. Clifton ni Mrs. Clifton n'eurent le temps d'émettre ni avis ni objection que leur jeune fils lança encore :

« Voyez comme ce chiot est déjà grand ! Voyez comme il est apeuré ! »

Jack avait entr'ouvert le sac au fond duquel apparut une petite boule de poils ras et roux, le dos tacheté de noir dont sortait une gueule armée de solides petites dents surmontée de deux grandes oreilles. Trop effrayé, l'animal semblait renifler exagérément.

« Peut-être, comme pour Jup, pourrions-nous l'adopter. Il est très-jeune ; cela ne devrait guère poser de difficulté ! »

L'intonation plus aiguë qui achevait la dernière de la phrase, presque interrogative, indiqua que Jack avait terminé sa plaidoirie et s'en remettait au jugement de ses parents. Déjà son regard questionnait l'un et l'autre.

Harry Clifton se pencha prudemment vers le sac que tenait son fils. Celui-ci immobilisait fermement le petit fauve tout en le caressant au mépris du danger. Fido avait déjà été renvoyé vers sa caisse lui servant de couche et s'y tenait calmement, respectant l'ordre ferme qu'il avait reçu.

« C'est une femelle ! ajouta Jack, avocat improvisé, jetant un ultime argument en faveur de son insolite inculpé. »

Cependant, le frêle animal n'était-il pas seulement inculpable ? Tout dans la posture du benjamin Clifton démontrait à quel point le jeune naturaliste s'était déjà attaché à ce représentant du genre *Canis*. Ce digne fils n'avait-il bravé un risque incommensurable en se plaçant face à la rage de Fido ?

« Au risque de te chagriner, je te reprocherais ton inconscience de t'être mis en danger inutilement, commenta l'ingénieur dont l'épouse l'approuvait de son regard. J'avoue que je suis tout-à-fait partagé sur la conduite à tenir au sujet de la possibilité d'adopter ce chacal. Aujourd'hui, il est jeune et paraît inoffensif, mais qu'en sera-t-il demain ? »

Jack se trouva parfaitement honteux de sa conduite irréfléchie.

« Serait-il possible d'avoir deux chiens ? Fido pourrait être le géniteur d'une portée ! tenta le benjamin. Si l'expérience échoue, nous veillerons à nous en débarrasser, dit-il d'une voix plus faible.
— Je n'ai pas connaissance d'exemple de croisement entre un chacal et un chien, mais cela n'atteste nullement de cette impossibilité ! »

Le visage de Jack s'illumina. Un signe discret de sa mère à l'adresse de son époux ne lui échappa pas.

« Alors soit ! confirma le père. Nous le garderons d'abord à l'abri de Fido et tenterons l'éducation de la femelle chacal juvénile. »

À ces mots, le jeune aventureux voulut s'élancer dans les bras de ses parents, mais s'en retint au dernier moment ; il convenait de ne pas effaroucher l'animal sauvage.

« Merci père ! Merci mère ! Merci infiniment ! »

Deux perles roulaient presque dans le visage du garçon. Elles étaient la meilleure preuve de remerciement et d'amour que pouvait offrir un enfant à ses parents.

Ainsi, la colonie allait-elle être renforcée dans son nombre par un nouveau chien encore qu'il ne fût seulement qu'un chiot âgé de trois à quatre mois. Il s'agissait, maintenant, de trouver un nom pour ce nouvel animal de compagnie.

L'Oncle Robinson se rappela fort à propos qu'en Inde, la déesse Kâli se trouvait associée à un chacal, aussi, ce nom, court, fut-il choisi avec empressement par Jack. Ce dernier s'emploierait à éduquer consciencieusement son chacal souffrant déjà de devoir rester dans son enclos ou maintenu en longe. Quant à Fido, certains signes d'animosité n'étaient guère encourageants pour l'impérative cohabitation qui devrait s'établir entre ces lointains cousins.

La construction du bateau eut encore à subir des retards. En effet, de nombreuses ferrures étaient requises et celles récupérées sur le brick, savamment remployées, passées par la forge, en vinrent à manquer.

« Allons-nous devoir sacrifier des outils trop précieux pour pouvoir continuer la construction du navire ? se désolait Flip.

— L'épave du *Swift* recèle peut-être encore quelques pièces d'acier nous permettant de pouvoir continuer le projet ? se questionna l'officier.

— Certains assemblages pourraient-ils être assujettis sans pièces métalliques ? demanda Robert qui se perdait en conjectures autant que ses amis. »

Harry Clifton eut une idée à proposer.

« À n'en pas douter, le Clifton-Mount peut nous apporter son concours, dit-il. Les roches plutoniques sont de précieux minerais de toutes natures. Il nous appartient de découvrir les gisements qui nous intéressent. Ne nous a-t-il pas déjà fourni le soufre dont nous avons fait la poudre ? »

Les paroles de l'ingénieur réconfortèrent les deux marins. Il ne fut plus question que d'organiser une expédition sur les pentes du volcan. Harry Clifton voulait, dans un premier temps, pratiquer une reconnaissance des structures géologiques de l'île sans l'aide des marins, ne souhaitant pas retarder le chantier une nouvelle fois, même si les charpentiers l'eussent quitté sans renâcler.

« Continuez votre travail, dit l'ingénieur. Il se peut bien que vous soyez appelés à l'interrompre avant peu. Je désire être accompagné de Marc qui est de force à soutenir un tel périple. Nous explorerons le mont par l'est afin de parfaire notre connaissance de l'île. Il est probable que nous trouvions un gisement de minerai de fer sur les terrains les plus anciens, vers le nord ou vers l'ouest. »

Ce fut au matin du 27 août que le père et le fils quittèrent le domaine. Convenablement équipés de façon à se défendre contre les bêtes sauvages, ils avaient emporté, en outre, pour près d'une semaine de vivres. L'intention du père était de prendre le chemin du Bois-Robert et de parcourir les contreforts du mont qui n'avaient été qu'aperçus par la côte lors de la circumnavigation de l'année précédente. L'entreprise promettait d'être éprouvante. Bien évidemment, un couple de pigeons serait emmené. Il convenait de ne pas reproduire une regrettable imprévoyance encore récente. En revanche, il aurait été déraisonnable de s'encombrer de plus de messagers.

En contournant le lac Ontario par le sud, les deux excursionnistes perdirent de vue les bâtiments d'Élise-House mais le moulin se dressait encore fièrement face à l'océan. Puis ils entrèrent dans la forêt des Érables par les voies tracées lors des travaux de bûcheronnage. En quelques milles, leurs pas les conduisirent dans des contrées qui leur étaient inconnues.

« Le terrain se montrera vite montueux, dit le père. Cependant, bien avant la fin du jour, nous devrions franchir la ligne de forêt et atteindre la succession des contreforts qui se développent à la base du mont.

— À partir de ce moment, nous serons à découvert, faiblement protégés contre les bêtes sauvages, commenta Marc. »

Des thalwegs, aucune source ne se présenta dans ces terrains plus secs. La marche s'en trouvait ainsi accélérée au mépris des fatigues imposant une halte nécessaire ; les deux hommes se contentèrent d'un frugal repas qui les réconforta malgré tout. La forêt, très-dense, résonnait parfois de cris que l'ingénieur attribuait à des canidés. Sans doute de ces chacals qui s'enhardissaient à rôder à la pointe méridionale du lac, longeant la dérivation du lac doublée, aujourd'hui, d'une puissante haie défensive et fermant la partie au sud du domaine. De cette pérégrination, il n'y eut pas de découverte augmentant les richesses des colons.

Lorsque les prospecteurs atteignirent l'extrémité de la zone forestière, il était déjà cinq heures. La question d'établir un campement s'imposa. Une excavation au milieu des roches, soutenue par un petit groupe d'arbrisseaux rabougris et décharnés en fit office. Le combustible manquait mais la lumière de la pleine lune permit de suppléer à l'absence d'un foyer pour assurer une éventuelle protection. De la viande de cabiai fumée fut accompagnée de pain, mais il fut convenu de restreindre la boisson autant que possible.

Dans la lumière déclinante de l'astre solaire, quelques brumes se parèrent de couleurs chatoyantes avant que le disque lunaire ne vînt, par une lueur froide, éclairer le paysage minéral. Ce fut une tranquille nuit interrompue sporadiquement par des hurlements lointains.

Le lendemain, dès l'aube, les ascensionnistes visitèrent les formations géologiques. Les épanchements laviques succédaient aux émergences de pouzzolanes. Parfois, un sol ferme manquait sous les pieds ou encore les coulées de lave paraissaient peu altérées. Une source fut découverte sur le flanc oriental du mont. Selon l'ingénieur, au vu du tracé du ruisseau, il pouvait correspondre aux premières eaux de la Belle-River qui se jetait dans la crique, deux lieues vers l'est. La journée s'acheva sur cette découverte et la nuit se révéla identique à la première.

Le 29 août, le paysage traversé était dominé par l'énorme gueule du volcan s'ouvrant vers le large. Les coulées de roche solidifiée paraissaient avoir été crachées depuis la veille ; luisantes parfois, toujours acérées. Parcourir la vallée des Laves, comme elle avait été dénommée, fut une épreuve. De tels terrains ne semblaient pas être en mesure de renfermer ce que recherchait Harry Clifton. Marc ne disait mot, mais il était visible qu'il souffrait. Toujours curieux d'en apprendre sur la nature géologique des contrées traversées, la fatigue commençait à avoir raison de son avidité de connaissance. Son père semblait, également, perdre confiance dans la réussite de sa quête. Au soir de cette journée, de nouveau, le paysage se mit à changer ; au loin, la forêt ceinturant le marais du Salut montrait ses frondaisons et le paysage était dominé par les hauteurs de la falaise aux Mouettes.

« Mon fils, dit Harry Clifton. Je te vois souffrir en silence et cela m'attriste de t'imposer une exploration qui me semble bien longue et peut-être inutile.

— Non, père ! Certes, mon corps est meurtri, mais l'expérience est enrichissante, répondit Marc. Ne soyez pas affligé pour moi, l'exploration de notre île impose quelques sacrifices.

— Brave enfant ! s'exclama le père prenant son fils dans les bras. Demain, ajouta-t-il, nous rechercherons la source du Creek-Jup, car l'eau commence à manquer dans nos gourdes. »

À la tombée du jour, il advint qu'un phénomène étrange se produisit. La vaste vallée des Laves s'ouvrait à l'océan et, de ce fait, l'horizon, dégagé vers le large, fit apparaître, à une lieue de la côte, une luminescence des eaux. Durant de longues heures, cette dernière ne faiblit en aucune façon, ni ne se déplaçait. L'ingénieur et son fils se perdaient en conjectures. Aidé de sa longue-vue, Harry Clifton crut distinguer un disque lumineux dans les eaux mais le mouvement de la houle rendait impossible une observation exempte de distorsions. L'objet ne pouvait être distingué nettement.

« Ce ne peut être un animal, il bougerait ! en déduisit l'ingénieur. Ce ne peut être un navire !

— Demain, au jour, nous y verrons sans doute mieux, répliqua Marc. »

Ce fut encore une nuit calme même si les cris des singes se firent entendre, le plus souvent couverts par le bruit du vent du large passant par-dessus le Clifton-Mount.

Le lendemain, l'océan, calme, ne laissait rien apparaître de ce qui aurait pu expliquer le mirage.

« Se pourrait-il qu'une anomalie géologique soit en capacité de rendre la mer phosphorescente ? À moins que ce ne fût un animal inconnu ? se questionna l'ingénieur. »

Reprenant leur route, les prospecteurs remarquèrent que les roches plutoniques changeaient d'apparence. Çà et là, des solfatares s'effusaient de crevasses ; il s'agissait de sources sulfureuses. Les obstacles imposaient de nombreux détours. Cependant, en descendant des contreforts du mont, l'ingénieur en vint à repérer un ruisseau assez conséquent. Nul doute ; c'était là la source du Creek-Jup. Les gourdes pouvaient être de nouveau remplies. Le visage de l'ingénieur s'éclaira à mesure qu'il s'avançait vers le cours d'eau.

« Qu'y a-t-il, père ? demanda Marc.
— Regarde la couleur de cette terre ! Elle est rouge ! Cela révèle la présence de fer. »

En effet, les berges de ce ruisseau, sur toute sa longueur, prenaient cette couleur vive.

« Ce n'est pas le Creek-Jup qu'il devrait s'appeler mais le Creek-Rouge, fit remarquer Marc.
— Cela est juste, néanmoins, nous continuerons de l'appeler de son premier nom proposé par l'Oncle. »

L'ingénieur rechercha aux alentours, dans ces terrains de formation ancienne, la présence de minerai. Un gisement à fleur de terre s'y trouvait. C'était un minerai très-riche en fer dont la gangue fusible permettrait d'employer un mode d'extraction nommé méthode catalane. Il ne serait pas question de construire un four ou un creuset. Une masse de charbon de bois mêlée au minerai serait mise en chauffe et, ce serait par l'emploi d'un soufflet dont le courant d'air serait dirigé au centre du monticule que le minerai serait transformé en fer. Il faudrait, bien sûr, construire des tuyaux de terre réfractaire mais le soufflet était déjà à disposition. Il était temps de rentrer.

« En partant dès maintenant, nous pouvons espérer être à Élise-House avant la nuit, annonça le père. »

Les besaces, à moitié vides, furent remplies de plusieurs échantillons. Il sembla à l'ingénieur que la route la plus courte et la moins fatigante pour s'en retourner au domaine serait d'emprunter la forêt du sud-est. Ainsi, l'une des dernières contrées inconnues de l'île serait traversée. La présence du pont enjambant la Serpentine-River serait d'un grand secours.

Pour plus praticable qu'il fût, le chemin du retour ne s'en montra pas moins éprouvant. Si Marc accusait une fatigue évidente, son père faiblissait lui aussi. Ce fut avec une satisfaction non dissimulée que les deux explorateurs rallièrent, bien avant la tombée du jour, le doux foyer qui les attendait.

Harry Clifton laissa Marc relater les détails de l'expédition et, notamment, l'étrange phénomène qui ne trouva pas plus de réponse auprès de leurs amis. Il dut être mis sur le compte de quelque évènement naturel inconnu. Il fut, ensuite, question de l'acheminement de la matière première sur le lieu de sa transformation et de la manière de la conduire.

Voyez comme ce chiot est déjà grand !

CHAPITRE XXI

La méthode catalane – Du fer à l'acier
Libération du jeune chacal
Au sujet du peuplement des animaux de l'île
Un observatoire dans les micocouliers

Dès les premiers jours de septembre, la colonie s'était tout entière, engagée dans une nouvelle entreprise. Il s'agissait de ne pas retarder la construction du bateau. Or, faute de certaines pièces de fer forgé ou d'acier, le chantier se voyait, non seulement ralenti, mais ne pourrait, tout simplement, pas être mené à son terme. Certes, la découverte de minerai de fer, condition *sine qua non* pour espérer résoudre cette difficulté, apportait une première partie de la réponse, mais il y avait encore loin du minerai : l'hématite, au métal pur.

L'ingénieur possédait cet art consommé d'expliquer les problèmes les plus ardus sous des angles qui les faisaient paraître étonnamment simples ; sous sa direction, il n'était de défi qui ne semblait impossible à relever.

« Ce minerai, très-riche en fer, est idéal pour que nous puissions en extraire le métal qui nous fait défaut. Nous pourrons, pour ce faire, employer la méthode de réduction connue sous le nom de méthode catalane. Au demeurant, je pense même pouvoir la simplifier et ne pas recourir à la construction d'un four et d'un creuset. Néanmoins, un important travail de terrassement nous attend afin de placer des canalisations qui amèneront l'air sous pression au centre de la masse de charbon et de minerai. Au surplus, le soufflet de forge devra également être approprié pour ce nouvel usage. »

Si la dépose de l'organe de soufflerie ne présentait aucune complexité, – l'ingénieur s'était toujours assuré de permettre aux appareillages construits dans l'île qu'ils pussent remplir plusieurs fonctions au moyen de peu de modifications –, il n'en serait pas de même pour creuser et construire les divers éléments de la fosse. À force de temps, il ne faisait aucun doute que les travailleurs opiniâtres parviendraient à leurs fins. Le reste de l'opération ne serait qu'une question de chimiste.

« Ainsi, les métallurgistes sont donc des chimistes qui s'ignorent, railla amicalement l'Oncle Tom. »

Harry Clifton s'engagea dans une petite explication sur les réactions chimiques qui se produiraient dans le fourneau rudimentaire.

« Lorsque le charbon de bois, disposé en couches alternées avec les couches de minerai, enflammé et sous l'action de l'air insufflé en force par le soufflet, se transforme en acide carbonique, puis en oxyde de carbone, celui-ci parvient à capturer l'oxygène du minerai de fer, c'est-à-dire de le réduire. Il en advient que l'on obtient, alors, du fer pur sous forme de loupe, expliqua l'ingénieur.

— Cependant, fit remarquer Flip, nous avons besoin d'acier et non de fer, trop malléable pour notre usage.

— Vous avez raison, mon digne ami, répondit Harry Clifton. Nous obtiendrons cet acier en donnant au fer le carbone qui lui manque pour le devenir.

— Comment procéderez-vous ? questionna Thomas Walsh.

— Tout simplement en chauffant le métal avec du charbon de bois pulvérisé dans un creuset de terre réfractaire. »

Une seconde expédition suivit. Le charbon de bois ne manquant pas, il convenait, absolument, de rapporter une quantité suffisamment conséquente de la précieuse hématite. Il était possible de remonter une partie du Creek-Jup pour s'approcher à moins à deux milles du gisement découvert la semaine précédente. Durant ce temps, la fosse avait été proprement aménagée et le soufflet conduirait, sans la moindre perte, son flux d'air au centre de la faible cuvette légèrement inclinée.

Au 6 septembre, les travaux préparatoires étant achevés, les deux chaloupes partirent le lendemain à la baie de l'Espoir. Il fut décidé, en outre, de prendre en remorque la yole qui s'avérerait être d'un emploi des plus pratiques pour convoyer le chargement de roches sur les dernières longueurs navigables du petit cours d'eau. En quelques heures, depuis le domaine, le gisement put être atteint par une heureuse conformation des terres, – une façon de route se trouvant naturellement tracée –, facilitant d'autant le travail des prospecteurs. En outre, la roche, déjà fracturée, permettait aux mineurs de n'avoir presque plus qu'à ramasser leur butin. En quelques chargements de yole, la mission fut largement remplie. Tom, Flip, Marc et son père constituèrent une ample provision de minerai qui, sans tarder, fut convoyée à Élise-House. Moins d'une semaine après, au prix de nombreux efforts, plusieurs barres de fer se trouvèrent donc forgées grâce aux outils du *Swift*.

Certaines pièces durent encore subir une cémentation.

« Cette opération a pour but d'augmenter la résistance à l'usure ainsi que la tenue à la fatigue des pièces les plus essentielles, commenta Harry Clifton. Nous compléterons encore cette intervention par une trempe dans l'huile plutôt que dans l'eau afin de ralentir la vitesse de refroidissement de la pièce et de réduire les tensions internes du métal qui pourraient amener à la création de fissures préjudiciables. Un dernier chauffage à basse température, – le revenu –, nous garantira totalement de tels effets délétères. »

Cette nouvelle frénésie autour de la forge accaparait l'attention, tant des enfants Clifton que de leur mère ; tous auraient bien volontiers voulu participer au labeur. Certes, la force nécessaire pour mener une telle tâche manquait à certains d'entre eux, mais le spectacle de ces hommes résistant à l'ardeur du foyer, se soumettant à une véritable torture du corps, perdant par chaque pore de leur peau leur précieux liquide vital qui imbibait la moindre parcelle de vêtement, frappant la masse métallique de toute la puissance de leurs muscles et de leurs marteaux pour lui donner la forme souhaitée, forçait l'admiration de ceux qui attendaient leur tour pour relayer le forgeron et de ceux qui restaient à l'écart de la fournaise.

C'est durant cette période que l'infortuné Jack eut à prendre une décision des plus graves. Depuis près de quatre mois, il s'était employé à vouloir éduquer la femelle chacal sur laquelle il avait fondé de grands espoirs. L'animal était devenu moins craintif envers son jeune maître, mais non pas envers les autres colons. Ainsi, la frêle Kâli avait pris bien des forces et de l'assurance. Mais, il était à noter que l'animal avait une réelle aversion envers l'ingénieur. Ce dernier n'était pas loin de penser qu'il ne portait pas seulement le fumet de Fido sur lui, mais que sa propre odeur était cause de l'indisposition du fauve.

« Sans doute, ce jeune chiot a-t-il vu notre chien dans toute sa fureur. Il en gardera une frayeur constante, conjectura-t-il. Moi aussi, à mon insu, je suis couvert de l'odeur de Fido et le chacal cherche à se défendre. Voyons comment Marc et Robert sont également craints de cet animal, alors que l'Oncle Flip étant plus proche de Jup n'occasionne nullement ces excessives réactions. Quant à toi Jack, tu emportes le fumet assez fort du canidé sauvage. Même tes oies tardent à venir te voir après que tu as soigné ton pensionnaire. »

Le benjamin Clifton avait bien remarqué que l'éducation du chacal ne prenait pas le tour qu'il avait imaginé. Les réactions du fauve ne lui paraissaient guère explicables autrement que comme venait de le faire son père. L'échec était d'autant plus cuisant que le jeune fils avait su éduquer ses deux oies bernaches avec une *maestria* peu commune.

Ces deux oiseaux lui étaient d'une fidélité confondante alors même qu'ils avaient su imposer leur juste place dans la basse-cour. Il en était tout autrement pour la femelle chacal.

« Demain matin, j'emmènerai Kâli, vers la garenne, déclara Jack, un soir, au cours du repas. Ce sera sa première sortie hors du domaine. À bonne distance, je la libérerai de sa longe et je verrai bien ce qu'elle fera de cette liberté !

— Mon brave enfant ! dit la mère. Que te pousse donc à agir ainsi ?

— Voyez donc comme ce chacal grogne contre père et mes deux frères dès qu'il sent leur présence ! Je m'en voudrais qu'il leur arrivât un accident regrettable. N'était-ce pas folie de ma part de croire que nous aurions des chiots de Kâli et de Fido.

— Non pas folie, mais les conditions ne se prêtaient guère à la réussite, reprit son père. Nulle leçon ne s'apprend mieux que par l'expérience. Moi aussi, je déplore que cette tentative s'achève ainsi. Néanmoins, je te félicite pour ton bon sens. Tu fais preuve d'un discernement louable ! »

Jack se trouva tout-à-fait embarrassé lorsque chaque membre de sa famille lui fit part de leurs félicitations.

« Il me faut m'ouvrir à vous d'une crainte, ajouta-t-il encore. Serait-il à redouter que ce jeune chacal, s'il retrouve les siens, ne leur inculque une bravoure nouvelle contre les humains ? Je ne me sens pas le cœur de sacrifier cet animal ! ... »

De discrètes larmes perlaient aux coins des yeux de Jack qu'il avait tout aussi discrètement essuyées.

« Ne t'alarme pas, mon fils, lui répondit Harry Clifton. Une fois de retour dans sa meute, le souvenir des quatre mois passés ici s'effacera progressivement ; cette femelle aura fort à faire pour réintégrer sa harde. »

Jack retrouva le sourire ; c'était précisément ce que recherchait son père. Ce dernier doutait quelque peu de ses allégations. La probabilité que le fauve restât avec son soigneur ou revienne plus tard à Élise-House était si faible que le mensonge s'en trouvait irréfutablement sincère. Selon l'ingénieur, en son for intérieur, incontestablement, la jeune femelle n'oublierait jamais sa captivité, ni les évènements tragiques qui avaient conduit à la mort de sa propre mère. Pour autant, en aucune façon, elle ne pourrait constituer une menace pour la colonie. C'est ainsi que le lendemain, le benjamin revint au domaine déchargé d'un lourd fardeau.

« Je n'avais pas dépassé les abords du lac que, déjà, Kâli tirait désespérément sur la longe et montrait des signes d'une agitation extrême, rapporta-t-il. Rapidement, j'ai compris que je ne pourrai la garder plus longtemps attachée et j'ai eu toutes les peines du monde pour lui enlever son licol. Peut-être me serais-je fait mordre si j'avais plus tardé à la libérer. En un instant, le chacal est parti vers la vie sauvage. »

Il n'était pas faux de dire que l'ingénieur regrettait autant que son fils que l'aventure ne pût se poursuivre pour des raisons qui leur étaient mystérieusement rebelles quelques efforts eussent-ils déployés pour infléchir le cours du destin ; il ne devait pas leur être permis de domestiquer cet animal. D'ailleurs, n'était-ce pas une incongruité absolue que des chacals se trouvassent sur l'île ? À de nombreuses reprises, l'ingénieur s'était interrogé sur la faune et la flore particulière de Flip-Island.

« Mon cher Flip, vous êtes le découvreur du premier ours qui avait élu domicile dans la grotte, rappela-t-il. Les pirates l'ont tué, ainsi que son congénère. Nonobstant, il n'avait pas plus sa place ici même que notre coq Bantam ; l'île est trop exiguë pour héberger naturellement ces animaux !

— Vous nous avez déjà évoqué la chose, monsieur, lui répondit le digne marin. Effectivement, je n'avais pas envisagé la situation aussi précisément.

— Les peuplements de chacals s'établissent depuis les contreforts des monts Balkan, s'étendent sur les terres de l'Asie mineure, de l'Arabie, de la Perse, de l'Indoustan et de l'Indochine et ils y sont cantonnés par les mers et les montagnes.

— Tout concourt, comme vous le dites être certain, à ce que ces animaux aient été délibérément transportés sur l'île Crespo, reprit l'Oncle Tom.

— Il ne s'agit pas que de ces spécimens précisément, compléta Harry Clifton. Les compagnons de maître Jup ont suivi le même chemin. Il en est de même pour nombre de races de la faune et de la flore. Vous avez remarqué que nos oiseaux ne sont pas de grands migrateurs, ni de fiers voiliers. Aurais-je à ajouter une moisson importante de nos plantes curieusement acclimatées.

— Il est bien regrettable que les céréales n'aient pas fait partie du choix de l'architecte de ces lieux, lança Marc. Voilà qui nous aurait épargné bien des tracas.

— Curieux démiurge, pour dire vrai ! constata son père. L'on croirait volontiers que ses desseins furent contrariés !

— Pour ma part, je gagerais que son jardin de simples a été envahi par une ménagerie de cirque ! railla l'Oncle Robinson.

— Vous ne croyez pas si bien dire, mon cher ami, dit l'ingénieur. Je ne douterais pas un seul instant que le fameux *Cinchona calisaya*, l'arbre fournissant l'écorce de quinquina, se trouve présentement dans un recoin de Flip-Island. Je ne suis guère qualifié pour le reconnaître formellement et il n'est pas improbable que nous ne nous soyons reposés sous ses frondaisons sans le savoir !

— Il en serait de même pour les *Cycas revoluta* qui nous ont servi leur farine durant plusieurs mois ! remarqua Robert.

— Un jour, le propriétaire des lieux viendra nous demander de rendre compte des dégâts que nous avons occasionnés dans son cher jardin, plaisanta Mrs. Clifton. Mais, nous lui ferons valoir la mise en valeur de son domaine !

« — Ainsi, mon cher Jup, serais-tu, toi aussi, le rescapé d'un naufrage ? demanda Jack au simien.

— À moins qu'il n'ait été débarqué, cargaison à destination de quelque jardin zoologique, ou par un navire en perdition, ou par des pirates, postula Thomas Walsh.

— Pensez-vous véritablement ce que vous dites, mon ami ? questionna Élisa Clifton.

— Hélas, l'Ami Tom n'a que trop raison, renchérit Flip. Nous sommes trop éloignés des routes maritimes. Par ailleurs, notre île, presque inconnue, est un lieu idéal pour quiconque jalouse la discrétion la plus extrême. »

Ce ne fut qu'avec plus d'ardeur que les deux marins rejoignirent leur chantier, convaincus de l'impérieuse nécessité de renouer le contact avec la civilisation sans préjudice de prêter leur concours à l'édification d'une charpente dans les fortes branches du bosquet de micocouliers.

Régulièrement, Robert s'installait dans ce groupe d'arbres, assis sur les basses branches pour guetter quelques gibiers. Cela lui était plus sûrement un prétexte pour s'abandonner à ses rêveries. Parfois, il était rejoint par ses frères et même sa sœur, pourtant plus prudente. Cette nouvelle nuée d'oiseaux d'une tout autre espèce prenait par trop de risque à escalader les troncs tortueux et une chute des enfants restait toujours à craindre. L'Oncle Robinson l'avait bien remarqué depuis son arrivée sur l'île ; ce bosquet se trouvait dans une position privilégiée pour observer l'horizon vers l'ouest et vers le sud. Certes, il avait été préféré de ne pas signaler la présence des naufragés à d'éventuels pirates en édifiant Élise-House un peu à l'écart de cet endroit. Cependant, une plate-forme judicieusement installée entre les ramures de plusieurs micocouliers pouvaient constituer un observatoire des plus discrets du moment où le feuillage caduc restait en place.

Une disposition particulière de divers rameaux permit d'envisager de camoufler un abri sommaire, ouvert à tous les vents mais protégeant l'observateur des pluies. Cinq ou six personnes pouvaient se tenir sans gêne sur le plancher et l'échelle pour y accéder était parfaitement invisible depuis l'océan. Les trois frères eurent tôt fait de poursuivre le travail de charpenterie de leurs oncles. Ces derniers ne devaient pas, en retour, être payés d'ingratitude, car le chantier naval reçut bientôt le renfort de trois paires de bras vigoureux armés de la meilleure volonté.

Plusieurs barres de fer se trouvèrent donc forgées.

CHAPITRE XXII

Lancement de l'*Odyssey*
Premier essai en mer – Tempête

L'aménagement du bateau poursuivit encore son cours à son train. Sur la grève, ce qui se présentait, il y a encore quelques semaines comme une carcasse d'animal marin échoué, avait pris, désormais, l'apparence d'un fier sloop prêt à affronter les caprices de l'océan. Hormis quelques aménagements restant à installer, le sloop était enfin achevé.

Le lest fut constitué par de lourds blocs de granit maçonnés entre eux par de la chaux. Un tillac recouvrit les douze mille livres de cet ouvrage. Les deux chambres prévues furent meublées, chacune, d'un coffre servant de banc ou de couchette. Les deux écoutilles étaient en capacité d'être fermées hermétiquement par un capot. Pour le mât,

Robert et Tom abattirent un jeune sapin bien droit. Son port était idéal. Il suffisait de l'équarrir et de fixer solidement la base du mât à la coque dans son emplanture en passant au travers du pont par l'étambrai. Cette ouverture s'était trouvée particulièrement renforcée. Bien menée, l'opération fut réalisé avec une facilité déconcertante. Les quelques barres de fer, obtenues naguère, durent être intelligemment employées mais les ferrures ne manquèrent ni pour la coque, ni pour le gouvernail, ni même pour le mât. Aucun des éléments constitutifs de la structure n'avait été placé sans en avoir éprouvé sa solidité. Puis, s'ajoutèrent les espars sur lesquels furent envergués les voiles et les accastillages.

« N'a-t-elle pas belle allure, notre barcasse ? s'extasiait l'Oncle Robinson qui ne se trouvait guère à court de superlatifs pour qualifier le résultat du labeur collectif.

— Maintenant que voilà notre bateau achevé, je le crois bien capable d'assurer le périple pour lequel il a été conçu, concéda l'ingénieur. Surtout s'il n'avait pas à subir de ces tempêtes qui démâtent des bâtiments autrement plus importants !

— Nous glisserons entre les coups de vent ! répartit le digne marin.

— Ne mésestimez pas la fureur des éléments, il pourrait vous en cuire ! interrompit Élisa Clifton heurtée par les propos inhabituellement arrogants de la part de Flip.

— Ce que veut dire mon ami, c'est que nous partirons de l'île à une époque favorable où le risque de croiser une tempête est restreint, défendit l'Ami Tom.

— Notre mère et nous-même craignons tant pour vous ! renchérit Marc s'étant improvisé porte-parole de sa fratrie.

— Nous nous rendrons dignes de votre affection et ne prendrons pas le moindre risque inconsidéré, répondit, alors, Flip. »

Ce fut là un mot déclenchant une effusion d'embrassades. Les deux marins auraient bientôt succombé à un étouffement, qui de Marc et de Belle enserrant Flip, qui de Jack et de Robert encerclant Tom, si l'Oncle n'avait été, enfin, renversé par maître Jup participant d'une manière un peu trop rustre à cette démonstration d'attachement.

Restait l'opération du lancement du bateau qui fut particulièrement délicate. Il eût été peu de dire que l'ingéniosité des colons se trouva mise à l'épreuve. Au moyen de rouleaux, l'embarcation fut poussée jusqu'à la limite du rivage découverte à marée basse. La besogne se révéla singulièrement fastidieuse. En effet, l'effort à fournir était considérable et, plus d'une fois, il avait bien semblé à ces forçats volontaires que l'échec serait le résultat ultime de leur labeur. Au surplus, maintenir en équilibre la coque se montra être un exercice périlleux. Enfin, sans céder au découragement, les tâcherons parvinrent à leur but. Les accores prestement placées, empêchèrent le basculement de la coque en attendant que la mer emportât l'*Odyssey*. C'était ainsi que les colons résolurent d'appeler leur sloop. Les marées étant faibles sur Flip-Island, ce ne put être qu'au moment des plus hautes eaux, aidée par l'emploi des voiles sous une douce brise du nord-est, que la coque se souleva du fond sableux de la grève.

Sur la plage, les hurrahs éclatèrent, lancés par Mr. et Mrs. Clifton, Marc, Jack et Belle, auxquels leur répondirent les trois colons à la manœuvre sur le bateau. Tous se retrouvèrent au port Deo Gratias.

L'allégresse, bien compréhensible, se lisait sur tous les visages. L'*Odyssey* fut correctement amarré par sa proue et par sa poupe à deux forts rochers. Ainsi, au gré du flot et du jusant, du flux et du reflux, le sloop resterait à l'entrée de l'embouchure de la Serpentine-River et la coque ne craindrait pas d'être endommagée quand bien même reposerait-elle sur le fond vaseux de cette partie du rivage.

Maintenant, pédestrement, aux navigateurs, il convenait de longer le rivage, de contourner la falaise et de se rendre à Élise-House. Ils furent arrêtés dans leur élan.

« Mes chers amis, prenez ceci ! dit Élisa Clifton en présentant un paquet ficelé aux marins. »

Ce fut l'Oncle qui le saisit, découvrant une fine étoffe qui se révélait être un pavillon bleu, rouge et blanc.

« Je le remets au capitaine de ce bateau, répondit Flip, tendant la bannière à demi déployée à l'Ami Tom. »

Bien que le jeune officier s'en défendît, il était le capitaine naturel pour l'expédition projetée et ce fut sous les félicitations unanimes qu'il plaça à la corne du mât de misaine le pavillon formé d'un rectangle d'un bleu affadi, placé sur le canton supérieur, et de sept bandes rouges séparées par six bandes blanches, horizontales et de même largeur. Sur le rectangle, trente-cinq étoiles blanches à cinq branches y figuraient. Il s'agissait du drapeau des États-Unis.

« Il y a une étoile de trop, fit remarquer l'officier »

En effet, depuis le 29 janvier 1861, le Kansas était devenu le trente-quatrième état des États-Unis et depuis le 4 juillet de la même année, trente-quatre étoiles, régulièrement réparties en cinq lignes horizontales étaient disposées dans le canton bleu, en deux lignes supérieures et deux lignes inférieures comportant sept étoiles et une ligne centrale en comportant six. Le drapeau, confectionné secrètement par Mrs. Clifton présentait, quant à lui, cinq lignes de sept étoiles.

« L'étoile supplémentaire représente Flip-Island, répondit la femme. Si elle n'est pas rattachée à notre patrie de fait, elle l'est de cœur. »

Ainsi, le 10 octobre 1863, ce nouveau pavillon fut salué de trois hurrahs.

Les colons avaient une grande hâte d'essayer l'*Odyssey*. Déjà, pour ce court trajet, le petit équipage avait pu juger de certaines de ses qualités. Celui-ci répondait bien. Sous vent arrière, la vitesse était satisfaisante et le sloop pouvait marcher à cinq quarts du vent. Il soutenait parfaitement la dérive, virait sans difficulté, *ayant du coup* comme cela se dit chez les marins et gagnant aussi dans son virement. Une sortie en mer fut prévue le lendemain.

Au matin du dimanche 11 octobre, l'*Odyssey* appareilla. Toute la colonie y avait embarqué. Le bateau qui devait, tout au plus, jauger quinze tonneaux avait fière allure avec sa brigantine hissée. Tom laissa de bon cœur la barre à Flip et à Robert pour lequel l'officier avait offert toute sa connaissance. Chacun eut, d'ailleurs, le loisir, selon ses dispositions de diriger le sloop qui répondait si bien que Mrs. Clifton, quelque peu émue, n'eut aucun mal à tenir le cap. Ce fut à trois ou quatre milles de la côte que le capitaine Walsh décida d'en changer et de prendre vers le sud. La côte occidentale se découvrait dans son entier développement. Le cap de l'Aîné, au nord, et le cap du Cadet, au sud, encadraient la splendide baie de Première Vue surplombée par le Clifton-Mount au sommet blanchi par quelques neiges. Les multiples couleurs du feuillage des arbres métamorphosés par la saison d'automne tranchaient sur celles des zones plus minérales.

« Notre île est magnifique ! s'écria Élisa Clifton. Rien ne nous manque !
— Elle nous a tout offert, en effet, compléta Flip. »

Elles avaient eu bien plus que de la chance, ces excellentes âmes, abandonnées sur cette terre tout-à-fait insignifiante, à peine plus qu'un point sur une carte, à peine plus qu'un rocher battu par les vagues de l'océan Pacifique. Cependant, elle faisait office d'une *île à naufragés* des plus honorables.

Les conversations allaient bon train pendant le changement de cap.

« Que pensez-vous de l'*Odyssey* ? demanda l'officier à l'ingénieur.
— Il me semble répondre comme on l'espérait, répondit Harry Clifton.
— On peut affirmer qu'il est en capacité d'entreprendre une longue traversée, déclara l'Oncle Robinson.
— Mes dignes amis, reprit Harry Clifton. Sachez que nous vous verrons partir avec les plus grandes inquiétudes dans cette expédition.
— Nous sommes conscients des dangers qui nous attendent, répondit l'officier. Mais n'est-ce pas la seule manière d'obtenir de l'aide ? »

Ce fut une nouvelle discussion au sujet de l'importance de chacun au sein de la colonie qui s'engagea. Le voyage inaugural se poursuivit jusqu'au cap aux Brisants sur une mer des plus agréables jusqu'au retour au domaine. Quant au départ pour les îles Sandwich, il n'aurait pas lieu avant quelques mois.

Cependant, la mauvaise saison s'avançait. À plusieurs reprises, l'Oncle et Tom, tantôt accompagnés de l'ingénieur ou de Marc, mais le plus souvent de Robert, étaient sortis en mer. Le bateau avait montré ses pleines qualités nautiques. Ce fut le 12 novembre qu'eut lieu la dernière sortie de l'année 1863. Au cours de ce simple cabotage l'Oncle Robinson, l'Oncle Tom et Robert eurent à essuyer un méchant grain.

Dès la veille, le vent qui courait par-dessus Flip-Island avait forci de manière modérée. Néanmoins, au matin, la mer n'était plus tout-à-fait grosse ; les conditions semblaient réunies pour soumettre le bateau à des contraintes sérieuses dans le but de vérifier la résistance des éléments essentiels de la coque. Dès lors, les éventuelles fragilités seraient repérées et pourraient être corrigées. Tout risque de rupture par grand vent serait absolument écarté.

Au départ du port Deo Gratias, en milieu de journée, le vent avait déjà commencé à fraîchir et peu s'en fallut que l'expédition ne fût ajournée. Les deux marins n'avaient pourtant pas trouvé meilleures dispositions dans ce temps qui se présentait ce jour-là. En outre, Robert les accompagnait consécutivement à son insistance obstinée. Il souhaitait ardemment devenir un marin émérite. Il voulait le démontrer et rien ne semblait pouvoir l'en dissuader.

Thomas Walsh avait résolu de suivre le cap au nord. Ainsi, le cap de l'Aîné serait rapidement doublé à bonne distance de la côte. Ensuite, il conviendrait de retourner au port d'attache. Ces ultimes essais ne devraient pas prendre plus que quelques heures.

La nature devait avoir ses caprices. En effet, si le sloop avait parcouru, sans la moindre difficulté, près d'une dizaine de milles depuis la pointe septentrionale de la côte ouest, au moment de décider le retour, le vent tourna résolument, rendant la tâche plus ardue aux marins pour retourner à terre. D'ailleurs, il fraîchissait de plus en plus et, avant peu, il était à craindre que le coup de vent devînt monstrueux.

Les deux oncles se relayaient pour parvenir à tenir le plus près. L'*Odyssey* se comporta admirablement. Le sloop fut plusieurs fois coiffé par une lame et les trois passagers eussent été certainement emportés s'ils ne s'étaient attachés au bastingage.

Robert faisait preuve d'un courage indéniable, mais ne savait comment se rendre utile sans compromettre sa sécurité ni celle de ses compagnons. Malgré l'heure, les sombres nuages qui s'étaient amoncelés depuis les plus hautes couches de l'atmosphère avaient à ce point obscurci cette partie de l'océan qu'il y faisait presque nuit en pleine journée. Pour sûr, la situation devenait des plus préoccupantes, fort heureusement, sensiblement, Flip parvenait à s'approcher de la côte. Rejoindre le cap de l'Aîné était véritablement impératif, car, à partir de cet endroit, la falaise casserait la force du vent et s'engager dans le canal Harrisson ne présenterait plus aucune difficulté.

Le temps pressait ; à changer d'amure sans cesse, grand était le risque de manquer le cap et peut-être d'y être jeté et de s'échouer.

À quelques encablures du cap de l'Aîné, l'embarcation fut, d'ailleurs, entièrement coiffée par une vague plus grosse que les autres ; elle avait bien failli submerger le bateau. Robert prêta main forte à l'Ami Tom pour briser les pavois à coups d'espar afin que l'eau embarquée pût s'écouler plus rapidement. Autrement, à la prochaine lame s'engouffrant sur le pont, le désastre eût été complet.

Grâce à cet acte salutaire les vagues suivantes perdirent leurs effets dévastateurs. Se tenant dans les bras l'un de l'autre, les deux amis se trouvaient très-occupés à résister à la force de l'eau qui les traînait sur quelques distances par-dessus le pont ruisselant d'eau. Ils ne comprirent qu'ils avaient réussi leur gageure qu'au moment où Flip hurla à travers la tempête :

« Le cap est doublé ! »

Presque soudainement, le vent perdit toute sa puissance !

Le retour au port Deo Gratias fut grandement facilité par le feu qu'avait allumé Harry Clifton sur la pointe nord de l'îlot Phoque avant que la nuit ne tombât.

Depuis les hauteurs de la falaise d'Élise-House, Marc et son père avaient remarqué, suite à la dégradation subite du temps, combien les manœuvres requéraient toute la science de l'officier, du matelot et du novice. Leur retour fut salué comme on l'imagine.

« Nous avions eu toutes les craintes du monde à vous observer, Marc et moi, installés depuis la falaise, dit Harry Clifton.
— Nous nous étions solidement attachés, rassura aussitôt Robert, honteux d'avoir causé tant d'inquiétudes à son père.
— Votre fils a fait montre d'un réel courage et je ne crains pas de dire que son instinct nous a permis d'échapper à un grand péril. »

L'officier défendait avec tant d'ardeur le cadet Clifton que le père ne se priva pas de féliciter son jeune garçon, déjà un homme, pour sa bravoure. En réalité, convient-il de le dire, des yeux de l'ingénieur se percevait une lueur particulière qui pouvait, sans conteste, s'appeler admiration. Désormais, Robert était en mesure de prétendre au rang des gens de mer.

Des liens, plus forts qu'une indéfectible amitié, unissaient les trois marins. Peut-être, plus encore, Tom et Robert avaient-ils bravé, ensemble, une épreuve périlleuse à plus d'un titre. L'un comme l'autre s'estimaient redevable, l'un à l'autre, de leur bravoure, l'un pour l'autre.

Sur le chemin du retour, Robert raconta, par le menu, chaque détail de l'aventure dont il avait conscience de l'imprudence de laquelle elle était née. Il reprendrait son récit pour sa mère, son frère Jack et sa sœur Belle.

« Je pense qu'il nous faudra attendre une saison plus clémente pour reprendre la mer, déclara Flip.
— Il est certain que le bateau a démontré toutes ses capacités pour entreprendre une grande traversée, ajouta Tom. »

Notre île est magnifique !

CHAPITRE XXIII

Préparatifs de l'expédition pour les îles Sandwich
Quelques éléments d'histoire naturelle
Considération sur l'avenir des continents et des océans
Conjectures sur la destinée de la Terre

L'*Odyssey* n'avait que peu souffert de son dernier périple. Des menues réparations, il en advint une opportunité pour procéder à des améliorations qui contentèrent d'autant l'ingénieur que la sûreté du bâtiment s'en trouvait renforcée. Les mois qui suivirent furent employés aux besogneuses tâches quotidiennes ainsi qu'à la préparation du voyage vers les îles Sandwich.

Sans précipitation, il s'agissait de constituer un avitaillement non seulement suffisant pour la traversée, mais également pour assurer la subsistance du faible équipage durant l'escale finale et, peut-être aussi, pendant d'éventuelles étapes imprévisibles.

Les fourneaux d'Élise-House se chargèrent de cuire des biscuits en quantité ; il n'était pas question de procéder à quelques cuissons sur le sloop. Aussi les céréales n'entrèrent dans la cambuse qu'en tant que réserve ultime, une fois les marins parvenus à destination. Nonobstant, il fut décidé de ne pas emporter de farine. Les grains avaient l'indéniable avantage d'occuper moins de place et de se conserver plus aisément. Un petit moulin à main fut fabriqué à partir des pierres rapportées depuis la crique de l'Ami Tom. Plus petit que le moulin manuel du domaine, il s'en trouvait plus maniable ; il n'était pas question de démunir la famille Clifton du sien. Figuraient des fruits séchés et compressés, pouvant se conserver sur un long terme, garantis que l'oxygène de l'air ne vint corrompre leur chair desséchée en pénétrant au sein même de la pulpe. De la viande, plutôt fumée que salée, garnissait de petits fûts ; une attention intransigeante était apportée au fumage des prises de chasse et de pêche. Les réserves d'eau douce devaient être limitées également. Les oncles se firent un point d'honneur à ne pas dépouiller leurs compagnons. Malgré les protestations de leurs amis, ils tenaient à ne se fournir qu'à partir des surplus des productions de l'île. Cependant, ils durent composer avec l'acharnement des enfants Clifton qui ne cessaient de leur offrir le résultat de leur labeur.

L'année 1863 prit fin et les tempêtes d'hiver furent, sans doute, les plus terribles qu'eurent connues les colons. Un certain confinement s'avéra de rigueur qui n'entama pas la constance des marins. Les instruments de navigation soigneusement réglés et les cartes marines recopiées afin de ne pas déposséder la famille Clifton de documents si précieux, l'avitaillement de l'*Odyssey*, à l'abri à l'embouchure de la Serpentine-River, commença réellement. La cambuse se révéla être bien plus vaste qu'il n'y paraissait. L'Oncle Robinson fit si bien qu'il emmagasina pour près de deux mois de vivres. Encore, l'on y embarqua de l'huile de baleine pour les lampes, quelques outils et une petite pharmacie assez bien pourvue figuraient à l'inventaire. Penserait-on que cette réserve fût aussi pleine que l'eût été un œuf ? Que nenni ! Au moment du départ, des denrées fraîches y auraient encore leur place.

Cantonnés à Élise-House durant les mois de janvier et de février, les deux marins supportaient de plus en plus difficilement d'attendre pour entamer ce voyage depuis si longtemps projeté. Tout était prétexte pour s'occuper. Robert, inséparable de l'Ami Tom, s'instruisait de tout ce qu'avait à enseigner l'officier au sujet de la navigation.

Durant cette longue préparation, un fait avait plusieurs fois était remarqué par les navigateurs. En effet, l'archipel des Sandwich s'étend sur un millier de milles marins et présente ses îles les plus hautes au sud, tandis qu'à mesure que l'on remonte vers le nord, l'altitude des terres s'abaisse au point que les reliefs montrent combien ils ont été rongés par le travail d'érosion de la mer.

« Est-il possible, comme le suggèrent certains savants, que ces montagnes émergeant depuis le fond de l'océan soient les reliefs d'un continent qui s'est effondré sous son propre poids ? se questionna Thomas Walsh auprès de l'ingénieur.

— C'est une intéressante question qui n'a pas encore trouvé, aujourd'hui, de manière indubitable et irréfutable, sa réponse, mais nul doute que la pertinacité des géologues, secondés par les plus éminents naturalistes, chimistes, physiciens ainsi que par les témoignages rapportés des voyageurs de tous bords, n'aboutisse à la découverte des mécanismes les plus intimes qui ont présidé à la constitution de notre globe terrestre et de la vie qui y foisonne. »

Harry Clifton se munit de l'atlas de cartes marines et du seul ouvrage d'histoire naturelle de la colonie. Une lueur traversa son regard ; l'exposé promettait d'être magistral !

« Si nous considérons que le volume des océans sur Terre reste le même, d'où pourrait donc provenir une nouvelle quantité d'eau alors qu'il est constant que le long des côtes se manifestent des différences de niveau ? Cela ne peut provenir que du mouvement des terrains qui se déforment ! Le fond d'un bassin maritime peut tout aussi bien s'affaisser ou se relever et il en est de même pour ses bordures. Ainsi, un observateur aura l'impression, faussée, d'une modification du volume d'eau.

Voyez notre Terre comme une sphère de dix mille lieues métriques de circonférence, légèrement déprimée aux pôles et renflée à l'équateur. Si vous considérez une orange, les rugosités de son écorce sont, proportionnellement, plus considérables que les plus hautes montagnes. Quant à l'eau des océans, le simple passage d'un pinceau largement imbibé apporterait assez d'élément liquide pour figurer toutes les mers du globe. Pour ce qu'il en est de cet océan de gaz recouvrant uniformément la planète, le duvet d'une pêche représenterait déjà une énorme exagération.

— J'ai lu que la montagne la plus haute présente une altitude de deux lieues et que, de même, la fosse la plus profonde dépasse de telles dimensions, fit remarquer Marc.

— Ceci est exact, tout comme il est vrai que les couches atmosphériques s'élèvent jusqu'à une hauteur de quinze lieues, compléta son père.

— Voilà qui est proprement impressionnant ! concéda Mrs. Clifton. Cela donne une juste idée de notre misérable condition ! »

Un silence approbateur accueillit la lucide remarque.

« La roche la plus dure n'est-elle pas, si solide soit-elle, émiettée ou dissoute par les alternances de froid et de chaleur, de sécheresse et de pluie ? rappela Harry Clifton. C'est ainsi que le granite se transformera en sable et en argile.

Que dire, par ailleurs de la force d'érosion de l'eau. La puissance mécanique des vagues de l'océan abat les falaises les plus hautes ou bien ramollit et dissout les structures géologiques les mieux établies. Il en est tout de même des eaux continentales, non moins redoutables ; les grands fleuves emportent avec eux tant de limon qu'ils comblent leurs lagunes laissant des ports envasés à l'arrière de leur embouchure et de leur delta tandis que ces atterrissements deviennent des campagnes nouvelles. Cependant, ils ont ainsi percé des chaînes de montagnes en des vallées d'érosion là où l'infranchissable muraille de roche barrait vainement leur trajet. »

Ce faisant, l'ingénieur pointait sur les cartes, les régions des Pays-Bas, toujours menacés par le recouvrement de la mer du Nord, l'emplacement des hautes falaises bordant la Manche, puissamment rongées par les vagues, à l'instar de certaines côtes de l'Irlande, de la Norvège ou de la Californie. Le doigt de Mr. Clifton s'arrêtait régulièrement le long des principales provinces de l'Europe, de l'Asie, de l'Afrique, des Amériques ou de l'Australasie. Il n'était de contrées qui n'avaient à présenter ce remarquable travail de la nature. Des deux marins, Flip surtout, lui qui avait tant voyagé, put amplement corroborer les dires de l'orateur.

Lorsqu'il se fut agi de détailler des exemples de vallées d'érosion, le fleuve Colorado n'en était-il un tout trouvé ? Hélas n'était-il connu que de quelques-uns des colons par de piètres gravures bien incapables de rendre compte de la splendeur du site. Il en fut de même à l'évocation des grands fleuves Yang-tse-kiang et Hoang-ho traversant la Chine ou de l'Amazone arrosant le Brésil ; il ne s'agissait que de longs traits placés sur une feuille de papier. Plus absconses encore étaient les descriptions des fjords de la Scandinavie dont les antiques glaciers étaient à présent fondus et avaient laissé pénétrer la mer jusque loin dans les terres sans toutefois recouvrir intégralement le prodigieux travail des fleuves de glace ayant poli la pierre sur leur long parcours.

« Ainsi, mes amis, l'érosion procède de la force indéniable qui aura raison des plus hauts reliefs si on lui offre le temps d'opérer, reprit l'ingénieur. Je vous laisse juge du délai incommensurablement long qu'il est nécessaire pour dissoudre un continent entier. Ceci, surtout si l'on n'omet pas de préciser qu'en certains endroits du globe, nous assistons à un phénomène inverse de création de terres ! »

L'auditoire écoutait quasiment religieusement les arguments de leur précepteur à tous. Les compagnons reconnaissaient que ce pédagogue, sans pédanterie, les amenait, avec une infinie minutie, aux détours de différents espaces que la rigoureuse science a, seule, le pouvoir de dévoiler. Pour sûr, ces disciples s'apprêtaient à faire un grand et beau voyage.

« Sans doute avez-vous remarqué que les caves, même de médiocre profondeur, accusent une température rigoureusement stable en toutes saisons. Bien sûr, il est constant qu'à mesure que l'on descend dans les mines, cette température des lieux augmente progressivement. Sans être absolument exact, on peut approximer que cette dernière s'accroît d'un degré thermométrique par trentaine de mètres de profondeur. Ainsi, si des eaux d'infiltration, par le poids de la colonne de liquide, parviennent à s'immiscer dans les diverses couches du sol, il est évident qu'à la sortie d'un forage, on la retrouve portée à une température plus chaude. C'est ainsi que de manière naturelle, les sources thermales étant issues de régions encore plus profondes rejaillissent très-échauffée bien qu'elles aient perdu de leur chaleur lors de leur remontée. De cette façon, chargées de sels métalliques et de minéraux dissous, ces eaux cèdent sélectivement leurs substances minérales à mesure de leur refroidissement ; les minéraux cristallisant à plus hautes températures se déposent en premier et, conséquemment, plus profondément.

— Voilà donc de quelque manière nous avons découvert des veines de quartz et des gisements de minerai de fer ! s'exclama Jack. »

Son père ne put s'empêcher d'esquisser un large sourire bienveillant ; la leçon était bien comprise.

« J'ai à vous relater une expérience d'importance qui s'appuya sur les oscillations d'un très-grand pendule et qui a pu permettre d'établir que la densité de la Terre est, globalement, de cinq fois et demi celle de l'eau. Cela prouve que les éléments les plus lourds se sont enfoncés au centre de la planète, tandis que les roches les plus légères sont restées à la surface. C'est pourquoi, nous sommes redevables à l'eau d'assurer le transport des métaux depuis les couches géologiques les plus basses. En effet, à trois lieues de profondeur, par l'effet de la pression, elle doit atteindre une température de plus de quatre cents degrés centigrades sans perdre son état liquide. Cependant, cette même eau n'est certainement pas étrangère à un autre phénomène qui nous intéresse au premier chef. »

Harry Clifton voyait combien ses amis étaient perplexes ; impatients de connaître la réponse à cette simple question de l'appartenance du Clifton-Mount à un antique continent effondré. L'ingénieur s'amusa à détailler son explication :

« La plupart des volcans actifs sont placés en marge de l'océan Pacifique. Ils forment une véritable ceinture de feu. Voyez ! Il s'en trouve depuis le Kamtchatka, les îles Kouriles, puis au Japon et en Philippine, à Bornéo, Sumatra et à Java. L'on peut encore poursuivre avec la Nouvelle-Guinée et la Nouvelle-Zélande. L'on connaît aussi ceux de la côte orientale du Pacifique, le long de la cordillère des Andes, au Mexique, à la Sierra-Nevada, en Colombie anglaise, au sein du territoire d'Alaska et enfin, formant le chapelet des îles Aléoutiennes. Le mont Erebus et le mont Terror, nouvellement découverts, en marge du mystérieux Antarctique semblent fermer cette gigantesque chaîne de volcans. Ne trouvez-vous pas que cette succession de montagnes particulières forment la bordure d'un bassin ? Rien n'interdit de penser qu'en perdant de sa température, le globe a vu sa frêle écorce se plisser en divers endroits, comme un linge se froisserait si on réduisait la taille d'une boîte le contenant. En somme, ce n'est pas tant la mer qui change de niveau, mais plutôt le sol qui manque de stabilité !

— Voici qui défie l'entendement ! s'exclama Élisa Clifton. Est-ce à dire que les terres naviguent sur une mer d'une autre nature ?

— Une mer soumise à quelques caprices, ma chère amie ! L'on connaît une multitude d'endroits sur le globe où le niveau des marées n'a jamais varié et d'autres où l'on constate un soulèvement ou un affaissement des terres. Sur ce point, le cas de la Suède est le plus probant. Il a été retrouvé les traces d'un soulèvement des contrées septentrionales de plus de soixante-dix mètres alors que les provinces méridionales s'abaissent. Voilà un mouvement qui évoque celui d'une planche, fixée en son milieu, s'abaissant à l'une de ses extrémités et remontant à l'autre !

— Père ! Vous nous faites trop languir, lança Robert. Qu'en est-il de notre île ? Appartient-elle à un ancien continent ?

— Pour ma part, je ne cesse de penser à l'Atlantide, confessa son frère Marc, se remémorant d'anciennes lectures.

— J'y viens, répondit le père. Mais auparavant, j'ai à dire que l'on retrouve dans les exhalaisons gazeuses des ardents vomisseurs de laves de grandes quantités de vapeur d'eau tandis que se dépose du chlorure de sodium, – ce même sel marin –, ainsi que la plupart des éléments caractéristiques des eaux océaniques. Tout laisse à penser que l'eau des mers, par le jeu des crevasses, parvient jusque très-profondément dans les roches les plus chaudes du globe, – peut-être jusqu'au foyer souterrain –, et que le liquide surchauffé finisse par se vaporiser, fracturant le socle rigide, laissant échapper des flots de laves qui videraient le réservoir de roche liquide et provoqueraient l'affaissement des terres.

— Tout un continent ! L'éruption serait colossale ! s'alarma Marc.

— Peut-être pas pour les plus grands continents, concéda Harry Clifton. Mais que deviendrait une île vaste comme l'Inde si une chaîne de volcans devait épuiser le réservoir placé sous elle ? De la sorte, notre île pourrait constituer un des monts d'une chaîne volcanique de l'archipel des Sandwich.

— Nous devrions retrouver de très-nombreux hauts-fonds un peu partout dans les mers alentour et surtout des récifs, répliqua Thomas Walsh.

— Sauf si le petit continent s'est à ce point enfoncé qu'il ne reste que les sommets les plus hauts, prodigieusement alourdis par l'expulsion, depuis les profondeurs de la Terre, de roches de forte densité.

— Votre hypothèse me rappelle quelque peu les contrées de la Nouvelle-Zélande, elle-même bordée de hauts-fonds, rapporta Flip. Si je vous en crois, il se pourrait donc que, dans le temps jadis, existait en ce lieu une île bien plus vaste ?

— Ce fait n'est nullement improbable, en effet, dit l'ingénieur.

— Et depuis, de ce pays fertile, il n'en reste plus que ses sommets… Notre globe aurait compté une Zélandia aussi grande que l'Inde, raisonna Jack.

— Voilà qui est bien dommage que de si belles contrées nous soient volées par les océans, s'attrista Belle. »

La charmante enfant put être consolée par son père ; les lois de la physique enseignent que les effets de contraction par perte de chaleur sont plus importants pour les liquides que pour les solides. Aussi, l'assurait l'ingénieur, l'écorce du globe, solide, doit-elle suivre la diminution de volume de la sphère en se plissant ou en se contractant. Ce sont ces infimes variations à l'échelle d'une planète qui se constatent en grand aux yeux des hommes.

« Un jour, ces îles émergeront de nouveau, repoussées, depuis leurs fondements, par l'océan de roches liquides les supportant qui se sera refroidi insensiblement. Peut-être encore, ce seront des milliards de milliards de ces infusoires du corail qui, sous les latitudes tropicales construisent, patiemment, les siècles succédant aux siècles, des îles entières, voire des continents.

— Êtes-vous sûr, mon cher, de ce que vous dites ? s'étonna Mrs. Clifton. J'ai peine à imaginer cela.

— Pourquoi pas ? répondit Harry Clifton. Pourquoi l'Australie, la Nouvelle-Irlande, tout ce que les géographes anglais appellent l'Australasie, réunies aux archipels du Pacifique, n'auraient-ils formé autrefois une sixième partie du monde, aussi importante que l'Europe ou l'Asie, que l'Afrique ou les deux Amériques ? Mon esprit ne se refuse point à admettre que toutes les îles, émergées de ce vaste Océan, ne sont que des sommets d'un continent maintenant englouti, mais qui dominait les eaux aux époques antéhistoriques.

— Comme fut autrefois l'Atlantide, répondit Robert.

— Oui, mon enfant... si elle a existé toutefois. »

Il ne s'agissait que d'hypothèses qu'il convenait de pouvoir démontrer de manière irréfutable. Pour ce faire, les connaissances de l'humanité avaient à être complétées. L'ingénieur le savait bien et il ne lui appartenait nullement de pouvoir trancher la question. Cependant, il ne doutait pas qu'avec la puissance de déduction des plus grands esprits associée à la détermination des explorateurs de tous horizons, certains secrets du monde pourraient être percés.

« Il en est de même à propos de l'existence de la vie sur notre Terre qui prendra fin un jour, reprit Mr. Clifton. Dans les millions d'années qui suivront, les feux intérieurs du globe s'amoindriront comme ils se sont éteints sur la Lune qui est bien véritablement un astre refroidi, lequel n'est plus habitable. A-t-elle eu une atmosphère que cette dernière est maintenant disparue. Parmi les savants, d'aucuns admettent un refroidissement du Soleil et d'autres celui de la Terre. Je tiens, moi, que le Soleil brûlera bien plus longtemps que les feux souterrains de notre planète. Au surplus, la vitesse de révolution autour de l'astre diurne ne fera que décroître au fil du temps, aussi, la Terre, moins véloce, se rapprochera du Soleil par diminution de la force centrifuge qui la maintient éloignée du centre du système solaire. Nous ne disposons pas encore d'instruments suffisamment précis pour déterminer si notre sphéroïde se refroidira par l'extinction de ses feux intérieurs ou s'il réchauffera par son rapprochement vers le Soleil. Cependant, de tels désordres réduiront drastiquement les territoires où la faune et la flore pourront se maintenir en vie avant que de s'éteindre définitivement, laissant un astre inhospitalier pendant que le Soleil continuera à déverser sa chaleur.

— Soit ! Tout ceci me donne le vertige et m'interroge. Parfois, je préfère à penser qu'il n'appartient à l'homme que de conjecturer sur les plus intimes secrets de l'univers et, qu'en définitive, ce qui doit lui demeurer inconnu restera alors le domaine de Dieu, répliqua Élisa Clifton. »

Ceci finit la conversation. Ces considérations avaient profondément bouleversé les colons tant elles mettaient en lumière l'insignifiance de la condition humaine au regard de la puissance des lois naturelles auxquelles l'homme ne saurait se soustraire.

L'auditoire écouta quasiment religieusement.

CHAPITRE XXIV

Une interminable attente – La journée du 20 mars 1864
Un navire au large de l'île Crespo
Un cadeau inattendu – Départ de Flip et de Tom

En cette région du monde, les tempêtes, si elles ne sont pas des plus fréquentes, peuvent se montrer redoutables, mais avant peu, l'*Odyssey* reprendrait la mer. Pas une de ses pièces n'avait échappé aux yeux d'Argus de Flip et de Tom. Certaines, – peu en réalité –, avaient été refaites à défaut d'avoir pu être renforcées. Ainsi l'avait exigé, à de multiples reprises, l'ingénieur ; le temps ne manquait pas et rien de ce qui pouvait compromettre la solidité de l'embarcation ne fut délaissé.

Évidemment, l'attente interminable d'un départ prochain se faisait cruellement ressentir. L'Oncle Robinson, assurément plus que

Thomas Walsh, se décrivait comme un fauve en cage. Il est vrai que l'officier trompait largement son impatience, dès que le temps était moins exécrable, dans de longues excursions, accompagné de Robert, bien qu'il ne refusât jamais de prêter main forte aux travaux domestiques.

Mars arriva et, avec lui, les travaux agricoles. Cette belle saison semblait s'annoncer avec une avance certaine. Ainsi, la préparation des parcelles s'était déjà engagée depuis que la terre avait dégelé. Sous l'effet des coups de vent, les congères s'étaient vaporisées, puis les tempêtes se firent plus rares. Rapidement, les bras vaillants eurent raison de cette épreuve de force.

Le jour de l'équinoxe de printemps, le 20 mars exactement, le temps s'était largement rasséréné consécutivement à une forte tempête qui durait depuis l'avant-veille. Si ce jour particulier était également le dimanche des Rameaux, une semaine avant celui des Pâques, ce fut la question astronomique des équinoxes qui intéressait le jeune Jack.

« Vois-tu, Jack, si l'on relève, chaque jour à midi, les coordonnées du soleil, c'est-à-dire l'ascension droite et la déclinaison, en les reportant sur une carte ou mieux sur une sphère, on remarque que sa position varie, sur cette sphère céleste, selon un grand cercle qui porte, alors, le nom d'écliptique, légèrement inclinée sur l'équateur céleste. »

Le jeune enfant ne se laissa pas abattre par la rudesse des explications de son père qui joignait à son exposé de grands gestes tandis qu'il traçait des dessins géométriques sur une plaque de basalte, placée contre un mur de la grande salle commune, à l'aide d'un petit cylindre de chaux moulée,.

« Comment se mesurent donc l'ascension droite et la déclinaison du Soleil ? questionna dubitativement le benjamin. »

Harry Clifton interrogea les frères à ce sujet, les invitant à donner la réponse. Pendant que Marc se marmonnait quelques commentaires presque pour lui-même, l'Oncle Tom murmura des paroles d'encouragement à l'attention de Robert. Ce dernier s'enhardit bientôt à prendre la parole.

« Pour cela, il nous faudrait utiliser la petite lunette astronomique que père nous a fabriquée. Les verniers dont elle dispose nous renseigneront sur la position de l'astre. »

Parmi les ouvrages que recelait la bibliothèque de l'île, il en était un traitant d'astronomie. Le livre avait été mis à contribution pour l'éducation des enfants. C'est ainsi que l'ingénieur avait eu l'idée d'employer une des lunettes d'approche du *Swift* pour en former un instrument d'observation du ciel. Il lui avait suffi de fixer la longue-vue sur un assemblage rudimentaire constituant une grossière monture azimutale permettant de relever, avec une précision acceptable, les coordonnées des astres. De la sorte, certaines des belles nuits claires étaient dévolues à l'observation des principales étoiles de la voûte céleste. Cette occupation n'avait, l'on s'en doute, aucun but scientifique, mais exclusivement didactique.

« Ce n'est pas que le cosmos ne garde pas en son sein de nombreux mystères qui n'attendent qu'à être percés, même avec une lunette comme la nôtre, encourageait l'ingénieur. »

Force était de reconnaître qu'avec l'instrument de Flip-Island, – en tous points similaire à ceux qu'avait pu fabriquer le grand savant italien Galileo Galilei –, il eût été bien mal-aisé de rivaliser avec les nouvelles lunettes et télescopes si brillamment perfectionnés par des générations d'illustres hommes de science.

Robert continua son explication, parfois complétée par son grand-frère faisant forte impression à Belle très-assidue à la démonstration.

« Il nous faut considérer le centre du soleil que l'on ne saurait observer directement à la lunette sans danger pour nos yeux. Ainsi, au moment du passage au méridien, l'on relèvera la position de chacun des bords latéraux du disque solaire, puis la hauteur des bords supérieurs et inférieurs.

— La moyenne de deux premières mesures donnera l'ascension droite et la moyenne des deux dernières mesures fournira la déclinaison, poursuivit Marc voyant son frère s'arrêter dans sa réponse et sa sœur un peu perdue.

— Je vous félicite, mes enfants pour cette présentation très-claire de la méthode, mais ce jour-ci est particulier du point de vue astronomique. Savez-vous pourquoi ? demanda le père. »

Aucune réponse ne vint d'aucun des colons lorsque chacun fut interrogé. Sans doute, les deux oncles hésitèrent-ils à en donner une trop simpliste ou trop sophistiquée.

« Peut-être ce jour est-il utile à notre calendrier ? se risqua Mrs. Clifton. »

La digne femme n'avait certes pas tort. L'équinoxe de printemps qui se désigne dans l'hémisphère sud par l'expression d'équinoxe de septembre, sert de point de référence à de nombreux calendriers dans diverses cultures. Son époux confirma la justesse de la remarque, mais nul ne savait où il voulait en venir lorsqu'il résolut de préciser sa pensée.

« La position du soleil sur la sphère céleste, lors de l'équinoxe vernal sert de point d'origine dans le système des coordonnées célestes ; il est le point nul de l'ascension droite et de la longitude écliptique. De la même manière, à l'équinoxe d'automne, le soleil se trouvera à la longitude écliptique de cent quatre-vingts degrés et à l'ascension droite de douze heures. Aujourd'hui, le soleil se placera donc sur l'équateur céleste et, de ce fait, sa déclinaison sera nulle. Ce ne sera qu'au moment des solstices où cette déclinaison sera maximale, de part et d'autre de l'équateur céleste. Au solstice d'été, elle sera la plus élevée, au-dessus de l'équateur, tandis qu'au solstice d'hiver, elle sera la plus basse, au-dessous de l'équateur céleste. »

Il semblait bien que les amis de l'ingénieur commençaient à perdre le fil de son développement. Cependant, si l'explication se devait d'être faite, c'est que tant de précisions devaient servir à quelque chose !

« Avez-vous remarqué une inégalité dans la durée des saisons ? demanda-t-il faussement naïvement. »

Harry Clifton se contenta, pour toute réponse, des mines interrogatives de ses amis sourcillant. Il réalisa de petits calculs sur la plaque de basalte.

« Dans l'hémisphère nord, les mois de printemps et d'été, c'est-à-dire la période pendant laquelle la Terre passe de l'équinoxe vernal, au solstice d'été jusqu'à l'équinoxe d'automne, durent approximativement cent quatre-vingt-six jours et dix heures, alors que les mois d'automne et d'hiver durent cent soixante-dix-huit jours et dix-neuf heures ; la Terre a une orbite elliptique dont le soleil occupe l'un des deux foyers.

— Douze jours de moins ! s'exclama l'Oncle Robinson. Je n'avais jamais pris garde que le calendrier nous avait fait ce tour à sa façon ! Voilà qui nous raccourcit très-heureusement nos hivers si rudes !

— À l'inverse de l'hémisphère sud qui se voit amputé de douze jours d'été, railla l'Ami Tom.

— Cependant, c'est plutôt l'inégalité de la durée des jours et des nuits qui explique les variations de température propres aux saisons. Quand le jour est plus long que la nuit, le lieu en question y gagne plus de chaleur qu'il n'en perd durant la nuit ; nous voici au printemps ou en été. À l'inverse, lorsque la nuit est plus longue, le refroidissement l'emporte ; nous sommes en automne ou en hiver. Et c'est précisément aux équinoxes que la longueur du jour et celle de la nuit durent douze heures chacune, car l'axe de la Terre est, à ce moment, parfaitement perpendiculaire à l'axe des équinoxes ; les pôles Nord et Sud sont à la même distance du Soleil. Encore faudrait-il préciser que la réfraction de la lumière solaire par l'atmosphère est responsable des phénomènes de l'aube et du crépuscule qui illuminent, pendant encore un temps, – variant selon la latitude du lieu –, les régions situées à l'arrière de la partie directement éclairée par le soleil. Mais de cela, il n'est pas le moment d'en parler. »

Les compagnons se satisfirent de ce qu'ils venaient d'apprendre. Véritablement, ils ne verraient plus le monde comme à leur habitude, mais cela ne les empêcherait nullement d'être poètes à leurs heures.

« Père, s'il vous plaît, peut-on relever la position du soleil aujourd'hui ? réclama Jack. »

La requête ne pouvait souffrir de refus. L'utilisation de la lunette astronomique donnait lieu à de réelles réjouissances qu'il eût été inopportun de repousser. Ainsi, l'instrument fut-il transporté à une distance d'un mille du bosquet de micocouliers, dans cette partie de la garenne où le moulin ne gênait plus pour découvrir l'horizon au sud. Une plate-forme y avait été installée permettant de toujours placer la monture de la lunette au même emplacement, évitant, ainsi, de longs et fastidieux réglages. Pour ce faire, il suffisait de viser un repère situé à près d'une lieue de cela. Il s'agissait de se hâter, car le soleil attendrait son zénith sous peu. La diligence de chacun fit tant et si bien que, vers onze heures, la colonie tout entière était réunie sur place, profitant des ardeurs timides de l'astre diurne tandis qu'une faible brise rafraîchissait l'atmosphère absolument dégagée du moindre nuage.

L'instrument fut monté en un rien de temps pendant que les insulaires s'extasiaient devant un panorama superbe. Pour sûr, l'horizon clair permettait d'y voir à près de dix milles de distance du nord-ouest au sud-est.

« Oncle ! Regardez vers l'ouest, ce faible nuage bas et sombre ! s'exclama Marc.
— Quoi donc ? répondirent en chœur Thomas Walsh et Flip ayant tous deux l'habitude de répondre à leur surnom respectif d'Oncle Tom et d'Oncle Flip »

Tous les regards se portèrent en direction de l'ouest. Effectivement, sur la ligne d'horizon se détachait un filament de fumerolles s'élargissant à mesure qu'il se dissolvait dans les basses couches de l'atmosphère, emporté par le vent du large.

Précipitamment, Harry Clifton avait détaché la longue-vue de son support et pointait le long cylindre sur l'improbable météore. Le facteur de rapprochement de la lunette étant de vingt fois, – valeur somme toute assez banale –, le point observé apparaissait, ainsi, plus proche de cette grandeur.

« Oui, je vois ce qui est à l'origine de ces vapeurs ! C'est bien un *steamer* ! Il n'y a pas à en douter ! Il fait route vers le nord, expliqua l'ingénieur qui passa la lunette à Flip. »

Il fallut, l'on s'en douterait, que chacun vît de lui-même ce qui n'était pas un mirage et qui tenait presque du miracle.

« Nous devons signaler notre présence ! lança l'officier.
— Comment pourrions-nous faire ? se désola Harry Clifton. Sur aucun des deux caps nous n'avons construit de mât qui aurait pu porter un fanion. Nous n'avons pas de canon pour alerter les passagers du navire. Pouvons-nous seulement allumer un brasier suffisamment visible alors que nous sommes en plein jour !
— Nous devons tenter l'impossible ! répondit Élisa Clifton. Avec Belle et Jack nous ramasserons brindilles et herbes sèches tandis que vous irez chercher du bois au bûcher. Nous nous retrouverons à mi-chemin et avant peu, nous aurons un brasier qui s'enflammera sur la petite colline de la grève ! »

Il ne fallut pas plus d'un instant pour que les deux groupes prissent leurs positions.

Sans doute, une heure s'était-elle déjà écoulée que sur le faible relief, marquant une façon de limite entre la grève et la garenne, un petit monticule de bois était dressé. Il était tout-à-fait ridicule mais avait mobilisé toutes les forces de l'île. Il y avait fort à craindre que l'opération n'eût servi à rien. Néanmoins, l'Oncle Robinson avait eu une idée qui pouvait bien apporter une solution à ce problème. En effet, l'intention du marin était de faire exploser un petit fût de poudre préalablement enfermé dans un autre fût correctement fermé.

« Croyez-moi, l'explosion vaudra bien un coup de canon, déclara-t-il. Dès que le brasier flambera avec force fumées, nous mettrons à feu notre bombe.

— Il nous faut faire vite, car il me semble que notre navire continue sa route sans faire cas de notre île, rétorqua Marc encore tout essoufflé d'avoir transporté sa charge de bois.

— Le vapeur a dû être dévié de son cap par la dernière tempête et le voici qui regagne, très-probablement, la route de Yokohama à San Francisco, acquiesça Thomas Walsh.

— Si nous le voyons, nous pouvons estimer sa distance ! rassura Harry Clifton. Au niveau de la plage, il serait à trois milles marins, depuis notre colline, ce serait plutôt le double, peut-être plus.

— L'explosion de la bombe s'entendra-t-elle jusqu'à lui ? s'inquiéta Mrs. Clifton.

— Le pari est incertain, mais il vaut la peine d'être tenté, concéda l'Oncle. »

Le brasier tarda à prendre l'ampleur souhaitée. Nonobstant, il finit par dégager une épaisse fumée. Cela était heureux, car le navire poursuivait sa route s'éloignant ostensiblement de l'île Crespo.

« Il file bien ses huit nœuds à n'en pas douter et il ne compte pas vouloir nous rendre visite, enragea Flip.

— L'île Crespo étant relevée sur ses cartes, il n'aurait qu'à perdre du temps à se dévier de sa route, compléta l'Ami Tom. »

Urgemment, la bombe fut mise à feu. Les colons s'étaient allongés au sol en se protégeant les oreilles de leurs mains. La déflagration de la poudre fit voler en éclat les deux enveloppes de bois dans un vacarme formidable. Il sembla même qu'un certain écho répercutait le son initial avec un délai assez important. Hélas, sa force devait être trop faible pour parvenir jusqu'au *steamer*. Thomas Walsh observa durant de longues minutes le navire qui ne dévia pas, ne restant qu'une ombre évaporée sur la ligne d'horizon ; déjà il était imperceptible au seul regard des compagnons.

La déception était absolue et la fin de journée se passa dans de vains regrets.

« Nous avons cru pouvoir compter sur un miracle alors que ce n'est que par nous-mêmes que nous arracherons notre salut ! Mais il faut le mériter semble-t-il, dit Mrs. Clifton à ses amis totalement abattus. »

Cette déconvenue passée, la détermination des deux marins n'en fut que plus forte ; les derniers coups de vent essuyés, il serait l'heure de penser au départ ! Flip et Tom résolurent de quitter leurs amis après que les semailles seraient faites. Un tel travail réclamerait de nombreux bras pour lequel les deux marins ne voulaient pas priver la colonie.

Il fut enfin prévu de placer un bûcher au sommet de la falaise, en surplomb du petit chantier naval. Plus conséquent, ses flammes ne manqueraient pas de signaler efficacement une présence humaine sur l'île pour peu qu'un navire passât à l'ouest de Flip-Island.

Durant les premiers jours d'avril, Thomas Walsh partit à la chasse, seul, contrairement à son habitude, et n'en revint que le soir.

Il était sorti sans un bruit d'Élise-House, bien avant l'aube. En guise de notice, il n'avait laissé, posée sur la table de la pièce commune, qu'une petite plaque de bois sur laquelle était écrit laconiquement :

« Parti à la chasse. Ne reviendrai que ce soir. »

Ses compagnons restèrent dubitatifs devant la missive et les questions allaient bon train lorsque *mistress* Clifton interrompit leur débat commençant à s'ouvrir sur un flot de paroles sans fin.

« Il est notre ami, nous devons lui faire confiance sans nous questionner sur ce que ses actes peuvent avoir d'incompréhensibles pour nous. Il nous éclairera, au besoin, sur ses agissements ou nous en laissera dans l'ignorance s'il le juge nécessaire ! »

Assurément, par une argutie dont Élisa Clifton était coutumière, il semblait presque qu'elle pouvait percer les secrets de chacun. Combien de fois n'avait-elle pris le parti de l'officier lorsque ce dernier s'abandonnait à ses pensées solitaires ? Plus que quiconque, elle y avait relevé une douleur indicible. La prévenance de l'honorable femme lui faisait garder un respectable silence sur ce qu'elle subodorait. Si le langage de la vérité est simple, dans une confondante humilité, l'honnête dame lisait dans les âmes de ses compagnons.

Le soir venu, l'inquiétude des colons était des plus palpables, – leur ami avait-il commis un acte irrémédiable ? Elle ne prit fin que lorsque l'Oncle Tom revint à la chaumière. Nul ne songeait à autre chose qu'à s'enquérir de sa fatigue et de sa faim.

Thomas Walsh se trouva assez confus, cherchant à s'engager sur un sujet délicat. Sans doute, lui répugnait-il tant de se lancer dans un verbiage embrouillé qu'il préféra se faire violence en criant presque :

« Mes amis, dit-il à ce moment. J'ai à vous entretenir d'une importante question ! »

L'officier sortit de sa besace un sac contenant une certaine somme d'argent en diverses monnaies qui s'étalaient sur la table.

« Voici ce que j'ai soustrait à votre connaissance lors de notre première rencontre. Il s'agit de ce qui se trouvait dans la cabine du capitaine Hervay. Je pense que j'aurais dû vous en parler mais…
— N'en dites pas plus, mon ami ! interrompit Harry Clifton. Vos raisons vous appartiennent et nous ne saurions vous réclamer de comptes. Vous nous avez sauvé d'un péril extrême et cela seul suffit à vous dispenser de toute explication !
— Je vous en remercie ! Cet argent peut se révéler d'importance s'il nous est nécessaire de convaincre un capitaine de se dévoyer de sa route pour venir jusqu'à Flip-Island. »

La soirée devait se poursuivre dans la découverte du trésor rapporté depuis le *Swift*. Pour l'essentiel, il s'agissait de pièces d'argent. En plus grand nombre, se trouvait la pièce de huit réaux, encore appelée le dollar espagnol ; cette piastre avait encore cours jusqu'à récemment sur le sol de l'Union du fait de l'insuffisance des frappes du dollar américain. S'y trouvaient encore des réaux mexicains, des reis portugais, des pesos chiliens de même que des couronnes anglaises ou des francs de France, mais de dollar américain, point.

Si la majeure partie de ces monnaies pouvait servir de moyen de paiement sans avoir besoin de recourir au change, certaines n'avaient plus que la valeur de leur métal précieux. Quand bien même eussent-elles leur cours dans quelques contrées du monde, fallut-il qu'elles fussent acceptées en tant que monnaie fiduciaire. Était-ce l'effet du hasard ou celui d'un choix délibéré ? Les pièces de cuivre que comptait le sac se révélaient n'être que des divisions du dollar américain ou du réal mexicain qui seraient des unités de compte acceptée sans réserve dans le port d'Honolulu.

L'appareillage fut décidé le 9 avril. Le sloop était fin prêt, il n'y manquait rien et les réserves étaient prévues pour deux mois. Un émoi certain trahissait l'incertitude du trajet. Selon les interminables calculs de l'Ami Tom et de l'Oncle Robinson, vers le mois de juillet, au plus tard, le contact avec la civilisation serait renoué pour les colons. Cela faisait un peu plus de trois ans que les naufragés étaient arrivés sur l'île et ce serait au prix d'efforts considérables qu'ils pourraient être de nouveau avec leurs semblables.

Il serait vain de dépeindre l'émotion des colons le jour de la partance. Si Belle et Jack s'attristaient que leurs amis ne les quittassent, Robert ne parvint pas à réprimer d'inextinguibles sanglots. Harry et Élisa Clifton chargèrent les deux marins de toutes les recommandations de vigilance. Quant à Marc, il se révéla simplement incapable de prononcer le moindre mot mais ses yeux humides étaient bien plus éloquents. Maître Jup s'agitait sans cesse et ce ne fut qu'avec les plus grandes difficultés qu'on le retint de monter à bord. Y eût-il d'adieux plus déchirants ?

L'*Odyssey* fila grand largue, toutes voiles dehors, vers le cap du Cadet. Aujourd'hui, le temps était beau mais la route serait longue. Quelles surprises ne manquerait pas de réserver une traversée de mille trois cents milles marins, comptant une probable étape à mi-chemin, sur l'une des îles sous le vent de l'archipel des Sandwich ?

Les colons ne rentrèrent à Élise-House qu'une fois les voiles du bateau hors de vue. Tous étaient graves et ne disaient mot.

… oOo …

La bombe fut mise à feu.

FIN DE LA DEUXIÈME PARTIE

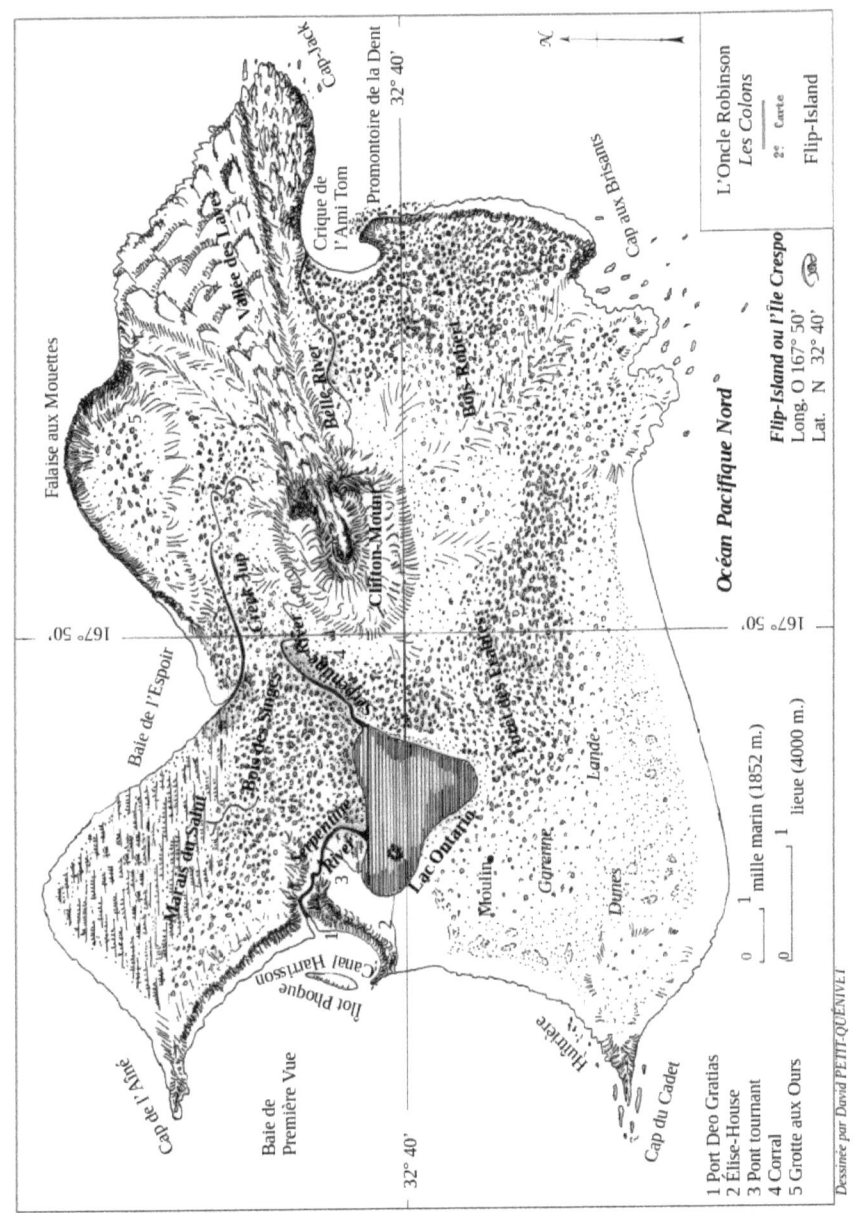

TABLE DES CHAPITRES

CHAPITRE I
À propos du grain de plomb – Premières investigations – Préparatifs et départ pour une mission de reconnaissance – Exploration de la partie est de l'île – Présence d'une activité humaine – Un navire au mouillage

9

CHAPITRE II
Depuis le poste d'observation – Première nuit – Flip part en éclaireur – Retour de Flip – Capturés – Le *Swift*

21

CHAPITRE III
Le capitaine Bob Hervay – Les convicts de Port Arthur – Les terres de Van Diemen et la Nouvelle-Hollande

32

CHAPITRE IV
Nouvel interrogatoire – Robert capturé – Une situation désespérée Une étrange proposition – Deuxième nuit

44

CHAPITRE V
L'évasion – Le naufrage – Retour à terre – L'épave – Un messager pour Élise-House – Un coup de feu

57

CHAPITRE VI
Thomas Walsh – La *Maria-Stella* – Enrôlé – Un repaire de pirates Le sabordage du *Swift*

CHAPITRE VII
État de l'épave – Pillage du navire – Marc et Jup – Troisième nuit – Départ de Flip et Jup
84

CHAPITRE VIII
Le nord-ouest de l'île – Le Clifton-Mount – La côte du nord – Une halte imposée – Arrivée à Élise-House – La fièvre de Robert – Le départ de Flip
98

CHAPITRE IX
Retour d'expédition – Retour de Flip – Robert et Jup guéris – Les convois
111

CHAPITRE X
Les trésors du *Swift* – À propos de la situation des naufragés – La carte de Flip-Island – Des projets pour la colonie – La question d'un signal – La position de Flip-Island
123

CHAPITRE XI
Les travaux de la ferme – Agrandissements d'Élise-House – Sur les bords de l'Amour – Le domaine
137

CHAPITRE XII
Le canoé – Les mouflons et les chèvres – Le musée des familles
154

CHAPITRE XIII
L'inauguration d'Élise-House – Première récolte de blé – Un nouveau pigeonnier – Le verger – Les abeilles
168

CHAPITRE XIV

Une leçon de géologie – Le charbon de bois – Préparation de nouvelles poteries – Le four de verrier

181

CHAPITRE XV

Le tour de l'île – La poterie au sel – Travaux à Élise-House – Le pont de la Serpentine-River – L'alerte de Fido – Une ombre dans les broussailles

197

CHAPITRE XVI

Double exploration au nord-ouest de l'île – Dans le marais du Salut Éducation des pigeons voyageurs – Dans le bois des Singes – Des ignames – Des oies bernaches – De la question des évènements

211

CHAPITRE XVII

L'albatros – Plan d'un bateau – Les progrès de Maître Jup – Les oisons de Jack

223

CHAPITRE XVIII

Des bouquets de fleurs – Le chantier naval – Bûcherons et forgerons De la bière – Un rat pris au piège – L'année 1863

237

CHAPITRE XIX

Construction du bateau – Le moulin à vent – Accroissement du troupeau – Foulage de la laine

252

CHAPITRE XX

Troisième récolte de blé et premier pain de l'île – Le jeune chacal – Gréement du bateau – La question métallurgique

265

CHAPITRE XXI

La méthode catalane – Du fer à l'acier – Libération du jeune chacal – Au sujet du peuplement des animaux de l'île – Un observatoire dans les micocouliers

280

CHAPITRE XXII

Lancement de l'*Odyssey* – Premier essai en mer – Tempête

291

CHAPITRE XXIII

Préparatifs de l'expédition pour les îles Sandwich – Quelques éléments d'histoire naturelle – Considération sur l'avenir des continents et des océans – Conjectures sur la destinée de la Terre

302

CHAPITRE XXIV

Une interminable attente – La journée du 20 mars 1864 – Un navire au large de l'île Crespo – Un cadeau inattendu – Départ de Flip et de Tom

315

… oOo …

TABLE DES ILLUSTRATIONS

Le marin le reconnut pour être un brick.

    20

Les deux malheureux dans la soute à voiles.

    31

À qui avons-nous l'honneur de nous adresser ?

    43

Un faible grattement se faisait entendre.

    56

Le brick n'apparaissait que par sa dunette.

    69

Les faibles flammes réchauffaient les corps meurtris.

    83

La voile se confondait dans les couleurs de l'horizon.

    97

Voici une plage propice à un atterrissage.

    110

La première expédition revint bien chargée.

    122

Pourrions-nous dessiner une carte de notre île ?

    136

L'habitation prenait rapidement forme.

    153

Nous allons transporter ces mouflons.	167
Lorsque notre colombier sera bien fourni.	180
Des monticules de bois recouverts de terre.	196
Trois semaines pour parachever le pont.	210
De la terre fraîchement remuée.	222
Jack se résolut à leur servir de parent.	236
L'ingénieur voulu réaliser de la bière.	251
Lorsque le moulin fut achevé.	264
Voyez comme ce chiot est déjà grand !	279
Plusieurs barres de fer se trouvèrent donc forgées.	290
Notre île est magnifique !	301
L'auditoire écouta quasiment religieusement.	314
La bombe fut mise à feu.	329
Deuxième carte	331

… oOo …